アヒルキラー

新米刑事赤羽健吾の絶体絶命

木下半太
Hanta Kinoshita

幻冬舎

アヒルキラー

新米刑事赤羽健吾の絶体絶命

ブックデザイン　bookwall
イラスト　たえ

「ぼくをころしてください」

あわれなあひるの子は、そういって頭をたれて、ころされるのをまちました。

――アンデルセン『みにくいあひるの子』より

目次

プロローグ ◇ 二〇〇九年　八月一日

誰かいる。

古川梅香《ふるかわうめか》は、髪を洗う手を止めた。

シャンプーのときに、背後に人の気配を感じることは今までもあった。それは、もちろん、ホラー映画を観たあとや、友人から怖い話を無理やり聞かされた日に感じる、いわゆる〝気のせい〟だった。

でも、今日は違う。気のせいなんかじゃない。

明らかに、誰かが玄関のドアを開けて入ってきた。ガチャリと鍵《かぎ》を開ける音のあと、バタンとドアが閉まる音もした。

梅香は一人暮らしだ。合鍵を持っている人間はいない。中目黒にあるこのマンションは、梅香が所属するモデル事務所が用意してくれた。最近まで、売れっ子のスタイリストと付き合っていたが、彼が青臭いグラビアアイドルと浮気して、大喧嘩《おおげんか》の末に別れた。そのときに合鍵は返してもらっている。

嘘でしょ……。

廊下を歩く足音が聞こえる。それが脱衣所の前で止まった。

脱衣所の扉の向こうに、誰かいる。

恐怖のあまり、息ができない。助けを呼びたいのに、声が出せない。

鍵を開ける音もドアが閉まる音も足音も、わざとらしいほど大きい。まるで、あえて梅香に聞かせたいかのようだ。

全裸というあまりにも無防備な姿に、気が遠くなる。今すぐここから飛び出して、バスタオルだけでも羽織りたい。

だけど、動けなかった。湯船の前でしゃがんだまま、体が硬直してしまっている。

「東京は怖い街やけん、ぼさっとしとったらいけんばい」

母親の言葉を思い出した。五年前、故郷の北九州から上京するとき、駅のホームで言われた忠告だ。

家族の顔が順番に思い浮かび、ぽろぽろと涙が出た。

母は、父と離婚した。梅香が三歳の頃だ。昼は惣菜屋《そうざいや》のパート、夜はスナック勤めをしながら、二人の兄と梅香を育ててくれた。初めてファッション誌の表紙になったときは、電話越しに泣いてくれた。二人の兄はそれぞれ、地元の印刷会社と建設会社に就職している。今年の正月は仕事で帰郷できなかったので、もう、家族とは二年も会っていない。

泣きよう場合やない！

梅香は、勇気を振り絞って、立ち上がった。戦うしかない。ガラの悪い土地で育ったせいで、中学生までは、不良たちとヤンチャをしてきた。殴り合いの喧嘩をしたこともある。頭のおかしいストーカーなのか泥棒なのかわからないが、勝手に人の部屋に入ってきて、いいようにされてたまるか。犯されるくらいなら、舌を噛《か》んで死んでやる。

脱衣所の扉が開いた。

ゆっくりとした動きで、人影が入ってくる。

叫び声を上げた。だが、このマンションは防音が完璧《かんぺき》だ。どれだけ泣き叫ぼうとも、誰にも聞こえない。

「誰よ！」

返事はない。

バスルームのドアのすりガラスの前に、人影が仁王立ちになっている。全身、黒ずくめの服装だ。シルエットに見覚えはない。

「誰なのよ！」

人影は、おもむろに右手をポケットに突っ込んだ。スローモーションのような動きだ。じっくりといたぶるつもりなのか。それとも、この瞬間を楽しんでいるのか。

人影が、ポケットから右手を抜いた。鈍い光が反射する。

刃物だ。それも、かなり刃が大きい。

梅香は、気を失いそうになった。いや、いっそのこと失いたかった。

シャワーのノズルを摑《つか》んだ。これが、武器としてまったく役に立たないことはわかっている。とっくに戦意は喪失していた。膝が震えて、まともに立てない。

「や、やめて！」

舌を嚙もうにも、歯がガチガチと鳴って、うまく嚙めない。命乞いが先だ。

「お願い！　何でもするから、こ、殺さないで！」

人影が、今度は左手をポケットに入れた。

まだ、武器があるの？

ポケットから、黄色い何かが出てきた。小さく、丸いシルエットだ。

梅香は、それが何なのか見当もつかなかった。

人影が、のっそりと前に動いた。

入ってくる！

梅香は、悲鳴を上げて湯船に飛び込み、少しでもドアから離れようと壁に背中を押しつけた。

「嫌！　来ないでよ！」

シャワーのノズルを投げつけるが、何の効果もない。

ドアが、少しだけ開いた。

人影が、黄色い何かをドアの隙間から覗《のぞ》かせる。

アヒルだ。お風呂に浮かべる、アヒルのおもちゃだ。

得体の知れない恐怖感と虚無感が、梅香を襲う。この相手には、まともな言葉は通じないと悟った。

ああ。わたし、今日、死ぬんだ。

人影が、入ってきた。

第一章　白鳥たちは翼をもがれる

（二〇〇九年　八月二二日）

東京都杉並区　午後二時

（1）

「オラッ！　バネ！　出番だ！」

「うぃッス！」

おれは、助手席のドアを開けて飛び出した。

たまに、刑事になったことを後悔するときがある。

今日みたいな日が、そうだ。

真夏の真っ昼間に、容疑者と追いかけっこをしなくてはならない。多少、足には自信があるが、この暑さと坂道はキツい。

環状七号線。方南《ほうなん》通りとの交差点の手前。

容疑者は、おれたちの尾行に勘づいたのか、タクシーを降り、一目散に環七沿いの歩道を駆け上がっている。日本一交通量が多い環七は、今日も大渋滞だ。車が動かないのなら、足で追うしかない。

新米は、体力で捜査に貢献するのが仕事だ。

二十五歳のおれは、班の中でも一番の若手だ。誰も赤羽健吾《あかばねけんご》という名前をまともに呼んでくれない。赤羽を略して、バネ。

後ろを振り返ると、班長の柳川太助《やながわたすけ》が運転席でニタリと笑い、頑張れよとばかりに手を振った。もう片方の手で、無精髭《ぶしょうひげ》を掻《か》いている。

警視庁捜査一課強行犯捜査第十係警部補、通称ヤナさん。柳川班の班長で、おれの上司だ。この人は、やたらと人使いが荒い。しかも、いい歳こいてラジコンが趣味だ。四十二歳のおっさんの趣味ではない。週に一回は、秋葉原にバッテリーやモーターを買いに行かされるおれの身にもなって欲しい。

「待てや！　コラァァッ！」

待てと言われて、素直に待つ容疑者なんていないだろう。この雄叫びは、自分への気合だ。『太陽にほえろ！』のテーマ曲を頭の中で鳴らして、足を加速する。といってもあのドラマに憧れて刑事になったわけではない。リアルタイムで観てないし。刑事ドラマのサントラ盤を「テンションが上がるよ。疲れたときに聞けばいいんじゃない？」と無理やり貸してくれるありがた迷惑な先輩（それもすごく太っている女だ）がいるのだ。とにかく、ウチの班には変な刑事が多すぎる。

容疑者の岡野はおれよりも若い。しかも、元サッカー部ときている。元野球部としては負けるわけにはいかない。

アイツ、速えな……。元フォワードか？

一向に岡野との距離が縮まらない。それどころか、徐々に離されているような気がする。

クソッ。ポジションも調べておくんだった。でも、負けてたまるか！　こっちだって、現役時代は、一番ショートで盗塁王だ。

太陽が容赦なく、おれを照らす。早くも汗が全身から滝のように噴き出してきた。

制汗スプレー持ってきたっけ？

刑事だって人間だ。容疑者を追跡中に、不謹慎なことを考えるし、エチケットにも気を遣う。同じ職場には女性の刑事もいるのだ。女性警官だって、たくさんいる。

『太陽にほえろ！』は一時停止だ。頭の中のＣＤを『マキシマム・ザ・ホルモン』に入れ換える。

「逃がすか！　コラァアッ！」

おれは、手を振り、腿《もも》を上げ、坂道を爆走した。


一時間前――。

おれとヤナさんは、車の中で岡野を張り込んでいた。

「岡野の奴、現れますかね？」

「刑事ドラマみたいな台詞《せりふ》を言うんじゃないよ」ヤナさんが、カロリーメイトをボソボソとかじりながら答える。

容疑は殺人。被害者は同棲していた恋人だ。どうせ、痴情のもつれだろう。女関係が派手な男で、殺された女以外にも数人の浮気相手がいることがわかっている。そのうちの一人の女のマンション前で、岡野が現れるのを待っていた。

「それにしても、もうちょっと腹が膨れるものを買ってこいよ」

ヤナさんが、コンビニの袋からカロリーメイトを取り出しながら愚痴《ぐち》る。

「すいません」おれは、助手席で頭を下げた。「手早く食べられるものがいいのかと思って……。やっぱり、あんぱんと牛乳のほうがよかったですか?」

「だから、刑事ドラマみたいなことを――」ヤナさんの目が鋭く光った。食べかけのカロリーメイトをコンビニ袋に投げ込む。「来たぞ、岡野だ」

まんまと、網にかかりやがった。

岡野は、パーカーのフードを目深にかぶり、マンション前に現れた。キョロキョロと周りを見回し、落ち着かない。

「写真よりも、イケメンじゃねえか。あれじゃあ、女は放っておかんな」

ヤナさんが、運転席でニタリと笑って、無線で岡野の登場を課長に報告した。ヤナさんの笑顔は、一般企業なら、即、セクハラで訴えられそうないやらしさをたたえている。無精髭に加えて、フケだらけボサボサの髪。不潔な中年の代表だ。

「フードで顔が見えないじゃないッスか」おれは、ムキになって言った。

「雰囲気でわかるさ。足も長いし、おしゃれだ。お前とは大違いだな」

「大きなお世話ッス」

確かに、おれは背の低さに比例して、足も短い。身長は百六十九センチ(もちろん、公には百七十で通している)。体重は六十二キロ。刑事の中では小柄なほうだ。捜査一課の猛者《もさ》どもの間にいると、踏みつぶされそうになる。

反論するわけじゃないが、おしゃれには気を遣っているつもりだ。非番のときは原宿に買い物に行く。ビームスを着ている刑事なんておれぐらいのものだろう。

ただ、岡野は男として別格だ。高校時代は全国高等学校サッカー選手権大会で、キャプテンとしてチームを率い、準優勝した。決勝戦では、国立競技場がジャニーズのコンサート会場かと思われるほど、全国から集まった岡野ファンの女の子たちで埋め尽くされた。中には、岡野の顔写真が入ったうちわを振っている女子高生もいた。

Jリーグは、膝の怪我のために断念。大学に通いながら、芸能事務所に所属し、俳優としてドラマやバラエティーに出ている。

その人気イケメン俳優が、殺人。久しぶりの大捕り物だ。おれの所属する捜査一課強行犯捜査第十係を含め、三つの係が合同で捜査を行っている。

岡野はそこら中に女がいて、どの女の部屋に現れるかわからず、手分けして張り込みを続けていた。

「ヤバいんじゃないッスか……」

岡野が、おれたちの車のほうをじっと見ている。

「ドンウォリー」

ドント・ウォーリー。心配するな、がヤナさんの口癖だ。「まさかこんな車に刑事が乗っているとは思わんよ」

ヤナさんの言葉どおり、岡野はおれたちには気づかない様子で、マンションの階段を駆け上がった。二階までしかないレディースマンション。女の部屋のドアは、この位置からでもしっかりと確認できる。

ドアが開いた。スウェット姿の女が顔を出す。

「どうだ？　いい女か？　芸能人にたとえると誰だ？」ヤナさんが身を乗り出し、必死に目を細める。

女が白くて薄いものを岡野に渡した。

「何を渡した？」

「封筒ですね」

自慢じゃないが、おれは視力だけはいい。両方とも裸眼で二・〇ある。

「踏み込みますか？」

どこか様子がおかしい。早々に動いたほうがいいかもしれない。おれたちの予定では、奴が部屋に入ってから応援を待って踏み込むことになっていたが、あんな優男が相手なら、おれ一人でも確保できる。

車から飛び出そうと思ったところ、ヤナさんに引きとめられた。

「バネ、ちょっと待て……」

岡野は部屋に入ることなく、すぐに階段を降りてきた。

「あいつ、何してんっすか？」

「金を受け取っただけだな」ヤナさんが呟《つぶや》き、舌打ちをする。

「どこに行くつもりなんですかね？」

「おおかた、他の女の部屋だろ。このマンションに身を隠すつもりはないみたいだな」

許せん。何人の女を泣かせば気が済むんだ。妹がいるおれは、女の敵に対して必要以上に怒りを覚える。

岡野が、通りに出てタイミング良くタクシーに乗った。しまった。ここまで乗ってきたタクシーを待たせていたことに気づかなかったのは失態だ。

とりあえず、岡野を見失わないように、あのタクシーを尾行しなければならない。

「こんなことなら、まともな車で張り込めば良かったよ」ヤナさんが、ぶつぶつ言いながらエンジンをかける。

幼稚園児の男の子が、おれたちの元へ走ってきた。

「おじちゃん。ソフトクリーム一つちょうだい」

「すまん」ヤナさんが、律儀に頭を下げる。「売り切れなんだ」

「だって……」

幼稚園児が涙目で、ワゴン車にペイントされたソフトクリームの絵を指した。

「バネ！　ぼさっとすんな！　追うぞ！」

「うぃッス！」

おれは、助手席から降り、大急ぎで《北海道産のミルク　ほっぺが落っこちるよ！》と書かれた看板を後部座席に放り込んだ。


尾行を続けている途中、環七で渋滞に巻き込まれた。

岡野がタクシーの中にいる限り、確保はできない。運転手を人質に取られているようなものだ。奴はすでに、一人の人間を殺している。逆上して、何をするかわからない。

タクシーから二台の車を挟んで、様子を見ていたのだが、突然、岡野がタクシーを降り、登り坂になっている歩道を駆け上がった。まさか、おれたちの尾行に気づいていたとは……。

――そして、今。この暑さの中、追いかけっこをしている。

「逃がすか！　コラァァッ！」逃げる岡野が、急に直角に曲がった。

無謀にも、環七を横切っている。信号も横断歩道もない場所だ。

「馬鹿野郎！　危ねえじゃねえか！」

渋滞中とはいえ、四車線の大きな道路だ。車に轢《ひ》かれる可能性もある。

追跡中の刑事が車に轢かれることほど、格好悪いことはない。おれも、左右を二度ずつ確認して、環七を渡ろうとした。

運悪く、渋滞の列が動き出す。引っ越しのトラックが、おれに向かってけたたましいクラクションを鳴らした。他の車もここぞとばかりに遠慮なく鳴らす。

「止まれ！　警察だ！」

警察手帳を振りかざし、声を張り上げた。だが、クラクションの合唱は鳴りやまない。

ミルク色のつなぎ（背中にソフトクリームの絵がある）を着ているおれを、誰も刑事とは思ってくれないのだろう。

「いい加減にせいや、ワレ！　ぶちのめすぞ！」

引っ越しのトラックから、角刈りのオヤジが降りてきた。

「舐《な》めとったら、シバキあげんぞ！　コラァ！」

助手席から、威勢のいい金髪の若者も降りてくる。二人とも、おれがこの世で二番目に嫌いな関西人だった。

関西人は、無視するに限る。

おれは、岡野の追跡を続けようとした。

「逃がすか！　ボケッ！」

金髪が、背後からタックルをしてきた。

それは、おれが岡野に言いたい台詞だよ！

岡野が、もうすぐ、環七を渡り切ろうとしている。ここで逃げられたら終わりだ。警察の捜査が迫っていることを知った岡野は、より警戒して身を潜めるだろう。

「離せ！」おれは、肘を振り上げ、金髪の首の後ろに叩き込んだ。

金髪が、締め上げられたニワトリのようなうめき声を漏らす。それでも、おれの体を離そうとしない。

一発、食らった。

角刈りのオヤジの拳《こぶし》が、顎《あご》に入った。素人じゃなかった。明らかに、空手か何かをかじっている殴り方だ。

ヤバい。脳が揺れた。

おれは金髪と共に、ピザの宅配のバイクにぶつかった。

「すっげえ！　ガチのストリートファイトだよ！」

ピザ屋の店員は、助けようともせず、携帯のカメラでアスファルトの上にひっくり返っているおれを激写した。間違いなく、引っ越し屋VS.ソフトクリーム屋のバトルだと勘違いしている。

「ぶっ殺す！」

金髪が馬乗りになってきた。真上から拳が降ってくる。咄嗟《とっさ》にガードして、何とか凌《しの》いだ。

容疑者を追跡中に一般市民と喧嘩し、しかもそれに負けたとなれば、明日から捜査一課で生きていけない。喧嘩にも勝ち、容疑者も捕まえる。それが、刑事というもんだろう。

新宿署の頃を思い出せ。

巡査として交番勤めが始まって二年目、歌舞伎町のホテルで女子中学生に売春をさせていた暴力団員数人を、血祭りに上げた。女を傷つける奴は、絶対に許さない。

次の週、捜査一課に引き抜かれた。正義感と腕っぷしを買われたとおれは解釈している。

「何、人の仕事の邪魔をしてくれとんねん！」

角刈りの靴先が、脇腹にめり込んだ。息が止まる。肺の中の空気が絞り出されたような痛みだ。

その間も、金髪の拳はガードの上からガンガン襲ってくる。

まずは、金髪から仕留めよう。このままでは身動きが取れない。

おれは、金髪のパンチのタイミングを計った。

今だ。

下から、金髪の目を指で突いた。指先にぬるりとした眼球の感触がする。もちろん加減している。これくらいじゃ失明はしない。

「ギャッ！」金髪が、短い悲鳴を上げて目を押さえた。

『勝ちたかったら、目を狙《ねら》うんや。喧嘩にルールはあらへん。堂々と目突きをしてやったらええねん』

おれに、喧嘩を伝授したのも関西人だ。それを関西人相手に使うとは……。

『金玉は意外と攻撃しにくい。相手の足が邪魔で、蹴り上げてもうまくジャストミートせえへんねん。もっとええ急所教えたろ』

思い出したくもない声が浮かんだ。おれはすかさず、目を手で押さえている金髪の喉仏に拳を叩き込んだ。もちろん、手加減をしている。威力が弱いパンチでも、ここを狙えば十分に相手を無力化できるからだ。

「ぐえ！　ぐえぇ！」

金髪は、喉を押さえ、踏みつけられたカエルのような声を出しながらアスファルトを転げ回った。

おれは体を反転させ、素早く立ち上がった。

角刈りが、踏み込んできた。空手の前蹴りだ。

おれは胸の前に腕で十字を作り、全体重をかけてぶつかった。角刈りが、バランスを崩して膝をつく。前蹴りをしようとして片足立ちになったときに体当たりを食らわせば、どんな頑丈な奴でも倒れる。

喧嘩のときは退いてはいけない。これも、あの人の教えだ。

角刈りの顔面が、ちょうどいい高さにきた。おれは角刈りの両耳を摑み、鼻をめがけて膝を入れた。

「キュウ……」

角刈りが、お腹の空いた子猫のような声を出し、白目を剝《む》いた。

岡野はどこいった？　おれは、再び、走り出そうとした。

「逃げられたぞ」いつのまにか、ピザ屋のバイクの横に、ヤナさんが立っていた。「相変わらず、エグい喧嘩だな」

「すいません……」

獲物は手の中にいたというのに、スルリと指の間から逃がしてしまった。恥ずかしさと自分に対する不甲斐《ふがい》なさで、全身の血が逆流する。

ヤナさんが、大渋滞でどうしようもなくなっている環七を見渡して言った。

「ドンウォリー。始末書は俺が書いてやるよ」

(2)

東京都目黒区　午後五時

「君がバネ君？　噂には聞いてるよ」

女が握手を求めてきた。

黒いジャケットと腰にピタリとはりついたタイトスカートでキメて、仕事がデキる女のオーラが漂っている。ナチュラルメイクだが、美人の部類には入るのではなかろうか。シャープなデザインの銀縁の眼鏡が、知的さを感じさせる。刑事と言われなければ、弁護士とか大企業の秘書あたりが妥当だろう。さらにパンチのあることに、ブラウスのボタンは三つ外してあり、豊満な胸の谷間が覗いていて、かなりエロティックな雰囲気もあった。

だが、それは頭より下の印象だ。

……これって、天然パーマ？

女の頭は、爆発したかのようなモジャモジャヘアーだった。上司の髪型をジロジロ眺めるのは失礼だとわかっていても、つい目がそっちにいってしまう。

「ずいぶんと、ぴょんぴょん跳ねてるんだって聞いてるよ」

「はあ……」

どんな噂だ。それにしても、この女、相当なハスキーボイスだ。話すたびに、おれの耳をぞわぞわとさせる。

おれは、女と握手をした。異様に冷たい手だった。身長はおれよりも低いとは思うが、いかんせん、爆発ヘアーのせいで目測ができない。

「今日も暑いわね。凍らせたポカリがあるから、飲みたかったら勝手に飲んで」

女が、部屋の隅のクーラーボックスを指す。

「はあ……」

間の抜けた返事しかできない。

この女、本当に刑事か？　本庁にいる他の女刑事とは、どうも種類が違う。いくら暑いからといって、現場までクーラーボックスは持ち込まない。

年齢は三十代前半ぐらいか。よく見ると、眼鏡の下は、睫毛《まつげ》がやたらと長いタレ目だった。眼鏡を外せば、また印象が変わりそうだ。

セクシーなのか、天然ボケなのか、どっちだ？

女は、せかせかと部屋中を歩き回り、しきりにメモを取っている。この部屋で事件があったらしいのだが、他の捜査員は誰も見当たらない。

「あの……」

「何?」女は、メモから顔を上げずに言った。

「おれ、何をすればいいんですか?」

――数時間前。係長に雷を落とされるのを覚悟して、岡野を逃した環七から、本庁に戻った。だが係長は、ここのマンションの住所を渡して、「協力してこい」と言っただけだった。詳細は何も聞かされていない状態で、この現場にきているというわけだ。

岡野の件から外されたのは明らかだった。悔しいが仕方がない。いつもなら、食い下がるところだが、さすがに今日は抵抗できなかった――。

メモを取り終えた女が、じろじろとおれの全身を見る。

「バネ君って、おしゃれね。その服は彼女が選んでくれたの?」

「いえ、自分で買いました」

ビームスで揃えた黒いシャツとオリーブ色のカーゴパンツ。スニーカーはニューバランスのM一三〇〇UKバージョン(パープル&ピンクの色使いがポップで可愛い)だ。

「ふーん。カッコいいじゃん。刑事に見えないけど」

刑事にまったく見えない、とは捜査一課の全員に言われている。ヤナさんはよく、「大学生かよ」と言って笑う。

「どこで買ったの?」

「はい？」

「お店を教えてよ」

「服は原宿のビームスで……スニーカーはネットです」

「ふむふむ」女が再びメモを取る。「一人息子が引き籠ってんのよね。おしゃれな服を買いに行こうって誘ったら部屋から出てきてくれると思う？」

そんな微妙な質問をいきなりされても困る。この女は何がしたいのだ？

「あの……おれの仕事は……」

「お昼ご飯、何食べた？」

「……カロリーメイトだけッス」

朝から岡野の張り込みをしていたのだ。ゆっくりと食事をする余裕などなかった。

「それじゃあ、大丈夫ね」

「何のことですか？」

「バスルームを見てきて」女が、キッチンの横の扉を指した。「吐きそうになっても、我慢してよね。一応、鑑識は終わってるけど、勝手に吐いちゃダメよ。吐いたらぶっ殺すからね」

喉が鳴った。それだけ念を押されると緊張してしまう。バスルームに死体があるのだ。捜査一課に配属されて一年弱。まだ、死体には全然慣れていない。

怖ええ。

おれは、白手袋をはめ、扉を開けた。

一瞬で、とんでもない死体が、バスルームの中にあることが推測できた。

すりガラスのドアに、大量の血がこびりついている。深呼吸をし、貧血を起こさないように気合を入れた。女の前で失神なんてしたらシャレにならない。

慎重にバスルームのドアを開けて、中を覗き込んだ。

驚きのあまり、ぶっ倒れそうになった。

全裸の若い女が、顔をズタズタに切り裂かれて死んでいる。こんな無惨な死体を見たことはない。胃の奥から酸っぱいものが込み上げてきて、吐きそうになる。慌てて口を固く閉じ、根性で胃液を押し返した。

「古川梅香って知ってる？　私、わかんないんだけど」

いつのまにか、背後に女が立っていた。

「知ってるも何も、超人気のスーパーモデルですよ！」

これが、あの梅香？　信じられない。確かに、首から下のスタイルや肌はびっくりするほど美しい。ただ、顔面の残酷な傷が、おれの頭から邪《よこしま》な考えを吹っ飛ばした。

「へえ、有名人なんだ。私、テレビをあまり観ないから芸能人とかわからないのよね」

女が顔をしかめる。冗談を言っている顔ではない。

「有名ッスよ。パリコレとかファッション雑誌とか、テレビとか、この前、映画にも出てましたよ。不治の病で死んでしまうヒロイン役で」

「その映画、面白かった？」

「いや……観てないッス」

「どうせ、安っぽいお涙ちょうだい物でしょ？」

「だから、観てないッス」

「最近、映画館に行ってないの。五年前に息子とジブリを観たのが最後。今は映画に誘っても無視されるのよね」女が真剣な顔でおれを見た。「バネ君も反抗期はあった？」

「まあ、人並みには……」

「いつ直ったの？」

「はっきりとは覚えてないッスね。自然に直ったと思います」

「そうなんだ」女が、クシャクシャと髪を掻きながらため息をつく。「息子の部屋のドアをピッキングで開けて、何度も引きずり出そうとしたんだけど、無駄な抵抗をやめないのよ。友達も彼女もいないみたいだし。私としては息子に普通の青春を歩んで欲しいんだけどねえ。これがなかなか上手くいかないもんなのよ」

「はあ……」

殺人現場で子供の相談かよ。この人は本気で捜査をする気があるのだろうか。

かと思えば、女はいきなり表情を切り替え、しげしげと梅香の遺体を眺めはじめた。「かわいそう。ホントに死んじゃったね」

何なんだ、この女は？　あまりにもマイペースすぎるだろう。

「あれ、見て」

女が、湯船を指した。

アヒルのおもちゃがプカプカと浮いている。

「まさか……」

「その、まさかよ」女が大きく頷《うなず》き、豊満な胸とモジャモジャな髪を揺らした。

「アヒルキラーですか?」

女が頷く。

全身の毛穴が一斉に開いた。興奮で頭の中が熱くなる。

アヒルキラー。一年前の夏、全国を恐怖の渦に巻き込んだ殺人鬼だ。わかっているだけで五人、奴に殺されている。

被害者は、レースクイーン、銀座のホステス、レゲエダンサー、メイド喫茶の店員、キャビンアテンダント。すべて、都内の自宅で殺されている。全員、一人暮らしだった。

手口は全部同じ。鋭利な刃物で、顔面と頸動脈を切り裂く。

そして、死体の横に、アヒルのおもちゃを残していく。どこにでも売っているプラスチック製の物だ。

美人だけが狙われたことと、何らかのメッセージとも取れるアヒルに、マスコミは大騒ぎをし、どの新聞の見出しにも「アヒルキラー」の文字が躍った。ネット上の評論家気取りたちが、童話の「みにくいあひるの子」と結びつけ、犯人は整形手術に失敗した女だとか、モテない童貞だとか、勝手な噂が飛び交った。

しかし、夏が終わるとピタリと犯行が止み、捜査は難航を極めていた。この犯人は、アヒル以外に何の証拠も残していないのだ。

おれは、根性を入れて、もう一度梅香を見た。今度は、目を逸《そ》らさない。

歯を食いしばって、怒りを堪《こら》える。

許さねえ。絶対に、おれが犯人を捕まえてやる。

「はい。そんなに力まないで」女が、肩を叩いてきた。「ポカリでも飲んでリラックスしなさいよ」

「いらないッス」

「飲むの。上司命令」

おれは、リビングに戻り、乱暴にクーラーボックスを開けた。チラリと缶チューハイが見えたが、見なかったことにする。

凍ったポカリスエットを流し込む。冷たくて、こめかみが痛くなる。

「シャリシャリして美味しいでしょ？　息子も小さい頃はそれが好きだったの。リトルリーグに入ってたから、よく差し入れで持っていったわ。でも、刑事の息子のくせに運動神経が抜群に悪いのよね。ずっと、球拾いばかりさせられてるからさ、私、頭きちゃって監督の胸ぐら掴んだの。そしたらさ――」

また、話題が子供の相談に逸れている。いい加減にしろ。

「おれは、何のために呼ばれたんですか！」

声が大きすぎるとわかっていたが、止まらない。頭に血が上ったら自分でも抑えられないのだ。

「熱いんだよ、新米！　ポカリで頭を冷やせ！」

予想に反して、さらに大きな声で怒鳴り返された。

「はあ？」思わず、怯《ひる》んでしまう。

「いいから、冷やせ！　ぶっ殺すよ！」

……何て口の悪い女だ。おれは渋々、額にポカリスエットのペットボトルを当てた。冷たいが、おれの頭の中はますます熱くなってきている。

「おれは、何をすればいいんですか？」

質問を繰り返した。

「ごめん。私、まだ自己紹介してなかったよね」

「はい……」

気まずい空気が部屋の中に流れる。

女が背筋をシャンと伸ばし、顎を突き出した。

「行動分析課課長の八重樫育子《やえがしいくこ》よ。よろしく」

「……行動分析課？」

そんな課、聞いたことがない。

「知らなかったでしょ？」

おれはコクリと頷いた。

「知らなくて結構。今まで、私一人しかいなかったんだから」

「行動分析ってなんッスか？」

「そのまんまよ。犯罪者の行動を分析するの。プロファイリングは知ってるでしょ？」

「もちろん」

警察学校で習った。ただし、『映画と一緒にするな。プロファイリングで解決した事件なんて一つもねえんだからな』と教えられた。

「どうせ、映画やドラマとかと一緒にするなって言われたんでしょう？　とりあえずは、見本を見せるね」

八重樫育子が、モジャモジャの髪を掻きながら、ジッとおれの顔を見た。

「な、何ッすか、見本て？」目力が強くて圧倒される。

「バネ君、姉か妹がいるんじゃない？」

「……妹がいますけど」

唐突に言われて、ドキッとした。

どうして、わかるんだ？　前もっておれの情報を誰かに聞いたのか？

「あなたの家庭環境は調べてないわよ」八重樫育子が、ニコニコとしながら続ける。「統計でわかるの。プロファイリングは確率論だから」

「どういう意味ですか？」

「あなたの服装や、年上の女である私に対する態度でだいたいわかるの。ずばり、マザコンね」

顔が赤くなる。正解だからだ。

「さっき、バスルームで私が肩を叩いたときの反応で、異性に慣れていることがわかったわ。女の姉妹《きょうだい》がいる」

「それって……単なる当てずっぽうじゃないですか」

「そうよ。当たるも八卦《はっけ》、当たらぬも八卦がプロファイリングの基本なの」

「まるで、占いじゃないッスか！」

「占いも統計学だから似たようなものね」八重樫育子が、しれっと答える。「まあ、そのうち慣れるわよ。一から叩き込むから覚悟しなさいよ」

「何の覚悟ッスか？」

「あれ？　聞いてないの？」

「……何を？」

とても嫌な予感がする。

「バネ君、明日から、行動分析課に配属になるのよ」

金槌《かなづち》で頭を殴られたようだ。思わずよろめいてしまう。

「はあ？　何でおれが？」

体力だけが自慢なのに、統計学だの確率論だの言われても、まったく理解できない。

「どうしても、バネ君の力が必要なのよ」銀縁の眼鏡の下から、ジッとおれを見つめてきた。

艶《なま》めかしい視線だが、さらに、嫌な予感がする。

「赤羽光晴《みつはる》さんを連れてきて欲しいの」

驚きのあまり、顎が外れそうになった。この女の口から、おれがこの世で一番嫌いな人間の名前が出るとは予想もつかなかった。

赤羽光晴。八十二歳。おれの祖父。ガキの頃から、頼んでもいないのにおれに喧嘩の必勝法を教えこんだ張本人だ。今は大阪の老人ホームにいる。

「赤羽光晴さんって伝説の刑事だったんでしょう？」

「誰がそんなこと言ってるんですか？」

帰りたい。あのジジイに会うぐらいなら、刑事を辞めたほうがマシだ。

「大阪市警視庁にいたって資料に書いてあったわ」

戦後、ＧＨＱの指示で、大阪にも警視庁があったらしい。当時は、東京と大阪に警視総監が二人いたと、酔っぱらったジジイから散々聞かされた。

「あんなジジイに何の用ですか？」

「昭和二十七年に、アヒルキラーの事件と酷似した事件があったのよ。娼婦ばかりを狙った連続殺人」八重樫育子が、おれの目をじっと見て言った。「その犯人も、死体の横にアヒルを残していたの。木製のね」

（3）

東京都千代田区　午後八時

「係長は、どこッスか！」

おれは、本庁に戻るなり、噛み付きそうな勢いでヤナさんに詰め寄った。

「帰ったんじゃねえの？」ヤナさんが、欠伸《あくび》まじりで答える。「もしくは、新宿に飲みに行ったか」

「……マジッスか？」

酒かよ！　人を訳のわからないところに配属しておいて、それはないだろう。おれは、怒りで思わず髪を掻きむしった。

警視庁捜査一課強行犯捜査第十係係長、涌井正平《わくいしょうへい》は、なぜか新宿二丁目にハマっている。奥さんも子供もいるし、本人も「大の女好き」と公言しているが、どうも怪しい。「よっ！　バネ！　張り切ってるな！」とケツを撫でられたのは、一度や二度ではない。

「まあまあ、そう興奮しなさんな」ヤナさんが、おれの肩を馴れ馴れしく揉んでくる。「ストレス解消にラジコンでもするか？　ん？　楽しいぞー！」

「遠慮します」おれは体をよじり、肩揉み攻撃を回避した。

「ん？　ラジコン嫌いか？」

「好きとか嫌いとかじゃなくて、単に興味がないだけッスよ」

ヤナさんは、自分の車のトランクに、バギーやヘリコプターなど色んなラジコンを積んでいる。係長の目を盗んでは、駐車場で遊ぶのだ。

「ドンウォリー。騙《だま》されたと思って、一度やってみろって。絶対にハマるから」

「いい大人がラジコンなんてしないでくださいよ。ガキじゃあるまいし」

「馬鹿野郎！　中日ドラゴンズの山本昌投手も愛好家なんだぞ」

「知らないッスよ」

「山本昌投手は大会で優勝するほどの腕の持ち主なんだよ。楽天イーグルスの山﨑武司選手と一緒に《山山杯》という大会も開催してるんだぞ」

「だから、知らないですって！」

「あ、そうだ。ヤナさん。係長の娘さん、結婚するらしいよ」

西利明《にしとしあき》が、会話に入ってきて助け船を出してくれた。

西さんの席は、ヤナさんの向かいのデスクだ。四十一歳。独身。百八十七センチの身長に対し、体重が五十八キロしかない。ガリガリで、目も口も鼻も彫刻刀で彫ったみたいに鋭い。「もう少し肉がつけば、かなりの男前なのに惜しいよね」と警視庁で働く女性陣は残念がっている。剣道の達人で、全日本剣道選手権大会で準優勝の経歴がある。だが、ギャンブル中毒で、かつスイーツ中毒だ。麻雀《マージャン》が大好きで、通称シャーさん。麻雀の牌《パイ》の《西》が、《シャー》と呼ばれるからだ。机の上にはありとあらゆるお菓子が散乱している。ちなみに、今散乱しているのは、『ガトーフェスタ・ハラダ』のラスク、『キャンティ西麻布店』のレモンクッキー、『小川軒』のレイズン・ウィッチだ。それらを美味しそうに頬張っては、常に口の中をモサモサさせている。

シャーさんは、赤色が好きで、いつも赤系のシャツを着ているので、陰で《赤い彗星》とアダ名を付けられていた。但し、本人は『機動戦士ガンダム』にはまったく興味がない。

「へえ、娘さん、とうとう結婚するのか。係長ショックだろうなぁ」

ヤナさんが、ラジコンの話を終えてくれたので、おれはホッとした。

「そんなに可愛がってたんですか?」シャーさんが、ラスクを包む袋をガサゴソ剝がしながら訊いた。

「とんでもない美人なんだよ。写真、見せてもらったけどな、あまりにも綺麗でビックリしたもん」

シャーさんが、ラスクを口に入れた。「芸能人でたとえると、誰に似てまふ?」

頼むから、刑事が、口にお菓子を入れながら喋《しゃべ》らないで欲しい。

「スカーレット・ヨハンソンだな」

「ハーフなんふか?」

「シャー、お前知らなかったのか? 係長は、スペイン人と国際結婚してんだよ」

「へえ、初耳でふ」

あまりにも興味のなさそうなシャーさんの反応に、ヤナさんが眉をひそめる。

「シャーよ、もう少し驚いてもいいんじゃないか」

「俺、女って生き物を信じてないんでふよ。愛していると言ったくせに、平気で裏切りまふから。裏の顔は恐ろしい悪魔だったりするんでふ」

熱弁するなら、お菓子を食べてからにして欲しい。食べカスがおれの顔に飛んでくる。

おれは、ヤナさんのデスクを拳で叩いた。これ以上、意味のない会話を聞いてられない。

「何で、おれが外されたんッスか!」

岡野は、まだ逃走中だ。すぐにでも、街へ出て奴を捜したい。

「だから、興奮するなって。普通、上司の机を叩くか? 刑事ドラマの見過ぎだぞ、お前」

その刑事ドラマを見るように仕向けたのは、あんたの後輩じゃないか。

「ヤナさんがバネを甘やかし過ぎやけんね」

まさに、刑事ドラマの宣教師張本人の沼尻絵里《ぬまじりえり》がトイレから戻ってきた。通称ヌマエリ。三十一歳。独身。愛媛県出身。百五十センチの身長に対して、体重が九十キロあるらしい。ただ、日に日に体が大きく丸くなっているので、陰では「百キロを超えているのでは」と言われている。

体に似合わず反射神経がよく、特に車の運転は見事で、達人の域に達している。ヤナさんに、「男だったらF1レーサーにしたい」と言わせるほどのスピード狂で、警視庁に来るまでは愛媛県警の交通課でミニパトをぶっ飛ばし、驚異の検挙率を誇っていたため、その腕を見込まれて、異例の特別措置で捜査一課に大抜擢《ばってき》された。「デブ女はキャラが重要やけん」が口癖で、方言を直そうとしない。そして刑事ドラマヲタクだ。

「俺のせいかよ。勘弁してくれよ」ヤナさんが抗議する。

「バネ、とりあえず、お茶淹《い》れんか」ヌマエリが命令してきた。

お茶汲みは新米の仕事だ。だが、今は、呑気にお茶など汲んでいる場合ではない。

「嫌です」

「おふっ。先輩命令を拒否だ。おふっおふっ」シャーさんが、ラスクの食べ過ぎでむせる。

「はい。拒否します」

「ええ度胸しちょるね。ほしたら、ヤナさんが、お茶淹れてくださいよ」

「えっ？　俺？」

「だって、相棒のヤナさんの教育が悪いけん、バネがこがいに生意気になっちょんよ。責任を取らんといけんでしょ」

「あのな。俺は警部補だぞ」

「肩書きは関係ないけん。お茶をお願いします。給湯室の棚にほうじ茶が入っとるんで」

「俺はコーヒーをお願いしまふ」シャーさんも調子に乗って手を挙げた。

「お前の分もかよ！」

「ブラックでお願いしまふ」

「甘納豆もあるけん」

おれは、もう一度、ヤナさんのデスクを殴った。

「だから、叩くなって！」

「いい加減にしてください！　こんなとこでくっちゃべってないで、岡野を追いましょうよ！」

沈黙。全員の顔が暗い。

「……えっ？　皆さん、どうしたんッスか？」

「あんた空気読めんの？　私たちがわざとおどけちょんのに気づいとらんのか？」ヌマエリが大げさにため息をつく。

「バネは相変わらず空気読めないよなぁ」シャーさんが、小馬鹿にしたように笑う。やっとラスクを飲み込んだようだ。

「ドンウォリー、お前だけじゃない」ヤナさんが、真顔でおれを見た。「俺たち柳川班は岡野のヤマから外されたんだよ」

「……マジッスか？」

「マジッスよ」シャーさんが、おれの口調を真似してみせる。

「おれのせいですか？　おれが岡野を取り逃がしたから……」

「まあ、ズバリそうだな」ヤナさんが腕組みをして頷いた。

「ちょっとは庇《かば》ってくださいよ！」

「庇ってやりたいのはヤマヤマだけど、さすがに今回は厳しいな」

「聞いたで。環七で大乱闘しちょったやろ？」

「バネは、本当、ムダに喧嘩が強いな。よく素手でやりあえるよ。俺なら絶対に武器を使うけどな」シャーさんが感心して言った。「昔、暴走族だったのか？」

「な、わけないでしょ」

「格闘技の経験もないんだろう？」

「ありません」

「誰かに喧嘩を教わったのか？」

「ええ、まあ……」おれは言葉を濁した。

『赤羽光晴さんって伝説の刑事だったんでしょう？』

八重樫育子の言葉が、頭に浮かぶ。

どうやって、あのジジイを東京に連れてくればいいのだろう。


おれが小学三年生のときだった。

放課後、おれは親友のオサムと、サッカーボールを蹴りあいながら帰っていた。ちょうど、その年にJリーグが開幕し、学校でも野球より断然サッカーのほうが人気があった。男子全員が、ヴェルディのカズに憧れ、シザースドリブルの練習をしていた。

おれの友達の中で一番サッカーが上手かったのはオサムだった。チビだが、テクニックが抜群で、地元のクラブチームでも、六年生の試合に出してもらえるほどだった。

おれは、野球少年だったけど、オサムにサッカーを教えてもらっていた。野球よりもサッカーが上手いほうが、女子からキャーキャー言われるからだ。

おれは、ドリブルが苦手だった。足の速さは自信があったが、ボールが足元にくると、途端に動きが硬くなる。得意技は、大きく蹴り出し、「ヨーイ、ドン!」でディフェンダーを振り切る、ドリブルというよりはかけっこの技だった。

その日も、オサムとドリブル勝負をしていた。おれがオフェンス。オサムがディフェンス。ボールを取られたら攻守交替。生半可な技じゃオサムは抜けない。おれは、わざとボールを電柱に当てた。イレギュラーに跳ね返ったボールを、足の速さでカバーしようと考えたのだ。

ボールがイレギュラーしすぎてしまった。予想よりも跳ねてしまい、通りがかった中学生の自転車を直撃してしまった。

相手が悪かった。

和田君という、近所でも札付きのワルで、中学一年生なのに、すでに学校をシメたという噂があった。父親がヤクザなのだ。体も顔もおっさんみたいで、学生服を着ていなければ、とても中学生には見えない。

和田君は急いでいたのか、立ち漕《こ》ぎで角を曲がってきた。そこに、サッカーボールが飛んできたものだから、避け切れず、前輪のブレーキを急にかけてしまった。

自転車の後輪がふわりと浮きあがり、噂の番長が、前方の宙に投げ出されて、アスファルトの上に顔から落ちた。

おれとオサムは青くなった。パニックになって、謝ることもできなかった。サッカーを心の底から愛しているオサムは、反射的に、和田君よりもサッカーボールのほうにかけよってしまった。

その行動が、和田君の逆鱗《げきりん》に触れた。

「危ねえだろ!　ガキ!」

顔を真っ赤にして（カッカしてるし、流血してるし）立ち上がった和田君を見ると、その後ろに、自転車にまたがった中学生たちがずらりと並んでいた。

「和田君、大丈夫か？」

全員、和田君と同じような短ランにドカンズボンを穿《は》いている。

最悪の事態だった。〝噂の番長〟が仲間の前で恥をかかされたのだ。

和田君の長い手が伸びて、オサムの髪の毛を摑んだ。

次の瞬間、オサムが吹っ飛んだ。和田君の右拳に、オサムの鼻血がついている。

おれは足がすくんで動けなかった。

「やっぱ、和田君はハンパねーよー」「小学生相手にグーパンチだもんなー」

仲間たちがニヤニヤと笑いながら感心する。

その手で、おれも胸ぐらを摑まれて、持ち上げられた。大人と子供だ。勝てる勝てないのレベルじゃない。

「殺すぞ、コラッ」

鼻と鼻がぶつかるほどの距離まで顔を近づけられた。中学一年生なのに、うっすらと髭まで生えている。

「汚ねえ！　コイツ小便漏らしてんぞ！」

仲間の一人が叫んだ。

和田君のオデコが、おれの顔面にめり込む。頭突きだ。目の奥で火花が散った。

おれは泣いてしまった。生まれて初めて味わう暴力体験に、なす術《すべ》もなかった。アスファルトの上に投げられ、肩を蹴り上げられた。

「サッカーしようぜ！」

和田君たちは、転がっていたサッカーボールを拾い上げ、去っていった。

おれとオサムは泣きながら帰った。

「喧嘩に負けたんか？」

玄関先で、じいちゃんに訊かれた。二日前に、大阪からじいちゃんが遊びに来ていたのだ。おれは、泣きじゃくりながら頷いた。

「相手は何年生や？」

「中学一年生……」

「一人にやられたんか？」

力強く頷いてみせる。じいちゃんが昔、刑事だったことは両親から聞かされていた。ちなみに、おれの両親は、二人とも大学の教授で、真面目を絵にかいたような人物だ。

「相手はどんな奴や？」

おれは子供心に、じいちゃんが和田君の親に注意してくれることを期待した。ヤクザよりも警察のほうがえらいはずだ。

「和田君っていう子……」

「家はどこや？」

やった！　注意してくれるんだ！

「三丁目にある」

近所の者なら誰でも知っている大豪邸だ。いつも、家の前にベンツが停まっていて、背中に刺青をした若い衆がワックスをかけている。

「よしっ。ほんなら仕返しはできるな」

じいちゃんは、おれを回れ右させて、玄関から追い出した。

「勝てるまで帰って来たらアカンぞ」

「えっ……」おれは驚きのあまり、涙が止まってしまった。それまでのじいちゃんは、お小遣いもくれたし、好きな物は何でも買ってくれるし、どちらかと言えば〝優しいおじいちゃん〟だったのだ。

「勝てるわけないよ……」

「勝つまで、絶対に家には入れへんからな」

鼻先でバタンとドアを閉められた。死刑宣告も同然だった。

小学三年生が、ヤクザの家に復讐に行く？　漫画の世界でしかあり得ない話だ。

両親が帰ってきたら、家に入れてくれるはずだ。おれは、家の前で待つことにした。しかし、夜になっても、父親も母親も帰ってこなかった。おかしい。いつもなら、二人ともとっくに帰っているはずなのに……。

玄関のドアが開いた。

ジャージ姿のじいちゃんが、竹刀《しない》を持って出てきた。

「お父さんもお母さんも帰ってこんぞ。二人ともビジネスホテルに泊まっとるからな」

「……どうして？」

「わしが、帰ってくるなと命令したからや」

「……いつ帰ってくるの？」

「お前が喧嘩に勝ったらや」

あまりの横暴さに、気を失いそうになった。こんな無茶に従う両親もどうかしている。

九歳のおれは、直感でわかった。おれのじいちゃんは、まともな人生を送ってきていない。

数々の修羅場をくぐり抜けてきた、普通じゃない人なんだ、と。

竹刀の先が飛んできた。左肩を強く突かれ、おれは尻餅をついた。

「さっさと、和田君の家に行かんかい！」

鼓膜が破けるほどの大声で怒鳴られた。

近所中の家の窓が何事かと開いた。

「孫を躾《しつけ》ているだけです！　何もご心配はいりません！」

じいちゃんが、竹刀を上段に構えた。

これが躾？　でも、じいちゃんの目は本気だ。

「全力で頭を打つから避けろ」

「や、やめて……」

「三つ数えたら打つ。いくぞ。一、二」

おれは、跳ね起き、後ろに逃げた。

「三！」じいちゃんは、宣言どおりに全力で竹刀を振り下ろした。

間一髪だった。顔面スレスレで竹刀が通り過ぎる。

バシン！　もの凄い破裂音が、近所中に響き渡った。竹刀がアスファルトを打ったのだ。

あれをまともに食らったら……。

「次は、足を打つ。いくぞ。一、二」またカウントが始まった。

おれは振り返って逃げようとした。足ならじいちゃんに勝てる。

「三！」

太腿の裏に激痛が走った。おれは、のけぞって、アスファルトの上にうずくまった。

このジジイ……。半ズボンなのに、本気で殴りやがって……。

「次は、ケツを打つ。一、二」

逃げたいけど、立てない。おれは、歯を食いしばって、次の痛みに備えた。

「三！」

「痛い！　やめてよ！　おじいちゃん！」

おれは、近所の人たちに聞こえるような大声で叫んだ。

「お前が仕返しにいくならやめてやる」

「勝てるわけないよ！　相手は中学生なんだよ！」

「言い訳をするな。年齢は関係ないやろ」

「あるよ！」

おれと和田君の体格差をまったくわかっていない。チワワがゴリラに挑むぐらい無謀な戦いだ。

「もう一発、ケツにいくぞ。一、二」

「三！」ビシッ！

「ギャアアア！」

早く誰か助けに来てくれよ。

「何を泣いとるんや」

アンタが竹刀で殴るからだろ！　尻が四つに割れそうだ。脳天までジンジンと痛みがやってくる。

「殺されるー！」

そう叫ぶと、さすがに、近所の連中が、数人やってきた。

「何をなさってるんですか？」

隣のおじさんが、じいちゃんに訊いた。

「躾です。何の問題もありません」

じいちゃんが、きっぱりと言い返した。

「どう見ても虐待じゃないですか」

隣のおじさんが、じいちゃんの腕を摑んだ。

次の瞬間、隣のおじさんがアスファルトの上に仰向けに転がっていた。柔道だか合気道だか知らないが、じいちゃんが投げ技を決めたのだ。

だが、コロリンといった感じで転がった隣のおじさんに、まったくダメージはなかった。本人は、何が起こったのかわからないのだろう。寝起きのドッキリに引っかかったタレントのように、ポカンとしている。

「邪魔せんといてくれるか。孫が、男になるか負け犬のまま一生を過ごすかの瀬戸際やねん」

「……そんな大げさな」隣のおじさんはかすれた声で言った。

「大げさやない。わしは、刑事の目で色んな人間を見てきた。乱暴に言うと、人間は二種類や。負けたら負けっぱなしで、ヘラヘラ笑ってる奴。中には、自分が負けたことにも気づいてないアホもおる。それと、何があっても歯を食いしばって立ち向かっていける奴。勝ち負けなんかどうでもええ。大事なんは、逃げへんことや」

じいちゃんの演説に、近所の人たちが拍手をし始めた。

おいおい、助けてくれよ！　じいちゃんの味方についてどうすんだよ！

「次は、背中をメッタ打ちにする」じいちゃんが調子に乗って、竹刀を時代劇の俳優みたいに構える。「一、二」

「わかったよ！　行くよ！　行けばいいんだろ！」

おれは、飛び起きて怒鳴った。こうなりゃヤケクソだ。ヤクザに殺されて、ここにいる全員を後悔させてやる。そして、心の中でクソジジイ！と叫んだ。決めた。もうじいちゃんとは呼ばない。これからは、ジジイだ。

和田君の家に一人で行った。

震える指で、インターホンを押すと、和田君の母親が出てきた。香水の匂いがやたらとキツい、化粧の濃いおばさんだった。

「どうしたの？　ボク？」と訊かれたから、「和田君にやられたので仕返しに来ました」と正直に言った。「ちょっと、待ってね」と母親が引っ込んだ。和田君を呼んでくる気だ。膝がガクガクして、立っているので精一杯だった。

和田君を五十倍ほどいかつくしたおっさんが出てきた。スキンヘッドで、髭を生やし、葉巻をくわえている。軽く、二、三人は殺していそうな迫力だ。誰がどう見ても和田君の父親だ。

父親ヤクザは、おれをジロリと一瞥《いちべつ》して言った。「入ってこい」

ドスのきき過ぎた声に、思わず気絶しそうになる。恐怖を通り越してボーッとしてきた。夢の中にいるように、フワフワとした足取りで屋敷に入った。

玄関に象牙の置物が飾ってある。廊下はドッジボールができるほど広くて長い。

リビングに案内された。天井から下がっているシャンデリアに度肝を抜かれる。

和田君は、大人一人がスッポリと入ってしまうほど巨大なテレビで『ドラクエ』をやっていた。

「あれ?」和田君が、おれに気づいた。「お前、何やってんだ? ここ俺ん家だぞ!」

立ち上がろうとした和田君の顔面を、父親ヤクザが足の裏で蹴った。

和田君が吹っ飛び、白目をむいて失神した。

突然のヤクザキックに、おれは呆然となった。母親は、目の前で息子がノックアウトされたというのに、タバコを吸いながらキッチンのテーブルでクロスワードパズルをしている。

父親ヤクザが、おれの頭を優しく撫でた。

「坊主、いい根性してるな。弱い者を苛《いじ》めるような男にだけはなるなよ」

その後、黒いベンツで焼肉店に連れて行ってくれた。オサムも途中で拾った。和田君は、肉を食べることを許されず、泣きべそをかきながら、おれたちの肉を焼いてくれた。

「とりあえず、今日は帰って寝ろ」

ヤナさんが、おれの肩を叩いた。

「でも……」

「明日から、八重樫育子の下で働くんだろ？」ヤナさんが意味深に笑う。「あの女は見た目はセクシーだがキツいぞ。ナメてかかると痛い目に遭うからな」

シャーさんとヌマエリが真顔で頷く。

「口を開けば、引き籠りの息子のことしか言わねえしな」シャーさんがボヤくように言った。

「過保護に育てるとロクな大人にならねえぞ。俺も人のことは言えないけどな」

行動分析課……。一体、何をさせられるのだろう？

まず、最初の仕事は、ジジイを東京に呼ぶことだ。

ただ、問題がいくつかある。十六年の月日が経ち、ジジイは竹刀を振り回せなくなった。足腰も弱っている。そして、孫のおれのことを憶えていない。

アルツハイマー型老年認知症。

かつての伝説の刑事は、自分の名前さえも言えない。

(4)

東京都練馬区　午後十一時

チクショウ。

岡野迅人《はやと》は、ベッドに寝転がり、天井を見つめて呟いた。

枕から女の髪の匂いがする。いつもなら欲情するところだが、さすがに今日は下半身がピクリともしない。

どうして、こうなったんだよ……。

天井が涙で滲《にじ》む。ここが自分の部屋なら大声で泣き出しているところだ。

完璧な人生のはずだったのに。一瞬ですべてを失った。やっぱり、Jリーグに行っとけば良かったのか。サッカーの神様を侮辱したバチが当たったのか。

『芸能人になるなら今しかないよ。岡野迅人の旬は、今なんだから』

今のマネージャーの言葉にコロリと騙された。膝の怪我は、Jリーグに行かないための嘘だった。今日も刑事に追われて、環七の坂道をダッシュした。一週間トレーニングをすれば、現役時代と変わらない動きをする自信はある。

だが、Jリーグに入っていたとして、どれだけの活躍ができただろう。死ぬほど努力すれば、日本代表にもなれたかもしれない。でも、日本のサッカーのレベルは、ヨーロッパや南米に比べると絶望的な差がある。野球はWBCで二回優勝したが、男子のサッカー日本代表がワールドカップで優勝する確率は、地球に宇宙人がやってくるよりも低い。サッカーファンの誰に訊いても、「ゼロ！」と即答するだろう。スペイン代表の華麗すぎるパス回しや、ブラジル代表のテクニックには、百年経っても追いつかない。

日本代表が強ければ、イケメン俳優なんかならなかったし、あの女を殺すこともなかった。

クソッ！　クソッ！　クソッ！

岡野はベッドから体を起こし、タバコを探した。一本ぐらい落ちてないか？　ベッドの下を覗いてみるがゴミしかない。

早く帰ってこいよ……。

リモコンでテレビをつける。ザッピングするが、どの局も、あの女が殺されたことをニュースに取り上げていない。少しホッとする。

この部屋の女……ブスのヘアメイクは、コンビニに行ってくれている。タバコの他に食べ物や替えの下着を買ってきて欲しいと言ったら、ボールを投げられた犬のようにすっ飛んでいった。

イケメン俳優になってから、怖いくらい女が寄ってきた。高校時代もモテたが、比べ物にならない。ひと声かければ、どんな女も股を開くし、金もくれる。まるで魔法使いになった気分だ。

殺した女……人気グラビアアイドルは、とんでもなくいい女だった。顔は整形だが、胸は、はちきれんばかり、くびれも申し分ない、ケツもプリンとしてサイコーだった。でも、勝手に人のケータイを盗み見するサイテーな女だった（浮気をするこっちが悪いのだが）。カッとなって殴ったら、目覚まし時計で殴り返された。突き飛ばしてやったら、昼ドラみたいに包丁を持ち出してきたのだ。

正当防衛だ。殺さなければ、こっちが死んでいた。気がついたら、キッチンの床に人気グラビアアイドルの死体があった。火曜サスペンス劇場みたいに包丁が心臓に刺さっていた。ああ、なんでこんな目に遭わなくちゃいけないんだよ。まさか、俺が殺人犯になるなんて、ありえねえよ……。

当分、この部屋で時間を稼ぐしかない。ブスのヘアメイクと逃亡してもいい。この女は、まだ殺人のことは知らないが、こっちが涙を流しながら「助けてくれ。君しか頼れる人がいないんだ」と言えば協力してくれるだろう。その前にセックスが必要か……。あの顔を見ながらやれるかどうか不安だ。バックですれば何とかデキるか。

インターホンが鳴った。

ずいぶんと早い。男が部屋で待っていることが、よっぽど嬉しいのか。ガツガツする女。正直、萎《な》えるぜ。

岡野は立ち上がり、玄関の鍵を回し、チェーンロックを外した。ドアが少しだけ開くと、黄色いアヒルが顔を覗かせた。

何だ、こりゃ？　おもちゃのアヒル？　風呂場に浮かべるヤツだ。

一緒にお風呂に入りたいってアピールかよ……。岡野は、ため息を呑み込み、ドアを開けた。

そこにいたのは、ブスのヘアメイクではなかった。

「誰だよ……お前……」

訪問者はニッコリと笑った。

「誰なんだよ……」

岡野が後退《あとずさ》り、腰を抜かす。

アヒルが怖いわけではない。逆の手に握られているサバイバルナイフが恐ろしいのだ。

全身が痺《しび》れて力が入らない。こんな感覚は生まれて初めてだ。

「ぼくをころしてください」

訪問者が何の感情もない声で呟いた。岡野は混乱した。ぼくをころして？　どう考えても、殺されるのはこっちじゃないか。

「ぼくをころしてください」

訪問者が、もう一度呟き、玄関の中へ入ってきた。後ろ手にドアを閉め、鍵までかける。

「こ、こ、殺してやるから、そ、それ貸せよ」

岡野は、手を伸ばした。

訪問者が、その手にサバイバルナイフを突き立てた。

切られた！　一瞬、何も感じなかったが、すぐに手の平が熱くなる。横一線の傷から出血し、ポタポタとフローリングの床を汚す。

逃げろ。頭ではわかっているが、腰が抜けて、体が動かない。第一、逃げようにも1DKのこの狭い部屋では逃げようがない。

ベランダ……ベランダから飛び降りよう。三階だけど、サバイバルナイフで刺されるよりはマシな筈《はず》だ。

岡野は、四つん這いのままベランダへと向かった。

自分が殺される理由がまったくわからない。ヤリ捨てした女が、殺し屋でも雇ったのか？

年老いた犬のようにヨタヨタと部屋を横切る。キッチンの下にタバコが一本落ちているのが見えた。

あんなとこにあったのかよ。一本吸いたかった……。

肛門に激痛が走った。訪問者が、サバイバルナイフで突き刺したのだ。

「ギャアアアア！」

焼鳥じゃねえぞ！

ヤリ捨てた女の顔が高速スライドショーで、次々と浮かぶ。どいつだ？　どの女の復讐だ？て、いうか、数が多すぎてわかんねえ！　名前もほとんど憶えてねえ！

助けを呼ぼうとしたが、遅かった。

訪問者が背後から覆いかぶさり、喉にサバイバルナイフを当て、一気に掻っ切った。

「ハヒュヘヘ」

助けて！　と叫んだつもりが、傷口から空気が漏れる。

あまりの恐怖に、痛みを感じない。それどころか、目の前がキラキラする。命を完全に支配される恍惚感《こうこつかん》なのか。何かの本で読んだが、ライオンに首を噛みつかれた草食動物はうっとりとしながら死んでいくという。

仰向けに引っくり返された。訪問者が馬乗りになって、サバイバルナイフを逆手に持つ。

「ぼくをころしてください」

まだ言ってやがる。おいおい、コイツ、幸せそうな目をしているよ……。中学生のとき、修学旅行で見た奈良の大仏様の目を思い出した。

頭の中から、ヤリ捨て女たちが消えた。これは、誰かの復讐なんかじゃない。たまたま、この殺人鬼に選ばれてしまったんだ。

訪問者が、サバイバルナイフを振り下ろした。

ザクッ、ザクッ、ザク。

園芸でもするように、岡野の顔を何度も刺す。

意識が途切れ途切れになる。目は見えない。両目を刺されたからだ。

自分が死ぬのはわかっている。ただ、醜い姿で発見されることになるのが、この上なく辛《つら》い。

イケメン俳優なのに……こんな目に遭うなら、地味なチームでもいいからJリーグに入っとけばよかった……。

インターホンが鳴った。

今度は間違いなく、ブスのヘアメイクだ。

もう一度、インターホン。

「岡野くーん、開けてよー」嬉しそうな声。

鍵穴にキーを差し込んでいる音が聞こえる。

ダメだ。逃げてくれ。

ブスと一緒に死体で発見されるなんて、イケメン俳優として最悪だよ。

第二章　木彫りの家鴨

（一九五二年　八月二十九日）

大阪市東区　午後三時

コッコッコッコッコケッコー。

百田《もも た》広吉《ひろきち》警部補が、昨年流行《はや》った暁テル子の『ミネソタの卵売り』を口ずさみながら、取調室に入ってきた。百田は暇さえあれば、この歌と美空ひばりの『あの丘越えて』を交互に歌っている。

部屋に入るなり、顔をしかめる。

「なんじゃ、この暑さは？　塩をかけられたナメクジみたいに溶けてまうで、ホンマに。窓、開いてんのか？」

「はい」弁当を食べていた調書担当の若い刑事が、勢いよく立ち上がると直立不動で頭を下げる。

「アホ。全開にせんかい。半分しか開いとらんがな」百田が、窓を見て舌打ちをした。

若い刑事が慌てて窓を開けようとする。

「おい、お前」

「は、はい」若い刑事が過敏に反応して振り返り、また直立不動になった。

百田は、恐れられている。相撲取りのように体がでかい上に、頭に血が上ると何をしでかすかわからないからだ。取調室の壁に染みついている血痕のほとんどが、百田が容疑者を殴ってできたものだ。

「ちょっとばかり、休憩してこんかい」

「は、はい？」若い刑事が困惑し、額から滝のような汗を流す。「あの……調書のほうが、まだ……あの……自分、今……弁当を食べてまして……」

「何弁当や？」

「幕の内弁当であります！」

「よし。置いて出て行け。あとはわしが食うといたる」

「えっ？　あの……自分、昨日の夜から何も食べてない状態でして……」

「ええから！　カバヤのキャラメルでも食ってこいや！」百田が怒鳴る。腹の底に響く声だ。大抵の容疑者はこの声で震え上がってしまう。

「か、かしこまりました！」

若い刑事が、逃げるようにして部屋から出ていった。

「さてと」百田が扇子を取り出してあおぎ、俺を見た。「やっと二人きりになったのぅ。みっちゃん」

俺の名前は赤羽光晴。刑事仲間からは〝みっちゃん〟と呼ばれている。ただし、今日は、刑事として取調室の机に向かっているのではない。

「よっこらせと」百田が巨体を揺らし、向かいの椅子に座った。俺の両手にかかっている手錠を見て、鼻を鳴らす。「まさか、こんなことになるとは夢にも思ってへんかったか？」

俺は、あえて何も言わなかった。百田は取り調べの達人だ。下手に口を開くと、あっという間に追い込まれてしまう。

「みっちゃんよぉ。黙っててもしょうがないがな。俺にだんまりが通用せえへんのはよう知ってるやろ?」

百田が、眠そうな目で俺を睨《にら》みつけた。赤ら顔で、わずかに酒臭い。百田がトリスウイスキーの瓶をポケットに入れて持ち歩いているのは誰でも知っている。

「どえらいことになったのぅ」

百田が俺から目を逸らし、窓を見ながら扇子であおぐ。

コッコッコッコッコケッコーと、また歌いだした。

「ところで、何でこの歌『ミネソタの卵売り』って言うんやろな?」

短い沈黙の後、百田が立ち上がって訊いてきた。

「なあ、みっちゃん。どこからミネソタが出てくんねん」

むんずと俺の髪の毛を摑み、自分の顔に近づけた。トリスの臭いにむせそうになる。

「なあ? 何でや? 教えてくれや?」

ブチブチと髪の毛が抜ける音がする。

「わ……わかるわけないやろ」

弁護人が来るまで無言を貫こうと思ったのに、早くも言葉を発してしまった。

「じゃあ、何でタマゴやねん?」

百田が、もう片方の手で俺の鼻を摘《つま》んだ。とんでもない握力で、軟骨を捻《ひね》り上げる。

「ぐひっ！」痛みに堪えきれず、情けない声が出る。

「ミネソタでタマゴ売ってどないすんねん？　おう？」

さらに強い力で、鼻をもぎ取ろうとする。勝手に涙が溢《あふ》れてきた。喉の奥に血の味が広がる。

「わかりません！」思わず敬語で叫んでしまった。

「ほんじゃあ、わかることから話してもらおうか？」

やっと鼻が解放されたが、髪の毛はまだ掴まれたままだ。生温かい感触がとろりと鼻から伝い、唇を濡らした。鉄の味がする。

「みっちゃん、昨日の夜、誰とおった？」

「一人やった」

「嘘ついたらあかんがな」

百田が、再び鼻を掴もうとした。

「う、嘘とちゃう！　信じてくれや！」反射的に答えてしまう。

くそっ……。俺は百田に怯《おび》えている。これじゃ、さっきの若い刑事と何も変わらない。

「みっちゃん、年はいくつや？」

「二十五……」

「そりゃ、もう、若いお姉ちゃんとオメコしたくてしたくて辛抱たまらん年やの」

「……俺は商売女なんか相手にせえへん」

「商売女もたまにはええがな、誰もそこを責めてんのとちゃうねん。そんなもんで怒られたら、うちの刑事はみんな何も言われへんがな」

百田をはじめ、性根が腐りきった刑事は意外に多い。売春にどっぷりと絡んでいる奴もいる。元締めの男から賄賂《わいろ》を受け取り、娼婦の味見もやりたい放題だ。

「お前らと一緒にすんなや」

俺は、百田の顔に唾《つば》を吐きかけた。血の混じった唾が、百田の目に入る。

「このガキゃあ」

奥歯を食いしばった。百田の鉄拳が、間違いなく飛んでくる。

だが、予想が外れた。百田は髪の毛を摑んだまま、俺を椅子ごと床になぎ倒した。

「がはっ！」

受け身がまったく取れない状態で、後頭部と背中を床に打ちつけた。衝撃で呼吸が止まる。あまりの苦しさに、俺は芋虫のように身をよじった。

「なめとったらアカンぞ！　こらっ！」

百田の革靴の爪先が、俺のみぞおちにめり込んだ。横隔膜が痙攣《けいれん》し、さらに腹の空気が絞り出される。

二度、三度と百田は的確にみぞおちを蹴り続けた。

「お前みたいなぺーぺーぐらい、なんぼでも事故扱いにできんねんぞ！　おう？　わかってんのか！」

俺は百田の足を摑み、何とか止めようとするが、息ができないのでまったく力が入らない。

百田が足を振り、俺を振り払った。

口の中が酸っぱい。胃液が逆流してきた。涙で視界が霞む。

「わしに汗をかかせんな。暑いの苦手やのによぉ……」

百田が、窓を閉めた。〝事故扱い〟に備えてだ。気に入らない容疑者を徹底的に痛めつけるときは、悲鳴が外に漏れないように必ず窓を閉める。百田は、行き過ぎた取り調べで、少なくとも二人の容疑者を再起不能にしている。三十二歳の百田は、刑事として脂が乗っているにもかかわらず、素行の悪さで、出世街道からは脱落した。今は、この取調室で暴君として振る舞うのが生き甲斐だ。

百田がどかっと椅子に腰を下ろした。

「みっちゃん、そろそろ立とうか。いつまで寝ころがっとんねん。今はお昼寝の時間と違うぞ」

俺は、何とか呼吸を取り戻し、体を起こした。頭がクラクラする。

「ほらっ、椅子も早く起こさんかい。チンタラすんな。それでも大阪市警視庁の期待の星かいな」百田が鼻で笑い、扇子を開いた。

五年前、GHQの指示で大阪府庁内に大阪市警察局が設置された。それが、大阪城内の中部軍司令部庁舎に移され、大阪市警視庁が誕生した。これによって、東京と大阪で二人の警視総監が存在することになった。俺は、半年前に大阪のほうの警視総監に見出され、田舎町の国警（国家地方警察）から大阪市警視庁の刑事に抜擢されたばかりの、いわゆる新米刑事だ。

俺は、よろめきながらも椅子を立て、座り直した。百田に嫌われているのは前から知っていた。百田はこの機会を逃さず、日頃のうっぷんを晴らしてくるだろう。警視総監のお気に入りの新米を正々堂々と痛めつけることができるのだ。さらなる暴力を覚悟しなければならない。

「ほんで、昨日の夜は誰とおったんや？」

百田が、また眠たそうな目に戻った。容疑者をいたぶるとき以外は退屈なのだ。

「……一人や」

「吐いて楽になれや」百田がわざとらしく鼻をほじる。

「一人やって言うてるやろ！」

百田が、鼻くそを俺の手になすりつけた。

「一人で何しとってん？」

ぶん殴ってやりたいが、堪えるしかない。ここで暴れたら百田の思う壺だ。

「張り込みや」俺は憮然とした態度で答えた。

「笑わすのぅ」百田が、小馬鹿にしたように笑う。「誰を捜しとってん？」

「この事件の犯人に決まってるやろ！」

百田が扇子を閉じた。

「今、わしの目の前におるがな」

「ふざけんな！」俺は手錠がかかった両手で机を殴った。「何で俺が犯人やねん！」

「ふざけてんのはどっちじゃ？」

百田が、木彫りの家鴨《あひる》を机に置いた。子供の拳ほどの大きさだ。精巧な技術で手彫りされている。

この夏、五つの家鴨が見つかった。一つ目は堀江《ほりえ》、二つ目は船場《せんば》、三つ目は西成《にしなり》、四つ目は難《なん》波《ば》で。すべての家鴨の横に、顔を刃物で切り裂かれた娼婦の死体が転がっていた。

昨日の夜、五つ目の家鴨が俺の部屋で見つかった。見たこともない全裸の女が、俺の布団の上で死んでいた。白い布団が赤い布団に見えるほど、ズタズタの顔面から大量の血が流れていた。

「まさか、お前が、あの《家鴨魔人》とはのぅ。さすがのわしも度肝を抜かれたわ」

一連の連続殺人を新聞記者たちがこぞって面白がり、犯人に勝手に呼び名を付けたのが《家鴨魔人》だ。大方、江戸川乱歩の恐怖小説でも引き合いに出したのだろう。

「この家鴨は、お前の部屋にあった」

「知らん！」

「知らんで済んだら警察いらんやろが！」百田が、俺の顔に向かって扇子を投げつけた。額に当たって床に転がる。「拾え。カス」

俺は動かず、百田を睨みつけた。

「何や？　その目は？」

「俺はやってへん」

「どの犯人も最初はそう言うねん」

「俺は刑事や！　何で知らん女を殺さなアカンねん！」

「わしもそこが疑問やってん」百田が両手を頭の後ろで組み、椅子にもたれかかった。よれよれの白シャツの脇の部分に黄色い汗じみができている。「鑑識の話やと、殺された五人の女は全員、チンポコを突っ込まれた痕《あと》がなかったらしい。まあ、お行儀ええ言い方すれば、おセックスをしなかったってことや。ほんなら、一体、何が目的やねん？　なあ、犯人の口から直々に教えてくれや」

俺は、百田の挑発には乗らず、口をつぐんだ。

「オメコがしたくて売女《ばいた》を選んだんとちゃうんか？　おう？　相手されへんかったから腹立って殺したんか？　そんな男前のくせに、女に苦労しとったんか？」

自分のことを男前だとは思っていない。ガキの頃、周りから「光晴の顔は歌舞伎役者みたいや」とからかわれて傷ついた記憶がある。

「お前、決まった女はおんのか？　おらんやろ？　お前の変態ぶりについていけへんで、いつも捨てられるんとちゃうか？　どや、図星やろ？」

俺は、絹代《きぬよ》の笑顔を頭に浮かべた。毎日世話になっている定食屋の一人娘だ。恋仲になって二年になる。来年あたりには一緒になろうと約束したばかりだ。少し肉付きがいいが、健康的な美しさがある。甘いものが好きで、いつも俺におはぎを作ってきてくれる。俺は、どちらかというと甘いものは苦手なのだが。

もし俺が、巷《ちまた》を騒がせている《家鴨魔人》として挙げられたら、絹代はどんな顔をするだろうか。俺は、絹代の笑顔しか思い出せない。いつも陽気に愛敬たっぷりに常連客たちの相手をし、男のように豪快に笑っている。一つ年下だが、ときおり、俺よりも肝が太いと感じるときがある。絹代の口癖は「笑え、笑え。何とかなる」だ。俺はそんな絹代を、一生守り続けると決めた。丈夫で元気な俺の子を産んで欲しいと思っている。男の子が産まれたら絶対に刑事にする。その孫もだ。

……冗談じゃない。絹代を不幸にさせてたまるか。絶対に、この濡れ衣を晴らしてやる。

「そろそろ、本気を出そうかいのぅ」百田が立ち上がった。「お前のためを思って言うといたる。警視総監はお前を見限ったとのことや。これがどういう意味かわかるか？　お前は刑事をクビになるっちゅうこっちゃ。女の顔面を切り裂く恐怖の《家鴨魔人》が大阪市警視庁におったなんてわかったら、シャレにならんからのぅ。ただでさえ、『こんな狭い日本に二つも警視庁はいらんやろ』って風潮が立っとんねん。面倒は勘弁してくれや。わしが大阪市警視庁みんなの声を代弁したるわ。『あのガキ。事故にでも遭ってくれへんかのぅ』じゃ。わかったか？」

俺は、取調室の戸を見た。その視線を見て、百田が笑う。

「念のため、戸締りしとこか」

百田が、自分の座っていた椅子を持ち上げ、戸の把《と》っ手の下に、斜めに立てかけた。これで、取調室に外から助けが入ってこられなくなった。

「まあ、こんなことしなくても、誰も入ってこないけどな。みんな、お前の悲鳴が聞こえへんふりをしながら仕事に励みよるわ」

俺は立ち上がった。両手は手錠でつながれている。倍以上の体格差がある大男相手に、どうやって立ち向かえばいいのだろう。

全身の汗がピタリと止まった。

百田は、ゆっくりとシャツの袖をまくり上げた。わざと時間を取り、恐怖に歪《ゆが》む俺の顔を見て楽しんでいる。

「俺は誰も殺してへん！」

百田が木彫りの家鴨を机から取り上げる。

「それにしても器用やのぅ。これ、どうやって彫るねん？　ナイフか？　そのナイフで女たちの顔も彫ったんか？」百田が、木彫りの家鴨を持つ手を振り上げた。「答えてみんかい！」

まさか、証拠品を投げるとは思わなかった。木彫りの家鴨が回転しながら、俺の顔面めがけて飛んでくる。

虚を突かれて、反応が遅れた。両手で顔を守るのが精一杯だ。手の甲に当たって、家鴨が床に落ちた。

ドスドスと地響きを立て、百田が突っ込んできた。百キロ近い巨体で体当たりをされる。踏ん張ったが、まったく効果がなかった。俺は、吹っ飛ばされ、壁に腰をしこたま打ちつけた。

「ぐうっ……」

下半身が痺れて立てない。思わず、床に両膝をついた。

「おいおい、弱いのぅ。伝説の刑事になるんとちゃうんかい！」

大阪市警視庁に来た初日、警視総監が俺のことを「伝説の刑事になれる器だ」と紹介したことをまだ根に持っているんだろう。国警のときに地回りのヤクザと乱闘したことまで紹介された。

「ドスと日本刀を持った相手五人を、素手で倒したんやぞ」と、警視総監は興奮していた。あのとき、百田が、周囲に聞こえるようにわざと舌打ちをしたのを憶えている。

「売女たちの仇《かたき》を取ったる」

両手で髪の毛を摑まれた。膝が飛んでくると察して、反射的に顔を守った。

だが、百田のほうが一枚上手だった。百田は膝蹴りではなく、俺の頭を後ろの壁に叩きつけた。後頭部に鈍い衝撃を受け、目の前が花火のように白く輝く。

百田は攻撃の手を緩めない。みぞおちのときと同じく、何度も壁に、俺の後頭部をぶつけた。そして、とどめとばかりに膝蹴りを俺の顔面に叩き込んだ。

一瞬、意識が途切れた。今、自分が床を見ているのか天井を見ているのかわからなくなる。

この取調室では、百田が王であり、神だ。誰も敵う奴はいない。

百田は、カーッと喉を鳴らし、痰《たん》の絡んだ唾を俺の顔に吐きかけた。唾液と痰とトリスの臭いがする。

「明日からわしは飛田《とびた》のヒーローや！」

といっても、殺された女たちは、飛田新地の女ではない。大阪市警視庁の調べで、全員が道端に立つ客ひきの女だと判明した。百田が飛田新地の〝ちょんの間〟を贔屓《ひいき》にしているだけなのだ。

百田が、手錠の鍵を出すと、何を思ったか、俺の手錠を外しにかかった。せっかくの反撃の好機だというのに意識が朦朧《もうろう》として体が動かない。

手錠を外された右腕が、背中の後ろに無理やり捻り上げられた。バクッと肩の骨が外れる音がする。

「はがっ……ごば……」

悲鳴を上げたいが、鼻と口から大量の血が溢れだして、息もまともにできない。

「こっちの腕も貸さんかい」

手錠がぶら下がったままの左腕も捻られ、背中の後ろで両手に手錠をかけられた。

マズい……。この体勢ではなぶり殺されるのを待つだけだ。

「これが、最後の質問や。特別サービスで先に答えを教えといてやる。ええか？　わしが『お前が、あの女たちを殺して、横に木彫りの家鴨を置いたんか？』と訊くから、お前は『私がやりました』と一言だけ答えればいいんや。どや？　わかったか？　こんなもん、五歳のクソガキでもできるやろ？」百田が、調書を取る机の弁当を見てニタリと笑った。「ただなあ、伝説の刑事、赤羽のみっちゃんは根性あるからのぅ」

百田が、近づいてきた。俺のベルトに手をかける。

何をする気だ……。抵抗したいのだが、足をジタバタと動かすことしかできない。

「や……やめてくれ……」

「犯人と認めるんやったらやめてやる」

百田が俺のベルトを外し、下着ごとズボンを膝までずり下げた。下半身が丸出しの状態になる。

百田が立ち上がり、調書の机から割り箸を一本取った。

「なんや、おかず、ほとんど残ってへんがな」

割り箸を折り、いびつに尖《とが》った折れ口を俺に見せてきた。

「みっちゃん、よく見てくれや。この先っちょイガイガになっとるやろ？　これを尿道に突っ込んでかき回したらどうなると思う？」

恐怖のあまり、全身の力が抜けた。

「そうそう、その顔。みんな、その顔をしよるねん。このイガイガ攻撃を食らって、自白せんかった奴はおらんからのぅ」

「お……お願い……します。やめて……」俺は涙をこぼして懇願した。

「くださいは？」百田が勝ち誇った顔で、俺の顔を覗きこむ。

「……ください」

心の中で何かが崩れ落ちる音がした。

「よっしゃ。じゃあ、さっき教えたとおりにやろうか。返事は？」

「はい……」

百田はわざとらしくコホンと咳をし、芝居じみた口調で言った。

「お前が、あの女たちを殺して、横に木彫りの家鴨を置いたんか？」

「私が……やり……」

――笑え、笑え。

突然、絹代の声が聞こえた。俺は、百田の右手を見た。割り箸の先が、百田の喉のすぐ近くにある。

――何とかなる。

渾身《こんしん》の力を振り絞り、両足で百田の右手を蹴り上げた。百田が仰向けに引っくり返る。

「このガキ……」

百田が、すぐに立ち上がった。

が、目の前に立っている百田の首には、深々と割り箸が刺さっていた。一か八かで、狙ったのが、成功した。

「この……クソ……ガキ……」

百田が、無理やり割り箸を抜いた。噴水のように喉仏の下あたりから血が噴き出す。

「誰か！　来い！　百田が死ぬぞ！」俺は、戸に向かって叫んだ。

数人の刑事が、戸をブチ破り、流れ込んでくる。

中で何が起こっていたか知っている刑事たちは、傷だらけの俺を見て引き攣った顔をした。俺は手錠の鍵を外され、ズボンを穿いた。

取調室を出ようとする俺を、調書担当の若い刑事が呼び止めた。

「あの……どこに行くんですか?」

「決まってるやろ。犯人を捜しに行くんじゃ」

誰も俺を止めなかった。

俺はふらつく足取りで、大阪市警視庁を出た。そろそろ夕方だというのに、夏の太陽が容赦なく俺を照りつける。

犯人はどこだ? いや、その前に誰だ?

昨夜、俺は、死体の第一発見現場だった堀江で張り込みをしていたのだが、連夜の捜査の疲れが出たのか、車の中で睡魔に襲われ、三時間ほど居眠りをしてしまった。その時間帯が、俺の家で見つかった死体の女の死亡推定時刻と、偶然かぶっていた。

最近、よく突然睡魔に襲われる。この夏で四回も襲われた。その時間のすべてが、《家鴨魔人》の犠牲者の死亡推定時刻にかぶっていた。

偶然にも、ほどがある。誰かが俺を犯人に仕立てあげようとしているのか。

それとも無意識のうちに本当に俺が……。ありえない。俺じゃない。俺は刑事だ!

俺は脱臼《だっきゅう》している右肩を力任せに元に戻した。再び歩きだす俺の前を、幼い子供が横切る。

子供が、後ろから来る母親に言った。

「お母ちゃん! あの兄ちゃん、血だらけやのに笑ってんで!」

笑え、笑え。何とかなる。

第三章　白鳥と血の湖

（二〇〇九年　八月三日）

東京都練馬区　午前九時

（5）

「バネ！　吐くんじゃないよ！　ぶっ殺すよ！」

八重樫育子が怒鳴り声を上げる。ハスキーボイスだけに、かなりの迫力だ。

おれは、必死で吐き気を堪えた。昨日の現場もひどかったが、それを上回っていた。こんな残虐な現場は初めてだ。部屋中に血と肉が飛び散っている。まるで、酔っぱらったジェイソンが、鉈《なた》を振り回して大暴れでもしたような感じだ。

犠牲者は二人。玄関の三和土《たたき》に転がっている死体は、中塚京子《なかつかきょうこ》。職業はヘアメイク。この部屋の持ち主だ。心臓部を鋭利な刃物で一突きされて死んでいる。顔に傷はない。そして、もう一体。ベランダの手前で顔面をズタズタにされて死んでいるのが、おれたちが追っていた男……岡野迅人にどうやら間違いない。

何で、こんなとこで死んでんだよ……。勝手に死ぬんじゃねえよ……。

悔しさと怒りが、同時に込み上げてきた。

「またアヒルキラーね」

八重樫育子が、岡野の死体の横を指す。ひときわ大きな血溜りに、おもちゃの黄色いアヒルが浮かんでいた。

アヒルキラーが岡野を？　どこでどうつながっていたんだ？　単なる偶然か？

「初めてのオトコね……」八重樫育子が呟く。

「さすがプロファイラー。この女の初めてのオトコが岡野だったってことまでわかるんッスね？」おれは、女の死体を指した。

これぐらいなら何とかおれにもプロファイリングできそうだ。見るからに、男に縁のなさそうな残念な顔をしているではないか。

「ぶっ殺されたいの？　犠牲者のことを言ってるのよ。古川梅香までの六人は、すべて女性だったでしょうが」

「あっ……すんません」

八重樫育子が、冷たい目でおれを見る。間違うおれも悪いが、殺された仏さんの横で、「ぶっ殺す」って台詞もどうかと思う。前回と違い、今日の八重樫育子は何かに興奮しているようだ。

「さっそく、プロファイリングしてみて」

「えっ？　おれがッスか？」

「そうよ」八重樫育子が有無も言わせず頷く。「アンタは今日から正式に行動分析課なんだから」

「でも……おれ、素人ッスよ？」

「素人だから気づくこともあるのよ。別に期待なんてしてないからさっさと言いなさい」

何か傷つく。もう少し優しい言い方はないのだろうか。

「この臭いは何ですかね？　ウンチみたいな……」

「ウンチよ」八重樫育子が、岡野の死体の尻を指した。「どうやら、顔だけじゃなくて肛門も刺したみたいね」

局部の惨状を想像してしまい、またもや吐き気が込み上げてきた。慌てて手で口を押さえる。

八重樫育子が、鬼のような目で睨み、凄む。

「おい、新米。吐いたらマジでぶっ殺すよ。まだ鑑識も入ってないんだから細心の注意を払ってよね」

小柄な体格だが凄い迫力だ。伊達《だて》に、行動分析課の課長を張ってない。と言っても、おれが入るまで、行動分析課には八重樫一人しかいなかったのだが。

「……りょ、了解ッス」

チクショウ……。昨日、スープカレーなんか食うんじゃなかった。

ヤナさんとシャーさんとヌマエリに、送別会だと言われて、なぜか渋谷の明治通り沿いにあるスープカレーの専門店に連れていかれた。どうやら最近、三人の間でカレーの食べ歩きが流行っているらしい。「うーん、七十五点だな。いや七十点だ」とか「ちょっと具がゴロゴロしすぎやけん。前の店のほうが美味かったわ」とか「今度は目黒のインドカレーに行こう。ラッシーが甘くて美味いんだ」とか、おれにはまったく関係ない話題で盛り上がっていた。

「何で肛門なんか刺したんスかね」

おれは涙目になりながらも質問をした。吐き気を忘れるためには捜査に集中しよう。

「それを考えるのが私たちの仕事でしょ？」

行動を分析するか……。犯人はなぜ、岡野の肛門を……。

「……犯人はゲイでしょうか？」

「違うわね」八重樫育子が即答した。

「えらくきっぱりと断言しますね？」

「もしゲイだとしたら、前の六人が全員女だというのが納得いかない。しかも、性器を傷つけたのは今回が初めてよ」

「はあ……」

「これが、犯人の性的な代償行為だとする。ちなみに性的な代償行為ってのは色々あるわ」

「すんません。早くもついていけないいんッスけど……」

「快楽殺人は、性的な要素を本質的に含むの。例えば、犠牲者が特別な衣装を着せられていたり、逆に服を剝ぎ取られていたりする。あとよくあるのは、性器が切り取られていたり、異物を挿入されていたり、毎回同じポーズを取らされていたり。でも、この犯人が肛門を刺したのは、今回の一人だけ。過去に、肛門を刺されたゲイの殺人事件がなかったか、洗ってみる必要はあるかもしれない——」

「もうそのへんで。だいたいわかりました」

話を聞いているだけで、吐きそうだ。快楽殺人の詳細をキラキラとした目で語るこの女は、やはりどこかおかしい。

「つまり、こういう事件の犯人にはパターンがあるものよ。独自のルールと言ってもいいわ。共通の記号を現場に残す。アヒルキラーのパターンは何?」

さすがに、これはわかる。

「死体の横にアヒルを置く」

「もう一つは?」八重樫育子が、じっとおれの目を見る。楽しんでいるように感じるのは気のせいだろうか?

「……顔をズタズタに切り裂く」

「そのとおり。じゃあ、あれは?」八重樫育子が、玄関の女の死体を指した。

「顔が無事です」

「パターンが崩れたのよ」ニンマリと笑い、おれの目をもう一度見た。「なぜ? どうして? 犯人に何があったのかしら?」

「予期せぬ何かがあったんッスかね?」

「そう! そのとおり!」

八重樫育子が、いきなり手を叩いたので、思わずビクッとなった。

「このヘアメイクさんのことは殺したくなかったんッスかね?」

八重樫育子が、目を丸くして驚いた。

「すごいじゃん……バネ。早くも犯人目線になってる。アンタ、才能あるよ! 行動分析に向いてんじゃない?」

「そうッスか?」おれもだんだん調子に乗ってきた。セクシーな女教師の個人レッスンを受けているような気になってきた。

「これで、アヒルキラーが好んで狙うターゲットが完全に絞られたわね？　言ってみて」

犠牲者の生前の写真を頭の中で並べてみた。レースクイーン、銀座のホステス、レゲエダンサー、メイド喫茶の店員、キャビンアテンダント、スーパーモデル……。去年、マスコミも《美女ばかりを狙うアヒルキラー》と大騒ぎだった。

「全員、美人でした」

「岡野の職業は？」

「イケメン俳優ッス」

「アヒルキラーのターゲットは？」

「……美しい人、ですか？」

八重樫育子が力強く頷く。

「アヒルキラーはナイフで美しい顔を突き刺すたびに、性的な快感を味わってるわ。七人を殺したのは同一人物と考えて分析を進めてみましょう」八重樫育子が、ユニクロのジーンズのポケットからボイスレコーダーを取り出し、そのハスキーボイスを吹き込み始めた。「犯人像は二十代後半から四十代の男性。プライドが高く、野心家。知的な仕事についている。殺人を犯した曜日や時間帯から考えると、フリーで働いている可能性が高い。ジャーナリスト、大学教授、弁護士などが当てはまる。性的不能者。ただ、人づきあいはよく、社会に溶け込んでいる」

「どうして、そこまでわかるんですか？」思わず訊いてしまった。

「まず、二十代から四十代くらいまでの男性じゃないと、運動能力の高い岡野が、ベランダまでお尻を向けて逃げるなんて、ありえない。岡野なら、相手が女や老人だったら対抗できるでしょ。それから、アヒルのおもちゃなんてものを殺人現場に残すというのは、自己顕示欲が強いことを表している。世の中が恐怖に震えあがるのを面白がっているのよ。世の中を嘲笑《あざわら》いたいという犯人の意思が見える。だから、『プライドが高く野心家である』と考えたの。それに、ここまで派手な殺人を繰り返していて、アヒルという物証まで残してるくせに、犯人にたどり着くための証拠を残していない、というのは、かなり知的レベルが高い。これだけ大きな事件を起こしておきながら、決してボロを見せないところからも、プライドと野心の高さは窺《うかが》える。犯人の職業を、ジャーナリスト、大学教授、弁護士などって絞ったのは、知的な仕事で、かつ、色んな人に接しても違和感のない職業、と考えたから。犠牲者の職業がバラバラでしょ。行動範囲が広いことを示しているわ。広いだけじゃなく、曜日や時間に関係なく、外を出歩いていてもおかしくない仕事じゃなくちゃいけないしね」八重樫育子は、そこまで一気に喋ってため息を吐《つ》いた。「基本中の基本よ。イチイチ説明させないでよ」

「じゃあ、岡野だけ男ってのはなんでなんスか？　肛門を刺されたのは？　同一犯だって、なんで言えるんスか？」

「まだわからないわ。でも、犯人像に結びつくヒントなのは確かかね」

「でも……あの……」

「何よ？」八重樫育子が、ボイスレコーダーを止める。「言いたいことがあるなら、はっきり言いなさいよ？　ぶっ殺すよ」

「やっぱり、単なる当てずっぽうにしか思えないんッスよ。その情報で、捜査を開始するんでしよ？」

「まだプロファイリングの威力をわかってないようね」八重樫育子が豊満な胸の前で腕を組み、ため息を呑み込む。「バネ、アンタ昨日、スープカレーを食べたでしょ？」

驚きのあまり、息が止まった。見事な手品を目の前で見せつけられたときと同じ感覚がする。もしかして、尾行されてた？　そうとしか思えない。口の臭いでカレーだとわかったとしても、〝スープカレー〟とまではわからないはずだ。

「……どうして、わかったんですか？」

「この事件が終わったら教えてあげる」

「なんッスか、それ！」

「納得いかない？」八重樫育子が挑発するかのように眉を上げる。

「確かにプロファイリングはすげえッスよ！　それは認めます。でも、八人も殺された事件なんですよ？　予測が外れたらどうするんですか？　犯人に逃げられるじゃないッスか！」

「プロファイリングが犯人を捕まえるんじゃないわ。あくまでも、プロファイリングは道しるべにすぎない」

「じゃあ、何が犯人を捕まえるんですか？」

八重樫育子が、またおれの目を覗き込んだ。

「決まってるじゃない。刑事よ」

おれの携帯電話が鳴った。八重樫育子がむっとした顔をする。慌てて、相手を確認した。下の妹の美和《みわ》だ。

「誰？」

「妹です。出てもいいですか？」

「仕事中でしょ？　ぶっ殺すよ？　私だって息子に電話したいの我慢してるんだから」

「今日の昼に、ジジイが東京に来るんです。その段取りを……」

「赤羽光晴さん？　じゃあ、出ていいわよ」

通話ボタンを押した。美和の甲高い声が耳を突く。

『お兄ちゃん？　今、おじいちゃんが新大阪から新幹線に乗ったからね。東京駅に十二時五分に着く予定やから、ちゃんと迎えに行ったってや』

美和は、三年前から大阪の大学に通っている。近くに住んでるんだから、とジジイを老人ホームに迎えに行くようにお願いしていたのだ。一緒に東京で育ったのだが、もうすっかり大阪弁が板についている。

「おいおい！　まさか、ジジイ一人で乗せたんじゃねえだろな？」

『そんなわけないやんか。介護士さんと一緒や。今回だけ特別に同行してくれるねんて。助かったわ。私、明日、勝負コンパがあったから』

大阪は遠くにありて、ずいぶんと平和なようだ。今、この部屋の様子を写メールで送ってやろうか。

『注意事項を言うから憶えてや。おじいちゃんを絶対に一人にしないこと。勝手に行方不明になるからね。それと、おじいちゃんの前で絶対に割り箸を折ったらアカンで』

「何でだよ？　意味がわかんないよ」

『私に言われても知らんよ。とにかく、割り箸を折ったら大暴れするから気をつけて。お兄ちゃん、お弁当を食べ終わったあとよくやるでしょ?』

「わかった。折らない」

先が思いやられる。一泊二日とはいえ、おれのマンションで預からなければいけないのだ。だから、介護士が来てくれるのは正直ありがたかった。

『そうそう、これ言い忘れたらアカンわ……』

「まだあるのかよ?」

『介護士さんが言っててんけど、おじいちゃんのおもちゃをとりあげたらアカンねんて。泣き止まなくなるから』美和が、電話の向こうでクスクスと笑う。『なんでそんな物を大事にしてるんやろ』

はあ? 勘弁してくれよ。赤ん坊じゃねえんだから……。

「何のおもちゃだよ?」

『木彫りの家鴨』

危うく、携帯電話を落としそうになった。

「どうしたの?」八重樫育子が、おれの異変に気づく。

おれは電話を強引に切り、岡野の死体の横を見た。血溜りに浮かぶアヒル……。

まるで、血の湖で遊んでいるようだ。

東京都千代田区　正午

（6）

ゆっくりとスピードを落とした新幹線が、プラットホームに入ってきた。

十二時五分東京駅着の《のぞみ号》だ。

「光晴さんって、どんな人？」

おれの隣で、八重樫育子が訊いてきた。

「くそじじいッス」

即答するおれに、八重樫育子が眉をひそめた。

「伝説の刑事だったんでしょ？」

「おれの知っている赤羽光晴は、短気で口が臭い、ただの老人でしかないんッスよ」

「どうやら、光晴さんに対してコンプレックスがあるみたいね」八重樫育子が、片眉を上げる。

「コンプレックスというよりは、トラウマみたいなもんッスね……」

「小学生の頃に、光晴さんから頻繁に暴力行為を受けてたってとこかしら？　竹刀で殴られてたとかね。図星？」

背筋が寒くなった。さっきのスープカレーといい、この女は、どこまで人の過去がわかるのだろうか。超能力者か手品師の訓練でもしてきたのか？　じゃなきゃ、そこまでわかるはずがない。

そんな疑念をこっそり心の中で抱いていたら、それもたちまち見抜いたと言わんばかりに、八重樫育子が自ら〝種あかし〟を始めた。

「バネみたいな情熱直球型タイプの性格は、小学校時代に形成されるパターンが多いの。周りの大人たちによる教育が素晴らしかったと言えるかな」

「竹刀で殴られることが?」おれは、ムッとして、言い返した。

「もちろん、いい暴力と悪い暴力があるわ。幼児虐待なんていうのは、言語道断よ。でも、人の生きる道をガキに教える場合は、少しぐらい手を上げなきゃダメだと私は思うわね。犬や猫と大差ないんだから。どれだけ言葉で説明しても、時間の無駄ってこともあるのよ。私も息子が悪いことしたら、容赦なくビンタしたものよ」

それが引き籠りの原因じゃないんですか、とは口が裂けても言えない。

「そりゃそうッスけど……でも、どうして、竹刀だとわかったんッスか?」

「伝説の刑事とまで呼ばれた人が、直接手で殴るとは考えにくいわ。竹刀なら安全だし、ガキをビビらすには効果的だもん。それに、光晴さんは剣道の達人だったんでしょ? 全日本剣道選手権大会で三年連続優勝って資料に書いてあったわ。十中八九、竹刀を使うと思った」

なるほど、それでいつも竹刀で殴られてたわけか。ジジイが竹刀を地面に叩きつけたときのバシン!という音には、小便をチビりそうなほど震え上がったものだ。

「八重樫さん、それだけ人の過去がわかっちゃったら、恋愛のとき辛くないッスか?」おれは、皮肉を込めて言った。

「だから、旦那と別れたのよ」八重樫育子がフンと鼻を鳴らした。「私は知りたくもないのに、あいつの行動が手に取るようにわかるからね。毎日が、尋問だったわ」

プロファイラーの女と結婚……。大変だっただろうなぁ。おれは、会ったこともない八重樫育子の元夫に同情した。

それにしても、これだけ人の心や行動が読めるのに、どうして、息子を育てるのには手こずっているのか。誰が言ったかは知らないが、やはり、愛は盲目なのかもしれない。愛している人の心は、見たくても見えないのだ。

おれたちは駅のホームの半ばあたり、妹から教えられた六号車の停車位置にいた。新幹線が停止すると、可動式のホーム柵が開き、続いて新幹線のドアが開く。

おれは緊張して下腹が痛くなった。ジジイとは五年ぶりに会う。最後に会ったのは、ジジイが老人ホームに入るときだった。

車椅子に乗って、ジジイが降りてきた。皺くちゃに丸められた紙のようで、小さく貧弱な存在に見えた。虚ろな目で宙を見つめ、涎《よだれ》を垂らしている。麻のハンチング帽を被り、半そでの白い開襟シャツに、綿のズボンを穿かされていた。

「はじめまして。介護士の蜂矢《はちや》です。特別養護老人ホーム《やすらぎの家》で、赤羽さんのお世話をさせてもらっています」

おれは、介護士の若者を見て、息を呑んだ。一般人とは思えないほどの美青年が、ジジイの車椅子を押していた。

ハーフかクォーターだろうか。日本人離れした美貌とスタイルだ。身長もかなり高い。捜査一課で一番ノッポのシャーさんと同じぐらいだ。耳まで伸びた栗色の髪に、クリスタルの陶器のように透き通った肌。つけ睫毛かと思うような長い睫毛の下の瞳は、わずかに青みがかっている。まるで、精巧な蠟《ろう》人形だ。

おれは、蜂矢に吸い込まれそうになった。おれにゲイの気はまったくないが、性別の差を超えた美しさを前にすると、人は圧倒されてしまうものなんだと初めて知った。新幹線から降りてくる女性の乗客はみんな、蜂矢を見て舞い上がっている。

ただ、八重樫育子だけが、蜂矢の美しさに無反応だった。彼女の視線は、蜂矢の顔ではなく、ジジイの手元に注がれていた。

木彫りの家鴨……。

民芸品のように精巧に彫られている。なぜ、こんな物を持っているのだろう。おれは、ざわつく心を必死で抑えた。

八重樫育子が、顔を上げ、蜂矢に挨拶をした。

「はじめまして。警視庁行動分析課の八重樫です。こちらが部下の……」

八重樫育子がチラリとおれを見る。

「赤羽健吾です」おれは、ペコリと頭を下げた。

「あなたが、光晴さんのお孫さんですね。会えるのを楽しみにしていました」

蜂矢が、おれの目を見つめてきた。顔が熱くなり、思わず目を逸らしてしまう。

ジジイと目が合った。

ジジイは、皺くちゃの手で、さも愛《いと》しそうに家鴨を撫で、何か言いたそうに、口をモゴモゴとさせている。

八重樫育子から見せられた資料によると、昭和二十七年、大阪で女性の連続殺人事件があり、計五人の女性が殺された。だが、結局犯人は見つからず、迷宮入りとなっている。

ジジイはその事件を担当した一人だった。

その未解決事件の犯人は、通称《家鴨魔人》と呼ばれていた。

五人の女性の死体には共通した〝メッセージ〟が残されていたのだが、それが、木彫りの家鴨だ。写真資料が残っていないので、木彫りの家鴨の詳細まではわからないが。そもそもその事件が、今おれたちが追っているアヒルキラーと関連があるのかどうか、まったく定かじゃないのだが、八重樫育子はジジイから何か手がかりを得ようとしている。

アヒルキラーは、《家鴨魔人》の模倣犯なのだろうか。

そしてなぜ、ジジイは木彫りの家鴨を持っているのか……。わからないことだらけだ。

「可愛いおもちゃですね」八重樫育子は、両膝に手をつき、ジジイと目線を合わせた。

「おたくは……どなたさんや？」ジジイが歯のない口で、モゴモゴと言った。顔のすぐ前に、八重樫育子の豊満な胸がある。

「八重樫育子と申します。お孫さんの健吾君の上司です」

「そうでっか……ごくろうさんです」ジジイは興味なさそうに答えた。木彫りの家鴨を鼻先に持ってきて、クンクンと犬のように匂いを嗅ぎ始める。

その様子を見て、蜂矢がクスリと笑った。馬鹿にした笑いではなく、乳母車を押しながら、子供を見守る父親のような微笑みだ。

「ええ……においや」ジジイが、うっとりと目を細める。「わしな……このにおい……すきやねん」

「私も嗅がせていただいてよろしいですか？」八重樫育子が、木彫りの家鴨に手を伸ばそうとした。

「ころすで……」ジジイは八重樫育子をキッと睨みつけ、木彫りの家鴨を大事に抱えこんだ。

「さわったら……ころすで……」

「気をつけてくださいい。その家鴨に触ったら、嚙みつかれますよ」蜂矢が、笑顔で注意した。

「と言っても、赤羽さんは歯がほとんどないですけど」

おれは、イラつきながら、ジジイに詰め寄った。

「おい、ジイちゃんてば、捜査に必要なんだからダダをこねずに渡せよ」

ジジイが、おれを見て、赤ん坊のように目をパチクリとさせた。

「おまはんは……だれや？」

「健吾だよ！　あんたの孫の！」思わず、声を張ってしまう。

「けんごは……ここにおるで」

ジジイは、プルプルと指先を震わせながら、背後に立つ蜂矢を指した。

「全然違うだろ！　あんたの孫はこんな美男子《イケメン》じゃねえよ！」

蜂矢は、イケメンと言われ、少し顔を赤らめた。その表情があまりにも麗《うるわ》しく、男のおれでもドギマギした。

「おまはんは……なにもんや？　にせもんか？」ジジイが、もう一度、訊いてきた。

「だから！　おれが本物の孫なの！」

埒《らち》があかない。おれはため息を吞み込み、八重樫育子を見た。

「とりあえず移動しようか」八重樫育子は木彫りの家鴨を手に取るのを諦《あきら》め、体を起こした。

「……警視庁にッスか？」

「あそこは騒がしいし、光晴さんの負担が大きすぎるからやめよう。お話を聞きたいだけだから、バネの家でいいんじゃない？」

「お、おれの部屋ッスか？」

ジジイと介護士の蜂矢がうちに泊まることは覚悟していたが、おれの自宅は男一人暮らしの部屋で、当然ながら尋問するには向いていない。それに、八重樫育子に部屋の中を見られることにも抵抗がある。プロファイリングですべてを丸裸にされそうだ。

「狭いの？」八重樫育子が口の端を歪めた。

「そうッスね。１ＬＤＫなんで……」

「私に部屋の中を見られるのが嫌なんでしょ？」

「まあ、なんというか……ぶっちゃけキツいッス」おれは、気まずくて耳の後ろを掻いた。

「正直でよろしい」八重樫育子が小学校の教師のように頷く。

蜂矢が、おれたちのやりとりを不思議そうに聞いている。ジジイは相変わらず木彫りの家鴨をクンクンと嗅いでいた。

「じゃあ、別の場所にしよう」

「どこッスか？」

「私の家。ちょうど二日前に作ったおでんが残ってるから、みんなで食べよ」

「一昨日《おとつい》からだったら、かなり味が染み込んでるでしょうね」蜂矢が嬉しそうに笑った。

「かんとだきは……うまい」ジジイもニンマリと笑う。そう言えば、おでんのことを関西では関東炊きという。

真夏におでん……。

さっそうと歩き出した八重樫育子に、おれは何も言えなかった。

(7)

東京都渋谷区　午後二時

蛞蝓《なめくじ》が、ヌメヌメとした体液を吐き出しながら這いまわっている。

一匹ではなかった。

湿ったコンクリートの壁を無数の蛞蝓が埋め尽くし、蠢《うごめ》いている――。

言いようのない安堵感。みにくいものに囲まれているときだけが、心の安らぐ時間だ。

湿った地下室に幽閉されるのが、最近のお気に入りの妄想だ。その部屋に、窓はない。決して開くことのない鉄の扉があるだけ。

壁だけではなく、天井も数え切れないほどの蛞蝓で埋め尽くされている。たぶん、壁のどこかに小さな穴が開いているのだろう。蛞蝓たちは、限りなく溢れ出してくる。

蛞蝓は悪くない。昨日想像してみたゴキブリよりも幸福感が強い。ゴキブリは動きが速すぎてせわしなかった。

みにくいもの……。みにくいとレッテルを張られているものだけが、自分を救ってくれる。顔を失ったあの日から、生きていくことに立ち向かう勇気が必要だった。

うつくしいもの……。人間の勝手な基準で〝うつくしいとされているもの〟は、いつも、生きようとする弱者の勇気を挫《くじ》き、嘲け笑う。

壁に手をつき、数十匹の蛞蝓を摑んだ。指の間のヌルリとした感触に身震いする。冷たくて気持ちいい。夏には持ってこいだ。この夏は、当分蛞蝓のお世話になりそうだ。

天井から、蛞蝓が落ちてきた。一気には落とさない。一匹ずつだ。首や背中に落ちてくる。鎖骨のくぼみに、耳の穴に、舌の上に……。

――ガタン。

電車が、強く揺れた。

男は、目を開け、妄想を中断した。

山手線の電車は、渋谷駅に到着しようとしている。

突然襲ってきた香水の匂いに、吐きそうになった。化学的に配合されたアプリコットとジャスミンの香りが汗とまじりあい、このうえなく不快な気持ちにさせられる。

目の前に女が立っていた。香りの主だ。グレーのサマースーツに身を包んだ、ＯＬ風の女。この時間に電車に乗っているということは、外回りの営業あたりか。推定年齢は、三十歳前後。長い髪に、キレ長の目。スタイルもよく、やり手のキャリアウーマンといったところか。

細長い首だ。この首をゆっくりゆっくりと絞めたい。女が苦痛に顔を歪めるのは愉快だろうなあ。

隣に座る若いサラリーマンが、さっきからチラチラと女を見ている。

うつくしいから……。

きっと、サラリーマンは、この女とベッドインする妄想にでも没頭しているのだ。いつも自分に厳しくする先輩ＯＬをベッドの上でメチャクチャに犯したいか？　もしくは、苛められたいか？　おおかた、その程度の想像が限界だろうが。

くだらない。うつくしいものと同じ空間に閉じ込められるくらいなら、二十五メートルプール満タンのゲロの中で泳ぐほうがいい。

こめかみがドクドクと脈打ち、後頭部が痺れてきた。

いつもの頭痛がはじまる。この一年間抑えていたのに、最近は、毎日襲われる。ダイエットのリバウンドと同じだ。誰かを殺したい欲望が止まらない。

欲望……ちょっと違うな。強迫観念に近い義務感、と言ったほうが正しい。

うつくしいものを破壊するのだ。木端微塵《こっぱみじん》に。ぐちゃぐちゃに。

それは、生きていくために必要不可欠な行為なのだ。そのために、七三〇円でＪＲ乗り放題の都区内パスを買い、朝から山手線を何周もグルグルと回っている。

だが、スーパーモデルやイケメン俳優よりもうつくしいものは、なかなか見つからない。

目の前のＯＬを殺してもいいのだが、絶対に後悔する。最高級のステーキを食べる前に、二八〇円の牛丼を食べるようなものだ。

より、うつくしいものを……より、みにくくしてあげたい。

頭痛が本格的になってきた。耳の穴からフォークを突っ込まれ、頭の中を掻き回されているようだ。

ふと、男は視線を上げた。いた。こんな近くに、こんなうつくしいものが。まさに、灯台もと暗しだ。

電車の中吊り広告の、うつくしいものと目が合った。化粧品の広告。女優が使われている。知っている。《栞《しおり》》という一文字だけの名前の女だ。

誰もがひれ伏す美貌を持ちながら、内面から滲み出るナチュラルなうつくしさに後押しされ、孤高の存在となりつつある女優。去年、ヨーロッパの映画に主演女優として抜擢され、カンヌ映画祭の主演女優賞にノミネートされた。今、もっともうつくしい女性として話題になっている。

申し分ない獲物だ。頭痛はさらにひどくなってきたが、高揚感がモルヒネ代わりとなって、いくぶん痛みを和らげてくれた。

渋谷駅に着いた。電車のドアが開く。

男は立ち上がり、電車を降りた。長時間座り続けたせいで腰が軋《きし》む。

だが、この時間は無駄ではなかった。

うつくしい栞は、どこにいる？　みにくい栞になるために待ってくれているはずだ。

（8）

東京都品川区　午後三時

「すごく長い商店街ッスね」

おれは、背伸びをして、戸越銀座《とごしぎんざ》商店街の先を見通した。どこで商店街が終わっているのかわからない。

「日本一長い商店街って言われてるからね。実際は、大阪の天神橋筋《てんじんばしすじ》商店街のほうが長いらしいけど」

八重樫育子はスタスタと歩いていく。せっかちなのか、歩くのが速い。商店街は買い物客で賑わっていて、ジグザグに歩いていく八重樫育子に追いつくのに精一杯だ。

「あの……本当にいいんッスか？」

「何が？」八重樫育子は、豆腐屋を覗きながら言った。手作りの絹ごし豆腐を手に取る。

「ジジイがお世話になって……。夜はおれの部屋に連れて帰りますよ」

「遠慮したらぶっ殺すわよ。一晩くらい、いいわよ。光晴さんの状態では、あまり移動しないほうがいいでしょ？」

「まあ、そうッスけど……」さすがに、八重樫育子の口の悪さにも慣れてきた。

ジジイと蜂矢は、八重樫育子の家に泊まることになった。彼女は、戸越銀座の駅から徒歩五分のところにある小さな一戸建に、中学生の一人息子と住んでいた。おれたちはぞろぞろとリビングに上がり込んだが、息子は自分の部屋から出てこなかった。八重樫育子の話どおり、本当に引き籠っている。

家に上がってから二時間経っても、ジジイへの尋問は、まだ始まらなかった。それどころか、家に着くなりおでんを食べたジジイは、すぐに寝だした。蜂矢は、「ちょうど昼寝の時間ですから」と笑っていた。たっぷりと三時間以上は寝ると聞いて、今のうちに晩ご飯の買い出しに行こうと八重樫育子を誘い、商店街へ出てきた。八重樫育子は、ジジイが寝ている間を使って木彫りの家鴨をじっくりと観察したがったが、ジジイは木彫りの家鴨を懐に抱いたまま離そうとはしなかった。

豆腐を買った八重樫育子は、豆腐屋の斜め向かいにある老舗《しにせ》っぽい魚屋に移動した。

魚屋の大将が、八重樫育子の顔を見て、にこやかに笑った。

「育子ちゃん、いらっしゃい。今日はマコガレイのいいのが上がってるよ」

「カレイか……先週、煮つけで食べたからなぁ」

「から揚げにしなよ。美味しいよ」

「あれは?」八重樫育子が、陳列されている殻つきの大きめの牡蠣《かき》を指す。

「若狭の岩ガキだよ。大きいだろ?　沸騰した湯にくぐらせてから氷水に入れてさ、わさび醤油で食べたらもう最高だよ」

「今夜はキムチ鍋にしよう。五人分もらうわ」

「せっかく鮮度がいいんだから、キムチ鍋に放りこまなくても……」魚屋の大将の笑顔が固まる。

「いいの。キムチと牡蠣も最高に合うから。息子は辛いものが大好物だから、キムチの匂いにつられて部屋から出てくるかも」八重樫育子は、魚屋の大将のアドバイスに耳を貸さず、岩ガキを購入した。

真夏にキムチ鍋……。しかも、高齢のジジイにそんな辛いものを食べさせて大丈夫だろうか?　そんな心配はともかく、買い出しにきて、外の空気を吸ったおかげで、だいぶ気持ちが楽になった。

あれ以上、ジジイが朽ちていく姿を見たくはなかった。おでんを蜂矢に食べさせてもらっているとき、ジジイはウンコを漏らした。老人用のオムツをしていたが、おれはたえられない感情で胸が張り裂けそうになった。

おれがガキの頃、ジジイは無敵だった。竹刀を片手におれを追いかけ回し、男としての生き様を叩きこんできた。

おれを逞《たくま》しく育てようと、とにかく厳しく接してきた。そのくせ、ジジイは、妹にはとろけるように甘い。実際、妹と会うと鼻の下を伸ばし、チーズフォンデュのような顔になる。

ジジイは、ことある毎におれに、「男なら強くならんかい」と口うるさく説教を垂れた。「優しさとか、おもろさとか、経済力とか、そんなもんいらん。男は強ければ、それだけでええんじゃ」と、食事中だろうが、風呂に入ってようが、寝るときでさえも枕元で、呪文のように唱えた。「強さ」の意味がわからず、訊き返したら、「アホ。喧嘩の強さに決まっとるやろ」と、頭を小突かれた。

おれが中学二年生のとき、ジジイが学校に乗り込んできたことがある。

体育教師に、とんでもなく凶悪な先生がいた。小崎《こさき》という名前で、暴君のごとく振る舞う様から、生徒たちに「コサキング」と呼ばれ、恐れられていた。

コサキングは、とにかくデカかった。大学生のとき、オリンピックのバレーボール代表チームに選ばれそうになったというのが自慢の男で、身長は百九十七センチあった。授業中気に入らないことがあると、生徒の頭をバレーボールのようにスパイクする。

一度、おれも殴られて、脳震盪《のうしんとう》を起こしてしまった。今なら大問題だが、当時はまだ、教師の体罰は大目に見られていた。何より、他の教師たちがコサキングにビビって何も言えなかった。校長先生ですら、気を遣ってペコペコしていた。コサキングの顔は、無精髭の生えたモアイ像そのもので、肩幅や胸板も巨大ロボットのようにデカかった。大人でも腰が引けてしまう威圧感だ。

おれが脳震盪を起こした次の週の体育の授業中に、ジジイが、突然グラウンドにやって来た。おれは度肝を抜かれ、横腹が痛くなった。コサキングだけでも相当なストレスなのに、ジジイまで現れるなんて、地球に隕石《いんせき》が落ちた日に、宇宙人が侵略に来たようなものだ。絶対、ジジイは一悶着を起こす気でいる。顔を見ればわかる。可愛い孫が殴られて脳震盪を起こしたと聞いて、大阪から飛んできたに違いない。

最悪なことに、その日の授業は、バレーボールだった。いつもよりさらにコサキングはヒートアップし、生徒に手を上げる率が高くなる。

もし、ジジイの前でおれが殴られたら……。

想像しただけでも恐ろしくて、おれはサーブを空振りしてしまった。まったくバレーボールに集中できない。

ジジイは、バレーボールのコートから少し離れたベンチに腰を下ろした。

コサキングや他の生徒たちもジジイの存在には気づいていたが、近所の老人が散歩がてらに勝手に入ってきたのだろうという目でチラリと見ただけで、授業は進められた。

おれはセッターだった。味方にトスを上げてスパイクを打たせなければいけない。しかし、ジジイの登場によってパニクっているおれは上手いトスができず、アタッカーの生徒たちも連続でスパイクをミスした。

「おい！　バネ！　ちゃんと打ちやすい球、上げろよ！」

コサキングにシバかれたくないアタッカーたちが、おれに文句を言ってきた。

ピリリリリリリリ！

ネットの横で審判をやっていたコサキングが、激しく笛を吹いた。コートの中の生徒たちが、金縛りにかかったかのように固まる。

「お前ら……何、赤羽のせいにしてんだ？」

コサキングが、ボールカゴの中からバレーボールを取った。

「自分がヘタクソなのが悪いんだろ」

コサキングは決して怒鳴らない。自分の体形だと、低く静かな声で威嚇《いかく》したほうが効果的だと知っているのだ。

コサキングが、持っていたバレーボールをフワリと浮かした。バゴン！という音と共に、弾丸サーブが飛んできた。

おれの隣にいた生徒が、モロに顔面でバレーボールを受け、コートの上にひっくり返った。

「試合になれば、誰もがプレッシャーを受ける。特に、チームの中心となるセッターには責任がのしかかる。打ちごろのトスが来るなんて甘い考えは絶対に持つな」

「はい！」

アタッカーの生徒たちが直立不動で返事をした。顔面にスパイクを食らった生徒は、鼻血を出したままコートにうずくまっている。

「よけるなよ」

コサキングがバレーボールをもう一つ取った。

バゴン！という音と同時に、二人目のアタッカーの生徒がボールをよけて頭を抱え、しゃがみ込んだ。

おれを含めた周りの生徒はみんな、「何やってんだよ！」とそいつに悪態をつきたいのを我慢し、泣きたくなるのを堪えていた。

バレーボールを大人しく顔面でブロックしておけば、それで終わったのに。余計な行動で、コサキングの怒りの火に油を注いでしまった……。

思ったとおり、コサキングの額はみるみる赤くなった。コサキングがブチ切れたときは、怒鳴らないかわりに、呼吸を止める。ブルブルと体が震えだし、顔が赤紫色になっていく。

おれは絶望感で一杯になり、俯《うつむ》いた。

終わった……。今から、コサキングの体罰ショーが始まる。それを見たらジジイは黙っていないだろう。もしかすると、ジジイはコサキングに向かって行くかもしれない。が、いくらジジイとはいえ、巨人のようなコサキングに勝てるわけがない。

怖くて、ベンチに座っているジジイを見ることができなかった。

「歯を食いしばれ」

コサキングがコートに入ってきて、しゃがみ込んでいる生徒に言った。

次の瞬間、熊の手のようなコサキングの平手が、ボールをよけた生徒の顔面に炸裂した。

そいつの体が、竜巻に巻き込まれたかのような勢いで宙を舞い、地面にグシャリと落ちた。

「よしっ。授業終了だ」コサキングが何事もなかったかのように笛を吹いた。「ボールとネットを片付けろ」

よかった。とばっちりがこっちに来なくて助かった。

おれは、足元に転がっていた鼻血つきのバレーボールをいそいそと拾い、カゴに入れようとした。と、そのとき、

「おーい、待たんかい」

間延びしたジジイの声が聞こえた。おれは聞こえなかったフリをして、ボールカゴを体育倉庫に運ぼうとした。

「赤羽健吾！　待ったらんかい！」

老人とは思えぬジジイの馬鹿でかい声に、グラウンドの全員が動きを止めた。視線が一斉におれに集中する。おれは、顔が真っ赤になっているのがわかった。恥ずかしくて「死にたい」と思った。

「まだ、終わっとらんやろうが」

ジジイがベンチから立ち上がり、杖を突きながら歩いてきた。

「どちら様でしょうか？」コサキングが、コートに乱入してきたジジイに訊いた。

「赤羽健吾の祖父です」ジジイがペコリと頭を下げる。

「あ、これはどうも……」コサキングは一瞬気まずそうな顔をしたが、すぐに威厳を示すかのように、胸を張った。

「先生。まだ終わってへんのに、片付けたらアカンがな」だが、ジジイはまったく怯むことなく、コサキングを見上げた。

腰の曲がったジジイとコサキングでは、土佐犬とプードルぐらいの体格差がある。

「終わってないとは、どういうことですか？」コサキングが眉をひそめてジジイを見下した。

「ウチの孫も、ちゃんとシバいてくれんと困ります」

「はあ？」

ジジイの突拍子もない言葉に、おれとコサキングは同時に声を出した。

「孫のトスがヘタクソやから、あの子たちは体罰を受けたんでっしゃろ？」

ジジイは、グラウンドで倒れている二人の生徒を指した。

「ええ。まあ……そうですが」コサキングが、瞼《まぶた》をパチパチとさせて戸惑う。ジジイの真意を測りかねているのだろう。

「孫にも、同じ体罰を与えてくれんと、不公平やないですか」ジジイが、真顔で言った。

コサキングは思わず、おれと顔を見合わせる。

「さあ、早く。孫の頭をシバいてください」

このジジイ、大阪から何しに来たんだよ……。

「わ、わかりました……」

コサキングが、当惑しながらも豪快に右腕を振り上げ、おれの額に手の平を叩きつけた。

おれは、地面にめり込むかと思うほどの衝撃を受け、コートの上で大の字になった。

また、脳震盪だ……。遠くからジジイの声が聞こえた。

「よしっ。健坊、立て」

体を揺らされ、無理やり意識を戻された。

「やられたら、やり返さんかい」

ジジイは、おれの耳を摑み、強引に上へと引っ張った。

「イテテテテテッ！　イテェ！」

「痛かったら、さっさと立て！」

おれは朦朧としながら立ち上がった。

教師にやり返す？　ジジイ、とうとうボケたのか？

コサキングや他の生徒たちは、ジジイの剣幕に、ポカンと口を開け、啞然としている。

「自分よりもデカい奴の倒し方を教えたやろ」ジジイがおれの背中を押した。

「あの、木偶《でく》の坊をギャフンと言わしたらんかい」

コサキングが笑った。人を小馬鹿にした笑い方だ。

おれは、ヤケクソでコサキングに突っ込んだ。ここで戦わなければ、後でもっとひどい目に遭う。

何よりも、コサキングにムカついていた。バレー部でもないのに、ただの体育の授業で、なぜこんなにも厳しい、暴力的な練習をしなければいけないのか。

納得できん。

おれは滑り込み、コサキングの左足に抱きついた。足首を摑むと、頭を支点とした逆立ちになり、両足をコサキングの左足に絡みつける。

ジジイに教えてもらった関節技の《膝十字固め》だ。柔道の試合でも使用を禁止されている大技で、相手の膝を破壊してしまう。『図体のデカい奴は、膝を狙え』とジジイに叩きこまれていた。

「ギッ！」コサキングが短い悲鳴を上げた。

膝の靭帯《じんたい》が伸びたコサキングは、自分の体重を支えきれなくなり、コートの上に倒れこんだ。

「グッ！　ギギッ！」

叫び声を必死に堪え、膝を抱えて歯を食いしばっている。

「男やったらやり返せ。負けたままで終わらすな」ジジイが、コートにいる生徒たちに言った。

「この木偶の坊に殴られたことのある奴は手を挙げろ」

ほぼ全員が挙げた。

「わしが責任取ったる。今がチャンスや、やり返せ」

生徒全員が、雄叫びをあげながらコサキングを囲み、ボコボコに蹴りまくった。

それを見ながらジジイは、満足気に頷いていた。

コサキングは一ヵ月の入院。おれは本来なら退学のところを、コサキングの体罰のほうが問題となり、何とか停学で済んだ。

「ほんま……ええにおいや」

八重樫育子の家に戻ると、ジジイが目を覚ましていた。飽きもせず、木彫りの家鴨の匂いを嗅いでいる。

蜂矢がおれたちを見て頷いた。「赤羽さんは機嫌がよさそうです。質問するなら今がいいと思います」

八重樫育子は、買ってきた食材を冷蔵庫に入れ、食卓に着いた。テーブルを挟んでジジイと向かいあう。おれは八重樫育子の隣に座り、メモの用意をした。

リビングに緊張感が漂う。早くも手の平に汗をかいてきた。

しかし、この部屋はかなり居心地が悪かった。原因は、壁一面にベタベタと貼ってある『刑事コロンボ』の写真やポスターのせいだ。

ファンなのか……。訊けるタイミングがなかった。

十人近いコロンボに睨まれているので、ソワソワしてしまう。さすがに、これだけいると鬱陶しい。

「僕はここにいても大丈夫ですか?」蜂矢が八重樫育子に訊いた。

「ソファに座っていて。光晴さんもそのほうが落ち着くと思うから」

「わかりました」蜂矢が食卓から少し離れた、液晶テレビの前にある白いソファに腰を下ろした。

「それでは、始めさせてもらいます」八重樫育子が口を開いた。

ジジイは無視して木彫りの家鴨で遊んでいる。

八重樫育子が一呼吸を置き、尋問を開始した。

「赤羽光晴さん。《家鴨魔人》のことは憶えていますか?」

ジジイは返事をしない。重苦しい沈黙が続く。

八重樫育子が、言葉を換えて同じ質問をした。

「赤羽光晴さん。《家鴨魔人》は捕まりましたか?」

ジジイが木彫りの家鴨を弄《いじ》る手を止めた。突然、目に光が宿り、鋭くなる。

おれは、この目を知っている。昔、実家のアルバムで見た。ジジイが現役バリバリの刑事だった頃の目だ。

「にがして……もうた」ジジイがモゴモゴと呟く。明らかに、表情が悔しがっている。「もうちょい……やったんや」

「犯人をご存じなんですか?」八重樫育子の声がいくぶんうわずった。興奮を抑えているのがわかる。

「わしや」ジジイが木彫りの家鴨をテーブルに置いた。「あひるは……わしや」

おれは口を開けて、八重樫育子と顔を見合わせた。

《家鴨魔人》がジジイ?……それで木彫りの家鴨を? そんなわけがない。ジジイは伝説の刑事と呼ばれていた。頭が混乱して目眩《めまい》がしてきた。

「真に受けないでくださいよ」蜂矢が笑顔で言った。「赤羽さんは認知症なんです」

しかし、八重樫育子は、蜂矢を無視して質問を続けた。

「光晴さんは、《家鴨魔人》なんですか?」

「そうや……たくさん、おなごをころしたで」

やめてくれ。ジジイ、何を言ってるんだよ。

「どうして殺したんですか?」八重樫育子がたたみかける。

「……ちくわ」ジジイがぼそりと呟いた。

「はい？」八重樫育子が、驚いた顔で訊き返す。

「おでんのちくわ……うまい」

ジジイは、再び木彫りの家鴨で遊び始めた。

思わず、ホッと胸を撫でおろす。落ち着け。ジジイは自分が何を言っているのかもわからないんだ。

「あの……素人の意見なんですけど」蜂矢が、申し訳なさそうな顔でソファから腰を浮かせた。「赤羽さんの言葉はまったく参考にならないかと……。一昨日は、ケネディ大統領を暗殺したのはオズワルドじゃなくて自分だと言い張ってましたからね」

「焦っちゃダメね」八重樫育子が大きく息を吐く。「蜂矢君、光晴さんはいつからこの木彫りの家鴨を持ってるの？」

蜂矢が首を捻る。「はっきりとは憶えていませんけど……僕が赤羽さんのお世話を始めた頃には、すでに持っていたと思います」

「バネ、メモして」八重樫育子が、おれを肘で小突いた。

「あっ、はい。すいません」おれは、慌ててメモ帳に木彫りの家鴨のことを記入した。

「大丈夫？　顔色が真っ青ですよ」蜂矢が心配そうにおれの顔を覗き込む。

「……ちょっと、お手洗い借りていいッスか？」

おれは立ち上がり、逃げ出すようにしてリビングを出た。

自分の中で、今何が起こっている？　おれは感情を整理できずにいた。全身の血が逆流したような感じだ。

洗面所に飛び込み、冷たい水で顔を洗う。

すっかり認知症になってしまったジジイの姿に動揺しているのか。それとも、ジジイの言葉を真に受けてしまったのか。

おれは、鏡に映る自分の顔を見た。

違うだろ。どっちも違う。

思い出したんだろ。

ジジイが木彫りの家鴨をテーブルに置いたとき、映画のワンシーンのように、過去のあるシーンがフラッシュバックした。

夏休み……大阪のジジイの家……押し入れでかくれんぼ……。

押し入れの奥に、木彫りの家鴨があった……。

突然、携帯電話が鳴った。おれは我に返り、着信相手の名前を確認した。《美和》と出ている。タオルで顔を拭いて、電話に出た。

『お兄ちゃん?』

美和の声がうわずっている。様子がおかしいことにすぐに気づいた。

「どうした?」

『おじいちゃん、東京におるの?』

「当たり前だろ。今、一緒にいるよ」

『よかった……』美和が安堵の息を漏らす。『おじいちゃん、よく一人で東京に行けたね』

「はあ？　意味がわかんねえぞ？」

『おじいちゃんの介護士の人が、今朝、死んでたんだって。夜のうちに殺されたんじゃないかって』

逆流していた血が、一気に止まった。全身に悪寒が走る。

『しかも、おじいちゃんが朝から行方不明になって、老人ホームは大騒ぎだったらしいの。私もさっき電話で聞いてビックリして……お兄ちゃん、聞いてる？』

「美和……お前、新大阪で見送ったんじゃないのか？」

『ごめん。昨日の夜、介護士さんから、〝任せてください〟って電話があったから……行かんかってん』

「介護士とは会ったことがあるのか？」

『ある。蜂矢さんっていう中年のおじさん』

「……本当に、介護士は死んだんだな」

『うん。通り魔に刺されたんだって』

じゃあ、リビングのソファに座っている男は、一体誰なんだ？

『お兄ちゃん、どうしたん？』美和が不安げな声で言った。『なんか、よくないことが起こってんの？』

「いや、大丈夫。ジジイは無事だから安心しな」

『それやったら、ええんやけど……』

おれは、美和をなだめ、電話を切った。

……通り魔⁉　今、リビングにいる男が、本物の蜂矢を殺した？　そして、介護士になりすましてジジイを東京まで連れてきた？　なんのために？

耳の裏の血管が、ドクドクと脈打つ。手の平にべったりと汗をかいてきた。得体の知れない恐怖が、おれを包み込む。

アイツは、誰だ？

取り押さえて本人から聞き出すしかない。たぶん、奴は何か武器を持っているだろう。美和は、「本物の蜂矢が刺された」と言っていた。

刃物か……。

おれは洗面台を見渡し、武器になるものを探した。銃は持っていない。イケメン俳優が殺された部屋から、東京駅にジジイを迎えに行く途中、本庁に寄って置いてきた。

武器……武器……。ハブラシ、安全カミソリ、イソジン、コンタクトの保存液……。クソッ。どれも、使えねえ。一番重くて硬いのが、ヒアルロン酸配合のスキンローションの瓶だ。

洗面台から離れ、廊下に出る。リビングまでの間に、八重樫育子の息子の部屋がある。

おれは、息子の部屋の前に立った。ドアには、《見たいと思う世界の変化にあなた自身がなりなさい》と書かれたステッカーが貼られている。中から、ロックかパンクかわからないが、激しい音楽が聞こえてきた。

おれはドアをノックした。反応がない。もう一度、強めに叩く。音楽が止まった。

ドアがわずかに開き、中学生にしては少し大人びた若い男が顔を覗かせた。八重樫育子に似ている。天然パーマなのか、モジャモジャな髪までそっくりだ。

「ちょっと、いいかな？」おれは、息子の部屋に入り、ドアを閉めた。

息子が訝《いぶか》しげな目でおれを見る。並んで立ってみると、おれよりはるかに背が高い。最近のガキは発育がいい。

「何か武器になるものないかな？」

息子が眉をひそめて、ますます警戒を強める。

「バットとか木刀とか、硬くて長い物ない？」

息子が、首を横に振る。

おれは、ざっと部屋の中を見回した。シンプルな部屋だ。勉強机、パソコン、ベッド、本棚、ステレオがあって、テレビはない。男の子の部屋にしては、ずいぶんときれいに片付いている。なぜか、ベッドの横の壁にモノクロのガンジーのポスターが貼ってあった。

母親と同じく、変わり者の素質がある。

「この部屋の中で、一番重くて硬い物は？」

息子は、本棚の《広辞苑》を指した。

「これ？」おれは、《広辞苑》を取った。確かに、重くて硬い。日本中の言語が説明されている重さだ。

ただ、武器として考えたら、投げつけるぐらいしか使い道が思いつかない。それでも、その重さをずっしりと右手に収めた。

「ありがとう」

啞然としている息子を残し、おれは部屋を出た。

リビングに戻ると、偽者の蜂矢は、食卓でのんびりと八重樫育子の淹れたコーヒーを飲んでいた。

「バネ、化粧水と辞書を持って何してんの？」偽者の蜂矢の隣に座る八重樫育子が眉をひそめた。さっき見た息子の表情とまったく同じだ。

「八重樫さん、テーブルから離れてください」おれは、右手に持つ《広辞苑》を構えた。狙いを偽蜂矢の顔面に定める。

「どうしたのよ？　久しぶりにおじいさんに会って動揺してるの？」

「その男から離れてください！」

おれの大声に、ジジイがびくりと体を震わせた。ジジイは、テーブルを挟んで八重樫育子の前に座っている。

「どろぼうや……」ジジイがプルプルと震える指でおれを指した。

ジジイはまだおれのことを他人だと思っている。

「もうバレちゃいましたか」偽者の蜂矢が、クスリと笑ってコーヒーカップを置いた。

「えっ？」八重樫育子が、驚いた顔で、おれの顔を見た。

おれが頷くと同時に、八重樫育子がテーブルから飛びのいた。おれは、化粧水と《広辞苑》を床に捨て、ジジイを強引に抱きかかえソファへと避難させた。びっくりするほど体が軽い。まるで、少女を〝お姫様抱っこ〟してるみたいだ。ただし、匂いは仁丹《じんたん》と線香が絶妙にブレンドされている。

「まいったなあ。予定よりもだいぶ早いですよ」偽者の蜂矢が、足元に置いてあった自分のリュックサックに手を伸ばした。

「動くな！」八重樫育子が、おれの置いた《広辞苑》を拾い、構えた。

「辞書でホールドアップですか」

偽者の蜂矢が堪えきれずにクスクスと笑い、両手を上げる。

「バネ、リュックを調べて！」八重樫育子が鋭く叫んだ。

おれは、素早く蜂矢の手から青色のリュックサックをもぎ取った。ファスナーを開け、中身を調べる。タオル、ペットボトルのお茶、薬の入ったポーチと一緒に茶色い財布が出てきた。財布の中の免許証を確認した。

免許証の写真には、小太りで頭が禿げ上がった中年男が写っている。どう見ても、目の前にいる美青年とは別人物だ。

「お前は、何者なんだ？」

美青年が笑顔のまま答えた。

「みにくいあひるの子です」

(9)

東京都千代田区　午後六時

「ハンサムくんと、二人きりにしてほしいんだけど」

八重樫育子が、しかめっ面で腕組みをしているヤナさんに言った。

「ダメだ。規則に反する。係長に怒られるのは俺なんだからよ」ヤナさんは、頑として断った。

「大阪の介護士殺人の犯人《ホシ》である可能性が高いんだ。行動分析課に勝手に動かれては困る。大阪府警がくるまでは、うちの課が任されてるんだ」

「いいから、私に任せなさいよ。言っとくけど、あのハンサムくんは正攻法じゃ落とせないわよ」八重樫育子は、取調室にいる美青年を顎で指す。

美青年は何の抵抗もせず、八重樫育子の家から本庁まで大人しく連行された（ジジイは空いている仮眠室で休ませている）。

ヤナさんが、ガラスに近づき、美青年を観察する。マジックミラーになっており、向こうの部屋からはこっちの部屋の様子が見えなくなっている。

「奴がアヒルキラーなんですか？」

シャーさんが、紙コップのコーヒーを飲みながら言った。唇の端に砂糖の粉（おそらく）がついている。どうせまた、スイーツを頬張っていたのだろう。

「それはありえないわ。ハンサムくんは、今日の朝まで大阪にいたのよ」八重樫育子が、シャーさんのコーヒーを奪って飲んだ。「甘い！　どんだけ砂糖入れてんのよ！」

「スティックタイプのシュガーで五本だ」シャーさんが、臆面も無く言った。

「私が糖尿になったらどうすんの。ぶっ殺すわよ」八重樫育子がコップを返す。

「で、イケメン俳優の岡野の死亡推定時刻は？」ヤナさんがシャーさんに訊いた。

「ヌマエリが知ってます」

「ヌマエリはどこだ?」

部屋には、おれと八重樫育子、ヤナさん、シャーさんの四人しかいない。

「わかんないです。たぶん、いつものドライブじゃないですか?」シャーさんが、投げやりに答える。

ヌマエリは、ムシャクシャすることがあると、「ちょっと、ひとっ走りしてきますけん」と言って、愛車のスカイラインGT-Rで首都高を流しに行く。

「昨夜の午後十一時から午前一時の間よ」八重樫育子がため息まじりに答えた。「それくらい覚えておきなさいよ。あんたたち、たまには仕事したら? 評判悪いわよ。柳川班が課外の人からなんて言われてるか知ってるの?」

「どう悪いんだよ? 傷ついたりしないからさ、周りのみんながなんて言ってるか教えろよ」ヤナさんが口を尖らす。

「ラジコン刑事《デカ》とスイーツ中毒のオッサンとスピードでぶ女」

「ドンウォリー。言いたい奴には言わせておけばいいんだよ」ヤナさんは眉を上げ、大げさに鼻を鳴らした。だが、頬がピクピクと痙攣している。明らかに傷ついている証拠だ。

「え、俺ら三人だけ? バネはなんて呼ばれてるんだよ?」シャーさんが、ムキになって言った。

砂糖の粉が宙を舞う。

「バネは、バネよ」

「なんだそれ? 不公平だよ」シャーさんが子供のようにむくれ、上唇についている砂糖(おそらく)をペロリと舐めた。

「バネは個性がねえからな。ある意味かわいそうだよ」ヤナさんが、おれの肩に優しく手を置いた。「めげんなよ」

「おれのことはどうでもいいッしょ！」ヤナさんの手を払いのける。この人たちの緊張感の無さには、ほとほと呆れてしまう。

取調室の美青年は、薄ら笑いを浮かべて微動だにしない。確かに、型どおりの尋問をしても、まともな答えは期待できないだろう。

「奴とバネのお祖父さんが、新大阪から新幹線に乗ったのは、何時なんだ？」ヤナさんが美青年を見ながら言った。

「午前九時半頃ッス」

ヤナさんが、顎髭をシャリシャリと掻きながら唸《うな》った。

「東京で岡野を殺したあとに、車で大阪まですっ飛ばせば、何とか間に合うな」

「不可能よ」八重樫育子が、ピシャリと言った。「大阪で介護士が殺された時間も深夜なのよ。どう考えても時間的に無理があるわ」

「じゃあ、奴はアヒルキラーとは別人なんだな」シャーさんが呟く。「それなら、アヒルキラーはどこにいるんだ？　まさか、すぐ近くにいるんじゃねえだろうな」

「……奴は一体、何が目的なんだ？」ヤナさんがおれを睨み、舌打ちをした。「厄介なのを連れてきやがって」

「だから、私に尋問をやらせてって言ってるのよ」

八重樫育子が、おれとヤナさんの間にずいっと割って入る。背の低い八重樫育子が、両手を腰におき、下からヤナさんを睨みつける。一歩も引く気はなさそうだ。

ヤナさんが、しかめっ面で長いため息をついた。それから、チラリと横目でシャーさんを見る。

「ねえヤナさん、そこまで言うならやらせてみればどうですか？　心理分析のお手並み拝見といきましょうよ」シャーさんが、ニヤリと笑った。挑戦的な態度だ。

どうやら、八重樫育子は本庁の男たちからは煙たがられている存在らしい。八重樫育子が、五十年以上も前の未解決事件のことを、明らかな根拠もないのに引っ張り出し、アヒルキラーとつながる人物だと言って過去の伝説の刑事を連れてきたということは、すでに知れ渡っていたので、他の課の刑事たちは騒然としていた。その伝説の刑事と一緒に上京した男が、アヒルキラーを匂わす発言をしているのだ。取調室の外の廊下には、ちょっとした人だかりができていた。そうでなくてもアヒルキラーの事件が解決できず、捜査一課全体がイラ立っている。

「係長が戻ってくるまで待ったほうがいいんじゃねえかな……」ヤナさんが、ボソボソと言った。

係長は、おれからの連絡を受け、本庁に向かっているところだ。「おいおい、せっかく家に着いたとこなのにUターンかよ」と、ぼやいていたが。電話をかけたとき、係長の声の向こうからは、ユーロビートの店内音楽が聞こえてきた。係長にとってのマイホームは、新宿二丁目だ。ゲイ疑惑（それもネコのほう。係長のケータイの待ち受け画面は若き日のジョン・トラボルタだ）が絶えない係長だが、ブチ切れたときに落ちる雷は半端なく怖い。ヤナさんは、ガラスの灰皿で頭を割られたことがある。ただ、おれには妙に優しい。いくらミスをしても、「新米だもんな。ドンマイ」とダジャレを言いながら、ケツを撫でてくる。

「ヤナさんとシャーさん、昨日の夜、スープカレー食べたでしょ」突然、八重樫育子が、鼻の穴をプクリと膨らませて二人を見た。

ヤナさんとシャーさんが顔を見合わせる。

「どうせ、バネに聞いたんだろ？」ヤナさんがおれをジロリと見た。昨日まで同じチームだったというのに、今のヤナさんからは、敵対心しか感じられない。

「何も言ってないッスよ。ていうか、いい加減、種明かししてくださいよ！　八重樫さんて霊感があるんッスか？」

「ないわよ、そんなもの。私がこの世で一番怖いのは、幽霊よ。見たことないけど」八重樫育子が偉そうに言った。体は小さいが、態度はデカい。

「じゃあ、なんで俺たちがスープカレーを食ったたってのがわかったんだ？　これも〝行動分析〟か？　種明かしをしてもらおうじゃねえか」ヤナさんも負けじと胸を張った。

「種明かしに納得すれば、ハンサムくんの尋問を譲ってくれる？」

「納得すればな」

八重樫育子がニタリと笑った。

「まず、バネの腕時計ね」

おれはドキリとして、左手首のＧ‐ＳＨＯＣＫを見た。よく見ると、文字盤の横に、二ミリほどの黄色い染みがついていた。

「右利きの人間がカレーを食べる場合、そんな位置に染みはつかない。両手を使えば別だけどね。スープカレーは、具がゴロゴロと大きいから、ナイフとフォークを使うでしょ？」

ヤナさんの頬が、またピクピクと痙攣した。

八重樫育子は、鼻の穴をますます広げて種明かしを続ける。

「バネのキャラ的に、一人でスープカレーを食べに行くとは考えにくい。牛丼かラーメンをガツガツって感じだもんね」

図星だ。先週だけでも、《吉野家》と《松屋》に一度ずつ、西麻布の交差点付近にある老舗の豚骨ラーメン屋《赤のれん》に二度行った。

「誰かに連れて行かれたなら、同じチームのメンバーの可能性が高い。バネの行動分析課への異動があったから、送別会をしたのかな、と想像はつく。でも、お酒好きのヤナさんがサッパリとした健康的な顔をしているのを見れば、居酒屋に行かなかったことは一目瞭然よ。そもそも、飲んだ翌日はだいたい酒臭いから丸わかりだし。以上をふまえて分析すれば、〝昨夜、バネはヤナさんたちとスープカレーを食べた〟という結論が出るわけ。どう？　納得してくれた？」

ヤナさんとシャーさんが、口をあんぐりと開け、同時にパチパチとまばたきをした。

「取り調べを始めてもよろしいかしら？」八重樫育子が勝ち誇った顔で言った。


『待ちくたびれましたよ。放置プレイですか？』

美青年が、不敵に笑った。

『イライラさせるために焦《じ》らしたのよ』

八重樫育子も余裕の笑みで返し、美青年の対面に座る。

『他の刑事さんは入って来ないんですか？』美青年がマジックミラー越しにこっちを見て、手錠をかけられている両手を振った。これがマジックミラーだとわかって挑発している。ちなみに、取調室のやりとりはマイクがあるので聞けるが、こっちの声は向こうには届かない。

「クソガキが……」

「ぶっ飛ばしてやりましょうか」

ヤナさんとシャーさんが早くも挑発に乗ってイラついている。やはりここは、八重樫育子に任せて正解だった。

『さあ。始めましょうか』八重樫育子が、家庭教師のように軽い口調で言った。

『よろしくお願いします』美青年が、優等生のように姿勢を正して、八重樫育子に向き直る。

『まず、あなたのフルネームを教えてちょうだい』

『タムラミツグです』

『漢字でどう書くの？』

『多い村に貢ぎ物です』

『いい名前ね』八重樫育子が、調書に書きこむ。『貢君って呼んでもいい？』

『ご自由にどうぞ』多村貢は嬉しそうに言った。まるで、この尋問の時間を楽しみにしていたかのようだ。

『生年月日は？』

『それは言えません』多村貢が、またマジックミラー越しにこっちを見た。『データを調べても無駄ですよ。僕、前科はないですから』

「おそらく、偽名でしょうね」シャーさんが、独り言のように呟く。

『きれいな標準語を使っているけど、出身は大阪で間違いなし、と』八重樫育子が、多村貢の返事を待たずに調書に書く。

多村貢がピクリと反応した。『どうしてですか？　大阪から新幹線に乗ってきたからって、大阪出身と決めつけるのですか？』

『じゃあ、どうなの？　私間違ってる？』

『ご想像にお任せします』

「出た！　心理分析だ」シャーさんが興奮気味に呟く。

心理分析じゃなくて行動分析です、と訂正したかったが、「似たようなもんだろ」と文句を言われそうなのでやめた。

『気づいてないかもしれないけど、あなた、一昨日《おととい》のことを〝おとつい〟って言ったのよ。その言い方、大阪の人の特徴よね』と笑ってから、八重樫育子が、さらに何かを調書に書いた。

『今度は何を書いたんですか？』多村貢が訊いた。笑顔のままだが、少し顔が強張ってきた。完全に八重樫育子のペースだ。

『あなたの職歴』

『本人に訊いてないじゃないですか』

『だって、本当のこと教えてくれないでしょ？』

「おいおい、大丈夫かよ」ヤナさんが、不安げにぼやく。

『刑事さん、占いが好きなら、新宿の伊勢丹前に行ったらどうですか？　次の〝新宿の母〟になれますよ』多村貢が、皮肉たっぷりに言った。

『ごめんね。私、二十歳の頃に見てもらった占い師に、前世はモグラって言われてから、占いは大嫌いなの』

『占いではないのなら、超能力ですか？　ＮＡＳＡの研究所でトレーニングを積んだとか？』多村貢が、皮肉を重ねる。

おれも最初は超能力の存在を信じそうになった。

たぶん、八重樫育子の旦那は、浮気がバレバレだっただろう。少し同情する。

『超能力なんかじゃないわ。れっきとした科学よ。リンゴが木の枝から離れれば地面に落ちるのと一緒。東京駅で会ってから今までの貢君の行動が、私に色んな情報を与えてくれたの』

多村貢の顔から笑みが消えた。

八重樫育子が畳み掛けるように続ける。

『あなたはいくつかの職を転々としてるけど、それらは、日銭を稼ぐためだけに嫌々就いたものだった。あなたの本当の職業は、別にある。知的で大胆で重労働で、己の全精力を注がなくては勝てない仕事よ。あなた、勝負の世界にいたでしょ。さあ、私と勝負しましょうよ。いつまでいい子ぶってんの』

多村貢の顔が豹変《ひょうへん》した。目がつり上がり、こめかみと首に太い血管が浮かび上がる。

『……やるやんけ、おばはん』声まで別人のように低くなった。

「おいおい、二重人格じゃねえんだから」ヤナさんが驚く。

おれは、それよりも、八重樫育子の手腕に驚いた。取り調べ開始五分で、あっという間に多村貢を追い込んで、本性を引っ張り出した。もしかすると、行動分析ってのは、とんでもなく破壊力のある武器なのかもしれない。

『やっと本性を現したわね』八重樫育子がボールペンを机に置いた。『どうする？　弁護士を呼ぶ？』

『いらんわ、ボケ』多村貢は足を組み、パイプ椅子にふんぞり返った。『警察に捕まることは計画のうちなんじゃ』

なんだと？　じゃあ、自ら捕まるためにジジイを東京に連れてきたっていうのか？

『大阪の介護士は、あなたが殺したの？』

多村貢は口をアヒルのように尖らし、グワァグワァと鳴きまねをした。

「野郎……舐めやがって」シャーさんが拳を握り締め、取調室に向かおうとした。

「やめろ！　八重樫に任せるんだ」ヤナさんが、シャーさんの腕を摑んだ。

「放してくださいよ。一発鼻を殴るだけじゃないですか。鼻の骨折ったらすぐに戻ってきますから」

おれも人のことを言えないが、シャーさんの導火線は短い。以前、シャーさんの顔に唾を吐きかけた容疑者は、アバラ骨を二本折られた。クールな顔つきに似合わず凶暴なのだ。

八重樫育子が、多村貢の顔から目を逸らさずに訊いた。

『私の家で、あなたは自分のことを、みにくいあひるの子って言ったわね。あなたはアヒルキラーなの？』

『残念ながらハズレやな』

『だったらアヒルキラーは何者なの？　どうして美しいものを目の敵にして殺し続けるの？』

『直接、本人に訊けばええやんけ。ま、捕まえることができたらの話やけどな。おばはんはまだマシやけど、隣の部屋におるボンクラどもには一生かかっても無理やろな。アヒルの尻尾にさえも触ることはできへん』

多村貢がこっちを向き、グワァグワァと鳴いた。

「クソッ……」おれも、ブチ切れそうだ。

『じゃあ、質問を変えるわね』八重樫育子も椅子にもたれ、足を組んだ。『あなたが、アヒルキラーを手伝っているの？　それとも、アヒルキラーがあなたを手伝っているの？』

『なかなか鋭い質問やんけ』多村貢が、こっちの部屋のほうを向いたまま言った。偶然だが、おれと目が合っている。

「おい、今のはどういう意味だ？」ヤナさんが、シャーさんに訊いた。

「八重樫は、一連のアヒルキラー事件の主導権を多村が握っていると踏んでるみたいですね」シャーさんが、落ち着きを取り戻して答えた。

奴が主犯ってことか？　殺人鬼を使って、一体、何をしようとしているんだ？

『俺が東京に来た理由を知りたいか？』

『ぜひとも教えてほしいわね』

『条件がある』

『……何かしら？』

多村貢がおれの顔をまっすぐ見ながら言った。

『赤羽健吾をここに呼べ。それまでもう一切喋らへん』

(10)

東京都港区　午後七時

『もしもし？　栞ちゃん、今、時間いい？』

「前園さんですか？」反射的に、栞は、吸っていたタバコを車の灰皿に押しつけた。

こんな時間に事務所の社長から電話がかかってくるのは、初めてだ。今年五十歳になる前園社長は、業界でも早寝早起きで有名で、毎晩九時に就寝し、毎朝四時には起きて太極拳をする。無類の健康オタクで、会うたびに漢方薬やピラティスを栞に勧めてくる。タバコを吸っていることがバレたら、卒倒されるだろう。

『ごめんね。どこにいるの？　もしかして、運転中？』

「大丈夫ですよ。駐車場で電話をしてますから」

栞は、来年公開する映画の撮影帰りで、南青山の自宅マンションに帰る途中だった。近くのコンビニで、ペヤング、じゃがりこサラダ味、ファンタグレープを買ったばかりだ。ストレスが溜まってるときは、この黄金の三点セットに限る。こんな食事を摂っていると前園が知ったら、きっとショック死するだろうが、今回の映画の脚本はあまりにもひどいし、監督もあまりにも無能だ。ガス抜きをしないとこっちが参ってしまう。

『栞ちゃん、助けて欲しいんだ』

「な、なんですか?」

ますます怪しい。泣く子も黙る前園が「助けて」なんて言葉を使うのを、初めて聞いた。

『会ってから説明するよ。すぐに、僕の家に来て欲しいんだ』前園の声が震えている。

「今から会うんですか?」

絶対、嫌だ。今日はものすごく疲れた。お風呂にゆっくりと浸かってから、黄金の三点セットをお供に、プロ野球中継を観る予定なのだ。学生時代、ソフトボールをやっていた栞は、熱烈なヤクルトスワローズファンで、南青山に住んでいるのも神宮球場が近いからだった。

『来てくれなきゃ、僕、死んじゃうよ』

「……えっ?」絶句した。前園の声は、嘘をついているようには思えない。女優という仕事を何年もやっていれば、面白いように他人の嘘がわかる。

栞は、新しいタバコを口にくわえた。ライターを持つ手が震えて、上手く火をつけることができない。

前園が、自殺?

ありえない。一昨日、現場で会ったときには、栞に無理やり青汁を飲ませようとするほど、グイグイと前のめりで暑苦しかったというのに……。沖縄帰りの前園は、AV男優かと思うほど黒々と日に焼け、どう見ても、健康そのものだった。一緒に旅行に行ったボーイフレンドとのノロケ話も散々聞かされたから、プライベートは充実しているはずだ。

ものすごく、嫌な予感がする。

行きたくないが、行くしかない。もし、このまま、前園が首を吊ったりでもしたらシャレにならない。カンヌのレッドカーペットを歩けたのも、半分は前園のおかげだ。

「わかりました。十分で行きます」

前園のマンションは、車があれば、栞のマンションと目と鼻の先だ。

『ありがとう。ごめんね、栞ちゃん』前園が、涙声で電話を切った。

なんなのよ、もう……。栞は、コンビニの袋からファンタグレープのペットボトルを取り出し、半分ほど一気飲みした。ゲボリと豪快にゲップをする。少しだけ、ストレスが体から抜けた。

「女優は辛いねえ」栞はペットボトルをドリンクホルダーに差し、愛車のワーゲンのエンジンをかけた。


「ごくろうさん」

男は、前園の耳からスマートフォンを離すと、それを、ガスコンロに置いてあった土鍋の中に放り込んだ。

「あぁぁぁ……」前園が、涙を流しながらガタガタと震える。

「昨夜は、キムチ鍋か」男は、土鍋を覗いて言った。

「お、お、お願いします。なんでもしますから。殺しゃないでくだしゃい」

前園の顔は、涙と鼻水でグシャグシャだ。小便も漏らしている。

うん。みにくいものを見ると、心がスウッと落ち着く。

「し、し、しに、死にたく……オエッオエッ」前園が、自分の足元に転がっているボーイフレンドの死体を見て、ゲロをぶちまけた。

サイコーだ。ますます、いい！　抜けるような青空よりも、コバルトブルーの海よりも、星よりもオーロラよりも宇宙よりも、フローリングの床に広がるゲロのほうが千倍美しい。

男は、雄叫びを上げながら、前園の顔面をぶん殴った。手足を針金で椅子に固定されている前園は、まともにパンチを受けてひっくり返った。

高級マンションは、防音がしっかりしているので、音に気を遣う必要がない。

もうすぐ、この部屋に日本一うつくしい女がやってくる。どうやって殺すか想像しただけで、イキそうだ。部屋に忍び込んだとき、前園とボーイフレンドは、バスローブ姿でワイングラスを片手にチチクリ合っていた。なんとも微笑ましく、平和な光景で、いつまでも見守っていてあげたかったが、時間がないので、とりあえずロマネコンティのボトルでボーイフレンドの頭をかち割った。

「ガボ……ガボ……ゴボ」仰向けになった前園の鼻と口から血の塊が噴き出し、床にこぼれた赤ワインと混ざる。

思ったよりもスムーズに、栞と会えることになった。ネットカフェで、栞の所属事務所を調べあげ、住所どおりのビルに行ったら、ちょうど「前園社長」と呼ばれる男が、数人の部下らしき人に見送られてジャガーに乗り込むところだった。ジャガーを尾行したら、勝手にこのマンションへと案内してくれた。

うつくしいものをみにくく殺せば殺すほど、運気が上昇していくのがわかる。

ただ、一つ気がかりなのは、東京に着いているはずの〝相棒〟から連絡がないことだ。アイツのことだから、大丈夫だとは思うが……。不測の事態を想定して、こっちからの連絡は禁止されている。これも、〝相棒〟のアイデアだ。実際、アイツの指示どおりに動けば、レベルの低いロールプレイングゲームのようにサクサクと進む。

「し……しおり……ごめん……」意識朦朧とした前園がうめく。

男は、前園に馬乗りになり、ゆっくりと首を絞め始めた。前園の顔が徐々に青紫色になり、口から泡を噴き出す。

栞ちゃん、早く来ないかな。

栞ちゃんを殺せば、〝相棒〟が練りに練った計画の第一段階がようやく終わる。第二段階から先を聞いたとき、本当の狂人は自分ではなく、〝相棒〟のほうなんだと痛感した。

アイツほど、恐ろしい男はいない。

(11)

東京都千代田区　午後八時

「一言も喋らないんじゃしょうがないな」係長の涌井がため息をつき、おれを見た。涌井は五分前にようやく到着していた。「バネ。八重樫と交代だ」

「でも、おれ、取り調べなんてやったことないッスよ！」

心臓がバクバクと鳴る。できることなら、初体験はもう少し易しい相手がよかった。あんな不気味な男と二人きりになるのは勘弁してほしい。

「指名がかかったんだ。行くしかねえだろ」

係長がおれのケツをポンと叩いた。ポマードで髪をピッチリと七三に分けた係長に触れると、全身に鳥肌が立つ。

多村貢は、「赤羽健吾をここに呼べ」と言ったきり、黙秘を貫いている。八重樫育子が色々な手法で揺さぶっても、口を閉じたままだ。係長が到着すると、現状をヤナさんが説明した。当然、新米のおれが、サポートなしで取り調べをすることには係長も反対した。が、いたずらに過ぎていく時間に、ついに業を煮やしたのだ。

「バネ。びびるんじゃねえぞ」ヤナさんが、握り拳でおれの心臓を軽く叩いた。

「ウッス！」おれは歯を食いしばって返事をした。テンションが上がりすぎているのが自分でもわかる。

「アメ、舐めるか？」シャーさんが、ポケットから小さなアメ包みを取り出した。

「いらないッス！」おれは下腹に力を入れ、廊下に出た。

アメなんて舐めてる場合かよ。

八重樫育子が取調室から出てきた。見るからに、意気消沈している。

「おつかれさまッス！」おれは、背筋をシャンと伸ばし、頭を下げた。

「これっぽっちも疲れてないわよ」八重樫育子が悔しそうに下唇を噛んだ。

「おれ、ちょっと感動しました」

「はあ？　あんた馬鹿にしてんの？　ぶっ殺すよ！」

「行動分析ってすげえッスね！」

八重樫育子が、呆れて笑った。

「何よ、それ。今頃気づいたの？」

「八重樫さん、おれにアドバイスをください」膝がカクカクと震えてきた。ジェットコースターに乗る前みたいに、膀胱《ぼうこう》がキュッと持ち上がる。

「あんた、取り調べバージンなの？」

「はい！　バリバリの処女ッス！」

八重樫育子が両手を腰に置き、子供を学校に送り届ける母親のような目でおれを見た。

「取り調べの奥義を教えるわ」

「えっ？　いきなりッスか？　まずは基本からでは……」

「馬鹿。ぶっ殺すよ。まともにやって勝てる相手だと思ってるの？」

おれは、首を横に振った。昔から口喧嘩にはめっぽう弱い。先に手が出てしまう性格だ。

「いい？　よく聞きなさいよ」八重樫がおれの耳元で声を潜める。

おれは、ゴクリと唾を呑み込んだ。

「相手を褒《ほ》めることよ」

「へっ？」おれは、泣きそうになった。あんな不気味な男をどうやって褒めればいいのだ？

「褒めて、褒めて、褒めちぎりなさい」

「はあ……」

「あとはハッタリのときは堂々と言う。それがポイントよ」

八重樫育子が、取調室のドアを開け、ドンとおれの背中を押した。

寒い……。取調室に入った瞬間、気温が急に下がった気がした。ドアが閉められ、完全な密室になる。

おれは、チラリとマジックミラーを見た。隣の部屋では、みんなが見守ってくれているはずだ。ヤナさんあたりは、おれのビクついた態度に舌打ちをしてるかもしれない。

やるしかない。タイマン勝負だと思え。おれは、多村貢の前にドカリと腰を下ろした。

「よう。おれに用があるんだってな」

多村貢が真顔のまま、おれの顔を見つめてくる。目を逸らすな。ナメられたら負けだ。

沈黙のまま、二人でガンを飛ばし合う。コンとマジックミラーが鳴った。誰が叩いたか、すぐにわかった。

はい、はい、褒めればいいんでしょ。

「お前、いい度胸してるな。わざと捕まるなんておれにはできねえよ」

多村貢は何の反応もしない。マネキンのように固まっている。

早くも褒め言葉が出てこない。焦ってきた。壁掛け時計の秒針がやけに大きく聞こえる。

「見れば見るほど男前だな。ホレボレするぜ」

何を口走ってるんだ、おれは? 恥ずかしくて耳まで熱くなる。

「ヨン……」多村貢の唇が、わずかに動いた。「ヨン……イチ……ゴ……」

四? 一? 五? 数字を呟いているのか?

多村貢の声が、どんどん大きくなっていく。

「3二、3一、1二、2二」

まるで、呪文のように唱えている。瞳孔が開き、口から涎が垂れてきた。

「おい！　多村！　どうした！」

多村がパイプ椅子を倒し、立ち上がり、叫び出した。

「3一角！　1二王！　2二飛車成！　1三王！　2二銀！　同角成！」

……将棋？　将棋の棋譜を読み上げている。

「王手……俺の勝ちだ……赤羽健吾」多村貢が狂ったように笑い出した。

「何、笑ってんだよ、てめえ！」おれは、多村貢の胸ぐらを摑み、壁に押しつけた。

「バネ！　やめろ！」ヤナさんが、取調室に飛び込んできた。なだれこむようにして、シャーさんと係長も入ってくる。

「……地球上で最も美しい存在は何やと思う？」多村貢が、うめくように言った。

「そんなの、人それぞれの価値観によるわ」八重樫育子がゆっくりとした足取りで、部屋に入ってきた。多村貢を見る視線が鋭い。「夕陽に涙を流す人もいれば、朽ち果てた廃墟に涙を流す人もいる」

「さすがに……俺の正体がわかったやろ」多村貢が吐き捨てるように言った。

全員が、一斉に八重樫育子を見た。

「プロ棋士ね」八重樫育子が静かに答えた。

「元プロや。将棋界からはとっくに追放されたけどな」

プロの将棋指しは、常人では考えられないほどの記憶力があり、ずば抜けて右脳が発達していると聞いたことがある。そんな男が犯罪に関わったら……。

「さっき、王手って叫んでたわよね。どういう意味か教えてくれない？」

多村貢が、顎まで垂れた涎を拭いた。

「今夜、アヒルキラーが最後の獲物を殺す」

「最後だと？」係長が眉間に皺を寄せた。「そんな保証がどこにあるんだ？」

「俺が計画を立てた張本人やからな。第一章は今夜で終わり」

「ってことは、第二章があるのね……」八重樫育子が、哀しげな目で多村貢を見た。

多村貢が少年のように頷く。

「明日からは、地球上で最も美しい存在が殺されていく」

「おい、小僧。デカをおちょくるのもたいがいにしろよ」シャーさんが、多村貢の腕を引っ張ってから前髪を摑み、肘を顔面に叩きこんだ。

「西！　落ち着け！」

係長とヤナさんが、二人がかりでシャーさんを部屋の外に連れ出す。

「地球上で最も美しい存在ってなんだよ？」おれは、うずくまっている多村貢に言った。

「子供たちね」八重樫育子がそう言って、歯を食いしばった。

「てめえ！」おれは多村貢の両肩を摑み、無理やり立たせた。

「バネ！　離れて！　コイツ、何か持ってるわ！」八重樫育子が、おれの体を引っ張った。

「これ、なんだかわかるか？」多村貢が、ゆっくりと右手を開いた。手の平の上に、カプセルが一つあった。「第一章は俺の勝ち。第二章はどっちが勝つかな？　ルールを説明するからよく聞けよ。明日から、アヒルキラーは都内に住んでいる幼児を殺していく。止めたければ、お前のじいさんに訊けや」

「……ジジイに？」

「じいさんに、アヒルキラーが現れる場所を教えた」多村貢がカプセルを口に入れた。「伝説の刑事と相棒の賢いモジャモジャ女に助けてもらえ」

「バネ！　カプセルを吐き出させて！」

「お前との勝負、楽しみにしてるで」

多村貢は目を見開き、八重樫育子を睨んだ。そして、苦悶《くもん》の表情を浮かべ、全身を痙攣させた。喉を押さえ、口から泡を吹く。おれは、一歩も動くことができなかった。

数十秒後、痙攣が止まった。

「……死んだわ」八重樫育子が、呟いた。

(12)

東京都港区　午後九時

なぜ、コイツは私を殺さないのだろう。

栞は、目の前にいる男を見ながら不思議に思った。

この状況なら、どうあがいても、無残な姿でなぶり殺される。リビングに転がっている前園とボーイフレンドのように。やるなら、さっさと殺して欲しい。

この男は、人間ではない。

女優という仕事柄、様々な人間の様々な表情を観察してきた。研究と言ってもいい。まず、目を見る。目がすべてだ。相手が笑おうが怒ろうが泣こうが、目を見れば心の動きが手に取るようにわかる。

この男の目は〝無〟だ。何も読み取ることができない。こんなにも空っぽな目の人間に初めて出会った。瞳孔が開きっぱなしなのか、異様に黒目が大きい。さっきから、栞の顔を見ているようで見ていない。

「もう、抵抗はしないのか？」男がぼそりと言った。その目とは対照的に、自信なさげな細い声だ。

栞は深く頷いた。ガムテープを口に貼り付けられ、声を出すことはできない。

さっき散々暴れて抵抗したら、顔面を拳で思いっきり殴られ失神した。気がついたら、ソファに寝かされ、口はガムテープでふさがれていた。たぶん、脳震盪を起こした。殴られた頬骨よりも後頭部が痛い。フローリングで打ったのだろう。しかも、両手と両足を針金で拘束されていて、身動きできない。まさに、まな板の鯉状態だ。にもかかわらず、男は突っ立ったままでいる。

一体、何がしたいわけ？　怯える栞を見て、楽しんでいるわけでもない。じっと、何かを待っているかのようだ。

もっと、抵抗して欲しいの？　レイプ犯は女が抗う姿に興奮すると聞いたことがある。

「ん……む……ん……」栞は首を激しく振り、涙を流した。

三秒もあれば自由自在に涙を出すことができる。女優なのだから、それぐらいできて当たり前だ。たまに、「気持ちを作らないと泣けない」などとほざく役者がいるが、栞は認めない。演技とは「演じる技」だ。技を磨けば気持ちは関係ない。悲しいときに泣くのなら誰でもできる。悲しくもないのに泣くからプロなのだ。

さあ、殺せ。殺人鬼に自分の技を見せるのは癪《しゃく》だが、一刻も早く殺して欲しい。こんな狂った空間に居続けるのはもう限界だ。

「ヘタな芝居はやめろ」男が栞の喉を掴んできた。

ヘタだと？　栞は自分の置かれている立場を忘れ、ブチギレた。

カンヌのレッドカーペットを歩いた女優に向かって何言ってんだ、てめえ！

さらに激しくソファの上でもがいた。針金さえなければ、この男をぶん殴ってやるのに。

栞は完全にヤケクソになっていた。失神したついでに、恐怖がどこかに飛んでいってしまったらしい。

最初、この部屋の有様を目にしたときは、頭の中が真っ白になった。声の限り泣き叫び、周りにあったあらゆる物を男に投げつけ、首がへし折れた前園の死体を直視し、ゲロを吐いた。前園のボーイフレンドの頭は何かで割られて、そこから大量の血が流れている。

フローリングの血の湖に、おもちゃのアヒルが浮かんでいるのを見つけたときが、絶望の頂点だった。

一年前に世間を騒がせたアヒルキラーが、目の前にいる……。

前園の電話は、自分をおびき寄せるための罠《わな》だったのだと悟った瞬間、小便を漏らした。その直後に殴られ、意識を断ち切られたのだった。

が、今、恐怖よりも、芝居がヘタだと言われたことへの怒りが上回った。

「ん！　ん！　ん！」栞は、頭を振り回しもがき続けた。

「何か言いたいことがあるのなら言え」男が、栞の口のガムテープをゆっくりと剝がした。

唇が引っ張られて伸びたが、痛みは感じない。痛覚もどこかにいってしまったようだ。

「私は女優なの」栞は、ソファに寝転がった状態のまま、男を睨みつけた。

「知っている」男が無表情のまま答える。

「アナタが知ってる女優たちと一緒にしないでくれる？　私は本物なの。本物の女優なの。私を殺すのはかまわない。そういう運命だったと割り切るわ。でもね、『ヘタな芝居』という言葉は撤回しなさいよ」

首を折られようとも、それだけは譲れない。

女優は死ぬ最後の瞬間まで、女優なのだ。

「よくわからない」男が、栞を見ながら首を傾けた。「お前は、日本一うつくしい女ではないのか？」

栞は、嫌悪感を剝き出しにして言った。「周りが勝手に騒いでいるだけよ」

カンヌに行ってからマスコミの態度がガラリと変わった。仕事が増えたことは嬉しいが、結局カンヌという冠がなければ、まともに演技を評価してもらえないのだと痛感した。

「俺にはお前が〝みにくく〟見える」

「正解よ。私は日本一醜い女だから」栞は、自嘲的に笑った。「ここまで来るのに、手段を選ばなかった。寝たくもない男と数え切れないほど寝たし……中には女もいたわ。ライバルたちも数え切れないほど地獄に落としてきた」

「昼ドラみたいな台詞だな」男が口の端を歪める。

「昼ドラよりもひどいわ。女優の人生なんて、陳腐で滑稽で目を覆いたくなるほど汚い。生ゴミを漁るカラスのほうがよっぽど美しい。カンヌのレッドカーペットを歩けたのも、プロデューサーとアナルファックしたからよ。どう？　軽蔑した？」

栞の目から涙がこぼれてきた。

「何を泣いている？」

「誰にも話したことのない秘密をどうしてあんたみたいな殺人鬼にベラベラと喋っているんだろうって思ったら、情けなくなってきたのよ！」

男は栞の大声に、顔を歪めた。

「どう？　ビッチでしょ？　ビッチだと思うでしょ？　ビッチって罵《ののし》りなさいよ！」栞は唾を撒き散らし叫んだ。涎が二四一万五〇〇〇円のカッシーナのソファ（と前園が以前自慢していた）にダラリと垂れる。

男は、栞を見下ろしたまま何も言わない。

「私は、どうしようもないビッチなんだよ！」

栞は、ソファから転げ落ちた。芋虫のようにフローリングの床を這いずりまわり、男の足元まで近づく。

全身が床の血でドロドロになった。自分のゲロも混じっている。

「何黙ってんだ！　てめえ、この野郎！　ファックしたいんだろ！　素直になれよ！　私のアナルにぶちこめよ！」栞は、狂ったように転げまわった。

「あーぁ」男がため息を漏らして肩を落とし、部屋を出ていこうとする。

「どこ行くんだよ！　てめえ！」栞は芋虫のまま首を上げ、男を見た。

「今夜が第一段階の最後なんだ。最後の獲物は、とびきり〝うつくしい〟ものじゃないと、意味がない」男が、なぜか寂しそうに笑った。「相棒と約束したんだ」

「誰よ、相棒って？」

「多村貢という男だ」男があっさりと言った。

「何者なのよ、そいつ」聞いたことのない名前だ。

「俺よりも〝みにくい〟男さ」男がちらりと壁の時計を見る。「たぶん、もう死んでいる」

死んでいる？　どういう意味だ？

「アナタが殺したの？」

男が首を横に振った。

「相棒は、自ら命を絶ったと思う。俺と初めて出会ったときから、そう決めていた。だから、俺も約束を守らなくちゃいけない」

男は玄関先に立ち、レインコートを脱いだ。栞がこの部屋に来たときから、着ていたものだ。血が飛び散ってもいいように用意していたのだろう。レインコートの下から、電気工事員の作業服が現れる。靴箱の上に置いていたボストンバッグから帽子を取り出し、目深に被る。続いて、眼鏡とマスクをつけた。

「帰るの？」栞は思わず間抜けな質問をした。

「新しい獲物を探す。今日が終わるまで、あと三時間もない」男は脱いだレインコートをゴミ袋の中に入れ、ボストンバッグにしまった。

栞は何か捨て台詞を言おうとして、やめた。気の利いた言葉が思い浮かばない。

男が、恐ろしいほど澄んだ黒目で栞を見て、玄関のドアを開けた。

「〝みにくくて〟助かったな」


それから十五分間、栞は息を潜めて待った。アヒルキラーが戻ってこないとわかると、全身の力が一気に抜けた。

助かったんだ……。両親や二人の姉の顔が浮かぶ。あと、自分が飼っている愛猫も。

一世一代の演技だった。女優の勘で、あの男は美しいものを殺したがっていると感じた。咄嗟に、昼ドラのような臭い台詞を吐き、床をのたうちまわる演技をした。

私は女優だ。私の武器は、演技だ。仕事のために、誰かと寝たことなどないし、アナルファックなんてもってのほかだ。

カメラさえあれば……。さっきの演技は、アカデミー主演女優賞ものだったのに。少なくとも、サンドラ・ブロックには、勝てたはずだ。

第四章　真剣師　多村善吉

（一九五二年　八月三十日）

大阪市浪速区　午前十一時

俺は巨大な水溜りにいた。

ジャブジャブと歩くがどこまで行っても水溜りは終わらない。ふと、足元を見ると、水面が赤く染まっていた。巨大な水溜りではなく、血の湖だった。

何かが向こうから流れてきた。木彫りの家鴨だ。一つ、二つ、三つ……計五つの木彫りの家鴨が血の湖にプカプカと浮いている。

木彫りの家鴨が流れてきた先に、全裸の女が浮いていた。遠くからでも、それが死体だとわかった。

俺は赤い水に足を取られながら、女の死体へと近づいた。

絹代だった。目から血の涙を流して死んでいた。


「おい！　みっちゃん！　いつまで寝とんのじゃ！」

肩を揺らされ、目が覚めた。

枕元に多村善吉《ぜんきち》が胡坐《あぐら》をかいて座っている。

蒸し暑さとろくでもない夢のせいで、俺は全身が汗まみれになっていた。布団のかび臭さに思わず咽《むせ》そうになる。

猛烈に喉が渇いている。干からびたようにカラカラだ。

多村善吉は俺の幼馴染で唯一の親友だ。大阪の掃き溜め、新世界。そのはずれにある貸本屋、『一二三堂《ひふみ》』の二階に下宿している。俺の部屋は、家鴨魔人の五人目の犠牲者が発見されたので、戻ることができない。昨夜は、六畳一間のこの部屋に泊まらせてもらった。

「顔でも洗ってシャキッとせんかい。家鴨魔人を捕まえるんやろ?」

昨日の出来事は、多村善吉にすべて説明した。家鴨魔人の濡れ衣を着せられ、上司の百田に取調室で痛めつけられたこと。割り箸を百田の首に突き刺したこと。誰の手も借りずに単独で真犯人を見つけなければいけないこと。そして、俺にはアリバイがないこと……。

俺は歯を食いしばり、上半身を起こした。体の節々が悲鳴をあげる。特に後頭部とみぞおちがひどく痛み、口の中は血の味がする。どうやら、熱もあるようだが、気にしている場合ではない。一刻も早く真犯人を捜し出さなければ、百田の息のかかった刑事たちに取調室に連れ戻されてしまう。百田をあんな目に遭わせたのだ。今度は、確実になぶり殺されるだろう。

俺が〝事故死〟になれば、そのまま俺が犯人となり、事件の真相は闇に葬られる。それこそ真犯人の思うツボだ。凶悪な家鴨魔人は、世に放たれたままだ。

「刑事も楽な商売ちゃうのう」多村善吉が皮肉な笑みを浮かべ、手の中で将棋の駒をカチカチと弄《もてあそ》んだ。

多村善吉の前には、分厚い将棋盤があった。盤上の《銀》を指先で摘み、パチリと鳴らす。

「何しとんのや？」俺は、痛みを堪えながら訊いた。

「見ればわかるやろ」次は《角》を摘み、パチリと鳴らす。「将棋や」

「一人でやって何がおもろいねん？」

「相手がおろうがおるまいが、将棋は一人でやるもんや」

多村善吉は、この大阪で、名のある将棋の〝真剣師〟として通っていた。真剣師とは、現金を賭けて将棋や囲碁、麻雀で生計を立てている者を指す。

「よっしゃ。これで王さんは身動きが取れへんで。蜘蛛《くも》の巣でがんじがらめになった虫や」多村善吉が王将の駒を手にニタリと笑う。

俺は将棋が嫌いだった。ガキの頃から一度も多村善吉に勝ったことがないからだ。飛車と角の両落ちでも、まったく歯が立たない。

多村善吉は、将棋の天才だ。「坂田《さかた》三吉《さんきち》の再来」と言う者までいる。俺と同い年でまだ若いが、早くも大阪には敵がいない。近頃は、多村善吉の噂を聞きつけた猛者たちが全国から勝負を挑んでは、返り討ちに遭っていた。

俺は部屋の中を見回した。ありとあらゆる将棋の文献が、所狭しと積み上げられている。

「相変わらず変人やの」

中には、江戸時代からの貴重な資料もあった。多村善吉がわざわざ貸本屋の二階を借りているのも、将棋の本が手に入りやすいからだ。

「やかましい。刑事なんぞやっとるお前のほうがよっぽど頭がおかしいわ」多村善吉が最初から駒を並べなおす。

多村善吉の人生には、〝将棋〟の二文字しかない。変人と言うほかない。賭け将棋で唸るほどの金を手にしても、自分の懐には入れず、浮浪者たちに与えたり、「金を貸して欲しい」と言う者がいれば、無利子無期限で貸してしまう。当然、催促などしないし、ひどいときは借用書も作らないので、誰に金を貸しているのかわからない始末だ。

金だけではなく、女にも興味がない。

多村善吉は映画スタアに負けず劣らずの美青年で、次から次へと女が寄ってくる。だが、その女たちには見向きもせず、四六時中将棋盤と向かい合っている。一度、将棋のどこがそんなに面白いのかと訊ねたことがある。多村善吉はしばらく考えたのち、「俺にもわからん」と答えた。

おっと、ゆっくりしている場合ではない。

俺は、脚にかかっている布団を剝ぎ取り、立ち上がったが、目眩がしてふらついた。膝に手を置いて体を支えなければ、まともに立っていることもできない。

「世話になったな。この借りは返す」

「その前に鏡を見てみ」多村善吉が、部屋の隅に置かれている鏡を指した。

俺は自分の顔を見て、ギョッとした。鼻がグニャリと折れ曲がり、倍以上の大きさに膨れ上がっている。

「なんや、この鼻は……」

「なかなか男前やぞ」多村善吉が、飛車の前の歩を一つ進めた。「借りなんて返さんでええ。今夜もここに戻ってこい」

「……ええんか？　明日は、大事な勝負があるんやろ？」

明日、多村善吉はプロの棋士と対局する。しかも、相手は次期名人と名高い鹿野《しかの》重雄《しげお》七段だ。

先月、鹿野の弟子を、多村善吉が完膚《かんぷ》なきまでに叩きのめした。アマがプロを倒した衝撃は、あっという間に全国に広まり、多村善吉は「プロより強いアマ」と祭り上げられた。鹿野は弟子の仇を討つ覚悟で大阪にやってくる。大阪のみならず、全国の将棋ファンが心待ちにしている対戦だ。

「さっきも言ったやろ。俺は俺の将棋を指すだけや。相手が誰であっても関係ない」

「負けんなよ」

俺だけではない。大阪中の人間が、そう思っているはずだ。

「お前もな」多村善吉が将棋盤から目を離さずに言った。

俺は穴だらけの襖《ふすま》を開けて、部屋を出た。出てすぐにある狭い階段を降りる。

一段一段踏みしめるたびに、腰に鈍痛が響く。昨日、取調室の壁に打ちつけてから、痛みが引かない。

ちくしょう……。階段を降りるのにも一苦労だというのに、こんな体で家鴨魔人を捕まえることができるのか。大阪市警視庁に応援を要請したいが、それはできない。居場所がバレれば、百田の部下たちに連行されてしまう。

一人で戦うしかない。多村善吉と同じだ。

階段を降り、埃だらけの貸本屋の店内を抜ける。埋もれそうなほどの大量の本が山積みになっている。店の奥にいる店主がジロリと俺を睨んだ。かりんとうのように痩せた初老の男だ。時々ここに来るので知らない顔ではないが、話をしたことはない。いつも、楊枝に刺したシケモクを吸いながら、苦虫を嚙み潰したような顔で難解な本を読んでいる。

俺は、頭を下げ、貸本屋を出た。夏の太陽が、容赦なく俺を照らす。雲一つない青い空。蟬《せみ》が、新世界の至る所で鳴いている。互いに競い合うような力強い鳴き声だ。

「みっちゃん！」

歩き出した俺を、女の声が呼び止めた。振り返ると、三角巾に割烹着を着た絹代が立っていた。目の周りが赤く腫れている。一晩中泣いたのが丸わかりだ。

俺は、絹代を無視して再び歩き出した。

「待ってや！」履いているつっかけを鳴らし、絹代が追いかけてきた。「行かんといてや！　体じゅう傷だらけやんか！」

「やかましい。男の仕事に口出すな」俺は足を止めずに言った。

俺の容疑はまだ晴れていない。今、このときも家鴨魔人として指名手配される可能性がある。絹代を巻き込むわけにはいかない。

「待たんかい、こら！」絹代が俺の腰にしがみついた。

「ぐあっ！」俺は腰の痛みに耐え切れず、絹代もろとも地面に倒れこんでしまった。

「大丈夫？　どこが痛いの？」絹代が心配そうに、俺の顔を覗き込む。

「全身や」俺は、呻《うめ》きながら言った。「さっきお前も、俺見て体じゅう傷だらけって言ってたがな」

「ほんまや、ごめん。ごめんやで」絹代が泣きそうな顔で俺の腰を擦《さす》った。「おはぎ作ってきたよ。どうせ、また、何も食べてへんのちゃうん?」

「よく俺の居場所がわかったな」

「だって、みっちゃんは善ちゃんしか友達おらへんやん」絹代が少し拗《す》ねた顔になる。「うちんとこに、来てくれたらよかったのに」

「アホ。お前のおとんとおかんがおるやんけ」

絹代の実家は、玉造《たまつくり》で定食屋を営んでいる。その二階で両親と同居しているのだ。いくら両親とも顔なじみになっているとはいえ、昨日のような血だらけの姿で現れるわけにはいかない。

「しんどいときは誰よりも先にうちを頼って欲しい」絹代が真顔で言った。「教えて。何があったん?」

「……お前はどこまで知ってるねん?」

絹代が俯いて黙り込んだ。

「俺の部屋から娼婦の死体が見つかったのは、知ってんのか?」

絹代が頷いた。「みっちゃんは犯人とちゃう。犯人は、ふつうの人間では想像できへん心の闇を抱えた人間やわ」

「世間がどう思うかやな。警視庁の奴らは、俺を犯人に仕立て上げたいみたいや」

俺は、絹代に肩を支えられ、立ち上がった。

「みっちゃんは、どうするつもりなん?」

「俺が自分で犯人を見つけるしか助かる方法はない」

絹代が俺の両手を包み込むように握った。「うちにできることある?」

「待っとってくれ」俺は、絹代の手を握り返した。「絶対に帰ってくるから、それまで待っとってくれや。この事件が終わったら……」

蟬が一斉に鳴くのを止めた。時間が止まったかのような、錯覚に陥る。

「終わったら？」絹代が訊き返す。

俺は全身の痛みを忘れ、背筋を伸ばした。

「俺と夫婦《めおと》になってくれ」

「刑事辞めて、定食屋を継いでくれる？」

「お前が望むんやったら……別にええけど……」

「嘘つけ」絹代が笑いながら答えた。「あんたは、根っからの刑事や。うちが定食屋辞めるしかない」

蟬がまた鳴き始めた。

「ほな、行くわ」

「いってらっしゃい」

俺は、絹代に背を向け、大股で歩いた。必ず、家鴨魔人をこの手で捕まえてやる。

「伝説の刑事！　赤羽光晴！」絹代が大声で言った。

道行く人が、驚いた顔で絹代を見る。戦災から復興したばかりの新世界は、映画館やパチンコ屋やスマートボール屋が建ち並び、いつも人で賑わっている。

俺も振り返って、絹代を見た。

「顔が硬いで、みっちゃん。神様は、そんなしかめっ面の人間に運を分けてくれへんよ」絹代がいつもの笑顔で言った。「笑え、笑え。何とかなる」

大阪市浪速区　午後五時

俺は大阪球場に着いた。

入り口のゲートを抜けて観客席に出ると、狭いグラウンドが目に飛び込んでくる。鶴岡一人《つるおかかずと》監督が率いる南海ホークスの本拠地だ。俺は、野球のことはあまり詳しくないが、南海ホークスが去年優勝したことぐらいは知っていた。

まだ試合前だというのに、観客席はどんどん埋まりつつある。難波の繁華街が近いせいか、酔っ払いの柄の悪い客が目立つ。そして試合前の練習をする選手たちに、さかんに野次を飛ばしている。

俺は、バックネット裏で新聞を読みながらふんぞり返っている男を見つけた。小豆《あずき》色のハンチング帽が目印だ。背後から近づき、声をかけた。

「新井《あらい》さんですね」

男は、チラリと振り返っただけですぐに視線を新聞に戻した。

「新井さんですよね」俺は、繰り返し訊いた。「俺のこと、憶えてませんか?」

「憶えとるがな」男が舌打ちをし、新聞を折り畳んだ。「伝説の刑事になる器やって言われて調子乗っとるガキやろ?」

男の名前は、新井弘明《ひろあき》。百田が使っている情報屋だ。南海ホークスの熱狂的なファンで、試合のときにいつも大阪球場にいることは警視庁の誰もが知っている。年齢は、四十代の後半。百田より年上だが、百田のことを「旦那」と呼び、反吐《へど》が出そうになるぐらい媚《こび》を売る。禿げ頭をハンチング帽で隠し、太い眉の下の目は常に神経質に周りを窺っている。子供の頃、天王寺動物園で見たオオカミにそっくりだ。檻の中をウロウロと歩き、獣としての威厳がない。

「情報が欲しい」俺はひったくるようにして新井から新聞紙を奪い取った。

「昨日、旦那と揉めたらしいな」新井が開襟シャツの胸ポケットに挿さっていた扇子を広げ、首筋をあおいだ。貧相な胸板が覗く。

「もう知ってるのか?」

「それが、仕事やからな」

俺は、新聞紙の間に情報料を入れた封筒を挟みこみ、新井に返そうとした。しかし、新井は新聞を受け取ろうとしない。

「わしに旦那を裏切れっちゅうんか?」

「そうや。これからは、俺の情報屋になれ」俺は、新井の手に新聞を無理やり押しつけた。

「はっ、はっ」新井が、歯茎を剝き出し笑う。「さすが伝説の刑事になる人の言うことは一味も二味もちゃいまんなあ」

「安心しろ。俺が守ってやる」

「はあぁ?」新井がさらに歯茎を剝き出し、ヤニだらけの歯を見せた。

「百田を恐れんな。あんたには指一本触れさせへんから」

新井が笑うのをやめた。「保証は？」

「俺にそんなものは必要ない。俺は人との約束を破ったことがないんや」

そう言い切った俺から、新井は顔を背け、グラウンドを見た。その後ろ姿から、決断を迷っているのが伝わってきた。

バッティング練習をしている南海ホークスの選手が、豪快に空振りをした。観客席から一斉に野次が飛ぶ。

「こらぁ！　この、どヘタ！　どこ見て振っとんじゃ、われ！」新井も野次に参加した。「グラウンドに金が落ちてんねんぞ！　わしが拾ったろか！」

新井の野次に、近くの観客席が笑いに包まれた。客の野次で他の客が笑うのは、大阪球場でよく見る光景だ。

「どうする？　俺に乗り換えるか？」

「京都の峰山《みねやま》高校に野村克也《のむらかつや》っていう、ええ選手がおる。無名やからどの球団にも引っかかれへんと思うけど、鶴岡の親分なら野村を取るんちゃうかとわしは確信しとる」新井が諦めたような顔で、扇子を閉じた。「いつの時代も、新しい風は必要やからな」

さっき空振りした南海ホークスの選手が快音を飛ばし、弾丸ライナーをレフトスタンドに叩き込んだ。観客たちが歓声をあげる。

おもむろに、新井は俺の手から新聞紙を取り上げると、立ち上がった。

「ついてこい。〝家鴨魔人〟に会わしてやるわ」

大阪市東区　午後六時

俺と新井が乗ったタクシーが長堀《ながほり》通りを東へと走っていた。

家鴨魔人に会わしてやる……。大阪球場での新井の言葉は真実なのだろうか。いくら新井が凄腕の情報屋だとはいえ、家鴨魔人の正体を知っているとは思えない。警視庁もまったく摑んでいないのだ。

新井はタクシーに乗ってからというもの、一言も口を利いていない。流れていく大阪の景色をじっと眺めているだけだ。

「ここらへんで、停めてくれや」

谷町《たにまち》筋を越えたところで、新井が運転手に言った。支払いはせず、一人でさっさと降りていく。

俺は慌てて支払いを済ませ、新井を追いかけた。

「ここや」新井がある民家の前で足を止めた。

古い屋敷だ。空襲では焼けずに済んだのだろう。造りに歴史を感じさせる。

「こんなところに、家鴨魔人がいるのか？」

「自分の目で確かめたらええがな」

新井はずかずかと屋敷へと入って行き、玄関の戸を叩いた。

「誰や?」屋敷の中から野太い声が聞こえた。

「李《り》さん、わしや。新井や」

「……何の用や?」警戒した声に変わった。どうやら、新井は歓迎されていないらしい。

「李さんに話があるっちゅう奴を連れて来たんや。会ったってくれや」

「会いたない。帰ってもらってくれ」

「そうはいかんねん。こいつは刑事や」

ピタリと返事がしなくなった。新井が俺の顔を見て頷く。

「なんやねん?」俺は新井に訊いた。

「勝手に入ってくれ。わしが案内できるのは、ここまでや」新井が、屋敷の前から立ち去ろうとした。

「待てや。どこ行くねん?」

「大阪球場に戻んねん。しもた。さっきのタクシー待たしといたらよかったな」

「ほんまに、今の声の男が家鴨魔人なんか?」

新井は芝居じみた仕草で首を捻った。「それを確認するのがそっちの仕事やろうが。せいぜい命を落とさんように気をつけるんやで。まあ、伝説の刑事がこんなとこで死ぬとは思えんけどな」

新井は頭の上でブラブラと手を振りながら、去っていった。屋敷の前に、俺一人だけが取り残される。

どうする? 手の平にぐっしょりと汗をかいてきた。拳銃は持っていない。昨日の取り調べの前に、百田に取り上げられた。

家鴨魔人かもしれない男と丸腰で会うのか……。なぜか、絹代よりも先に、多村善吉の姿が頭に浮かんだ。眉間に皺を寄せ、腕組みをして将棋盤に向かっている姿だ。

首を大きく回し、深く息を吸った。

勝負するしかないやろ。己の力で真犯人を捕まえない限り、未来はない。絹代と結婚し、子供もできるだけたくさん欲しい。そして、その子供たちが新しい愛を育み、また、命が生まれる。

俺の未来は、俺が作る。

「お邪魔します！」俺は屋敷の戸を開けた。鍵はかかっていなかった。

殺人鬼がいるかもしれない屋敷に、挨拶をしてから入るのはなんだかおかしい気がしたが、構わない。不意打ちは嫌いだ。相手が誰であろうと、正々堂々と真正面から立ち向かっていく。

屋敷に入ってすぐに、奥行きのある土間があった。炊事場の前に、白髪の老人が茣蓙《ござ》を敷いて座っていた。

俺は、白髪の老人の周りに無造作に置かれている物を見て、心臓が跳ね上がった。無数の木彫りの家鴨が、白髪の老人を囲んでいる。老人の左手には、未完成の木彫りの家鴨があった。右手には、彫刻刀が握られていた。

「名前は？」老人が白く濁った目を俺に向けた。一目で、盲人だとわかった。

「赤羽光晴と申します」見えていないとわかっていても、一応頭を下げる。

「歳は？」老人が質問を続ける。

「二十五歳です」

老人が哀れむように、笑った。「若いな」

「何がおかしいんですか？　若いというだけで、笑われる筋合はありません」俺は苛つきを抑えて言った。

「若いというだけで、十分すぎるほど滑稽なんだよ。光晴、いつかお前にもわかる日がくる」老人が、彫刻刀で自分の目を指した。「この両目も〝若さ〟が災いして、光を失った」

俺は、一瞬で悟った。この老人は、家鴨魔人ではない。醸し出す雰囲気が、それを語っている。第一、どうみても八十歳を超えているし、目が見えない。証拠も残さず五人もの人間を殺すのは、到底不可能だ。

「次は、私が名乗る番だな」老人が、作りかけの木彫りの家鴨と彫刻刀を手元に置いた。

「李光啓《こうけい》だ」

「その木彫りの家鴨は、いつから作っているんですか？」今度は、俺が質問した。

「かれこれ五十年にはなる。視力を失ってからずっと彫っている。当時、庭の池で飼っていた家鴨だ」

「それは、売り物なんですか？」

「違う。単なる趣味だ。米や魚を親切に届けてくれる人がいるから、お礼として、渡しているんだよ」

全身の震えを抑えることができない。武者震いだ。

その中に、家鴨魔人がいる。

「最近、誰かに木彫りの家鴨をあげましたか？」

「色んな人に渡しているよ。いちいち、憶えてはいないな」

「みんな、木彫りの家鴨をいくつ貰って帰るのですか？」

「私は一度に一個しか渡さない」

家鴨魔人は、五人の娼婦を殺し、死体の傍らに木彫りの家鴨を置いた。五人目の殺人現場が俺の部屋だったということは、おそらくそれが最後だろう。俺を犯人にすることが、家鴨魔人の狙いだとしか思えなくなっていた。

「五回立て続けに訪ねてきた人間はいませんか？」

「一人いたなあ。何が気に入ったのかわからないが」李が嬉しそうな笑みを浮かべた。

武者震いがさらに激しくなる。間違いない。家鴨魔人は、ここに来ていた。

「その人の名前を憶えていますか？」

「確か……」李の白い目が、宙を泳いだ。「多村善吉と言った。私に将棋を教えてくれたんだ」

体の震えが止まった。

「多村善吉ですね？」俺は、一言一言嚙み締めるように訊いた。

「知り合いなのか？」

「いいえ、違います」

「嘘をつくな。声でわかる。盲人を侮《あなど》るな」

何かに締めつけられるような感覚がして、息ができない。額から、脂汗が流れ落ちてきた。苦しい。土間の壁が迫ってくるようだ。

「し、失礼します……」俺は、屋敷を出ていこうとした。

「光晴」李が俺を呼び止めた。「何があったか知らないが、今愛している女を大切にしろ」

「……どうして、わかるんですか？」

「匂いだ。お前の体から、女の匂いがする」

俺は、今朝、絹代が抱きついてきたことを思い出した。

「いい女なんだろ？　私にはすべてお見通しだ」李が少年のように笑った。

「はい。一緒になりたいと思っています」

「幸せになりたいか？」

「はい」気がつくと俺は、直立不動になっていた。

「では、覚悟しろ。お前の進む道には茨《いばら》が生い茂っている。きっと、無傷ではいられない」

「ご忠告ありがとうございます」俺は深々と頭を下げた。

多村善吉が、家鴨魔人なのか？

あいつが五人の女の顔を切り刻んだなんて、想像もできない。それも俺を陥れるために……。

何かの間違いだ。そうに決まっている。誰かが俺に、濡れ衣を着せようとしているように、多村善吉にも魔の手が及んでいるのだ。

俺は戸を開け、土間を出ていこうとした。

「話はまだ終わっていない」李が言った。「多村善吉が持って帰った木彫りの家鴨は、五つではない」

「いくつなんですか？」

「六つだ」

俺は、屋敷を飛び出した。六つの意味を即座に理解したからだ。
空には早くも無数の星が輝いていた。まるで、俺を嘲笑っているかのようだ。
発見された娼婦の死体は、五つ。
家鴨魔人は、もう一人殺す気でいる。

第五章　みにくいアヒルの男

（二〇〇九年　八月四日）

(13)

東京都品川区　午前七時

「ほんまにほんまに……ええにおいや」

ジジイが、鼻の穴を木彫りの家鴨に近づけた。白い鼻毛がぼうぼうに顔を出している。くんくんすると、マタタビを嗅がされた猫のような顔になり、ウットリと目を細めた。

「それはもういいからさ、食えよ」おれは食卓の上に並んだ朝食を指した。

ジジイはおれを無視して、木彫りの家鴨に頬ずりをする。涎まで垂らし出す始末だ。なんてザマだよ……。おれはイライラして怒鳴りたくなるのを必死で堪えた。みすぼらしく老いていくジジイの姿をこれ以上見たくない。

「それを置けって」おれはジジイの手から木彫りの家鴨を取り上げようとした。

「わかい！」ジジイが突然大声を上げて、おれの手首を摑む。「わかいのは、こっけい！」

「意味がわかんねえって！」

ジジイの手を振りほどこうとしたが、驚くほど強い力で握ってくる。爪が皮膚に食い込んで痛い。

「いいのよ、バネ。光晴さんの好きにさせてあげて」

キッチンから八重樫育子が言った。フライパンでハンバーグを焼いている。肉の香ばしい匂いがここまで漂ってきた。セクシーなスーツ姿にフリルの付いたエプロンはかなり違和感があった。

おれとジジイの前にある朝食のメニューは、鯵《あじ》の開きと納豆と豆腐の味噌汁に漬け物だ。八重樫育子の一人息子は、まだ寝ているのか起きているのか知らないが、相変わらず部屋から出てこない。

「あの……そのハンバーグは……」

「ひき肉が余ってたから、追加のおかずよ」

「朝からボリューム満点ッスね」

「パワーをつけないとね」八重樫育子が下唇を噛む。「今日は、丸一日動き回る可能性が高いでしょ？」

昨夜から八重樫育子の表情が暗い。目の前で多村貢に自殺されたことが、よほどショックだったのだろう。あの後、すぐに救急車が駆けつけたが、多村貢が息を吹き返すことはなかった。

「何つけて食べる？」八重樫育子が、ガスコンロの火を止めて訊いた。ハンバーグが焼き上がったみたいだ。「とんかつソースかポン酢があるけど」

「ポン酢で……」さすがに早朝から、ハンバーグはキツい。

「わし、とんかつ」ジジイが勝ち誇った顔でおれを見る。

何の対抗意識を燃やしてんだか……。

八重樫育子がハンバーグの皿をテーブルに置き、食卓につく。「よしっ。食べるわよ」

箸を取り、もの凄い勢いで納豆を掻き混ぜ始めた。ハンバーグに食らいつき、味噌汁をガブガブと飲む。気持ちいいぐらいの食べっぷりだ。

ジジイは朝食にまったく手をつけず、相変わらず木彫りの家鴨を嗅いでいる。

「多村貢は少年時代、神童と呼ばれてたみたい」八重樫育子が、鯵の開きをほぐしながら言った。「小学生で奨励会に入り、中学生でプロ棋士になったの」

ファンデーションで隠してはいるが、八重樫育子の目の下にはひどい隈ができていた。多村貢について朝方まで調べていたのだろう。おれはジジイを警護するために、多村貢が自殺を図ったあと、すぐにこの家に戻ってきたが、午前二時にはソファで寝てしまった。八重樫育子が何時に帰ってきたかはわからない。

「奨励会ってなんッスか？」

「正しくは《新進棋士奨励会》。プロ棋士を育てるための養成機関よ。奨励会に入るには、アマチュアの大会で優秀な成績を残さないと、受験する資格が得られないの」八重樫育子が箸でお新香を突き刺す。

「誰でも入れるわけじゃないんッスね……」

あまり将棋には詳しくないが、厳しい世界ってことくらいは聞いたことがある。おれが中学生のときに将棋が学校で流行った。そういえば当時、ジジイに教えて貰おうとしたのだが、『将棋は大嫌いやねん』と拒否された憶えがある。

おれは、木彫りの家鴨を撫でているジジイを見た。中学のとき、おれが持っていた将棋盤を睨んでいたジジイの目をふいに思い出した。怒りでも悲しみでもない、不思議な表情をしていた。

「奨励会に入ってからがまた大変なの。メンバー同士で戦って段級位を上げていくんだけど、二十六歳の誕生日までに四段になれなかったら退会しなくちゃならないのよ」

「クビかよ……キツいッスね。それまでずっと将棋に打ち込んできて、いきなり放り出されるってことでしょ？」

おれはハンバーグをポン酢につけて食べた。肉汁が口の中に広がる。美味い。久しぶりに食べた手作りの味だ。これなら朝からでもイケる。

「プロの世界なんて、みんなそんなもんよ」八重樫育子が、お新香をバリボリ嚙みながら言った。「強い者が残り、弱い者が去る。だから意味があるのよ。誰でも生き残れるようなヌルい場所なら、お遊びサークルと一緒じゃない」

「まあ……そうッスけど」

「それよりも驚いたのは、プロ棋士たちの頭脳よ。ある名人は何千手先まで読むんだって。しかも、一度指した将棋の棋譜は何年経っても憶えているらしいの」

「はあ……」そんなこと言われても、ピンとこない……。おれは味噌汁を啜《すす》りながら曖昧な返事をした。

味噌汁は度肝を抜かれるほど美味かった。出汁《だし》を本格的に取っているのがわかる。昨日連れて行かれた戸越銀座商店街の魚屋あたりで昆布や鰹節《かつおぶし》を仕入れているのだろう。

「九×九の八十一のマス目を使って、四十個の駒が動けるパターンって、どれくらいあるかわかる？」

「わかるわけないじゃないッスか」

早くも頭が痛くなってきた。学生の頃から、数学は蕁麻疹《じんましん》が出るほど苦手だ。

「夜空に見える星の数よりも多いの」

ますます、わからない。

「とにかく、常人では計り知れない脳味噌をプロの棋士たちは持っているってわけッスね？」

八重樫育子が、ピタリと箸を止めた。「もし、そんな頭脳を犯罪に使ったら？」

『3一角！　1二王！　2二飛車成！　1三王！　2二銀！　同角成！』

おれは昨夜の多村貢の絶叫を思い出し、背中にゾクリと寒さが走った。

『王手……俺の勝ちだ……赤羽健吾』

そう言って、多村貢は笑った。

……一体、奴の頭の中では何が見えていたのだ？

「おほしさま……」ジジイが呟いた。「めっちゃ……きれいやったな……」

「何かいい思い出でもあるんですか？」八重樫育子が、ジジイの皺だらけの手に自分の手をそっと重ねた。

「あのひの……ほしは……きらきらや……まぶしい……」

おれはため息を呑み込んだ。また、意味不明な言葉の羅列だ。

「光晴さん、体調はいかがですか？」

「ぜっこうちょう……おりんぴっくも……でれるで」

ヨボヨボのくせに何言ってんだか……。

ただ、珍しく冗談が出た。ということは体調も機嫌もいい証拠だ。

八重樫育子が力強い眼差しでおれを見た。「バネ。今日一日、光晴さんをお願いね」

「はあ？　何言ってんッスか！　おれも捜査に参加しますよ！」

「当たり前でしょ。参加してもらうわよ。こんな日に休むなんて言ったらぶっ殺すわよ」

「じゃあ、どうしてジジイを……」

「光晴さんにも捜査に同行してもらうの」

「まじッスか？」思わず声が裏返った。「どう考えても邪魔ッスよ！」

「これは多村貢の復讐劇よ」八重樫育子が、おれとジジイを交互に見た。「その復讐のターゲットが、あなたたち二人なの」

いくら勘が鈍いおれでも、それはなんとなく感じていた。多村貢は、アヒルキラーという殺人鬼を使って、恐ろしい計画を立てている。そして、なぜかおれとジジイに敵意を持っている。

『アヒルキラーは都内に住んでいる幼児を殺していく。止めたければ、お前のじいさんに訊け』

多村貢が死ぬ寸前に告げた言葉が、もし本当なら、最悪な事態になる。

「多村貢は、光晴さんにアヒルキラーが現れる場所を教えた」八重樫育子が、下唇を嚙む。何かを考えるときに下唇を嚙むのは彼女の癖だと、ようやくわかってきた。

「奴の言葉を信じてるんッスか？」

警察の捜査を混乱させるために嘘をついた可能性だってある。

「私は信じるわ」八重樫育子が、何の迷いもない顔で言った。「すべてが多村貢の計画どおりに動いているもの」

「自殺したこともッスか？」

「そうよ。最初から彼は死ぬ気だったのよ。だからボディチェックしたにもかかわらず、青酸カリのカプセルを隠し持っていた」

「……何のために」

「まだわかんないの？　ぶっ殺すよ」八重樫の口調が厳しくなる。「あんたに勝つために決まってるでしょうが？」

「おれに？」

「多村貢がアヒルキラーという殺人鬼を作ったのも、光晴さんを大阪から連れてきたのも全部そのためよ」

むかついてきた。おれに何の恨みがあって、そこまでするんだ？　親や友達には多少の迷惑をかけて生きてきたかもしれないけど、復讐されるほど他人様を傷つけたり貶《おとし》めたりしたことはない。

「くそっ……ぶん殴りてえ……。でも、なんで自殺して勝ったことになるんスか？」

「自ら死んだことによって、私たちが手出しできない状態になっているじゃない。死んだからこそ〝無敵〟になったってわけ。多村貢の狙いどおりに。自らの命を捨てても勝負に勝ちたいなんて、復讐以外に思いつかないわ」

いきなり現れた男が、おれに復讐したいだなんて話を聞いても、何一つピンとこない。とにかくおれはこれ以上、多村貢の思いどおりに殺人が続くことだけは許さない。

「教えてください！　奴に勝つにはどうすればいいんスか？」

「多村貢の計画を止めるしかないわ」八重樫育子の表情は変わらないが、全身からメラメラと熱気が伝わってくる。この人も根っからの刑事なのだ。

「だけど……死んでしまった人間の行動までは分析できないッスよね？」

「行動分析を舐めないで。ぶっ殺すよ」八重樫育子が、再び朝食に手をつけ始めた。「私の全能力を駆使して阻止してやる。多村の目的は、あんたへの復讐だけじゃない。私にも挑戦してきたのよ。頭脳勝負を挑んできたの。正々堂々、受けて立つわ」

おれも渋々と箸を動かした。「にしても、やっぱり納得できないッスよ。会ったこともない人間から復讐されるなんて……」

「五十七年前の大阪に、多村善吉という伝説の将棋指しがいたの」唐突に八重樫育子が言った。顔は食卓に向けられたままだ。「多村貢の祖父よ。光晴さんと親友だったらしいのよ」

「どうなってんだよ……」おれはジジイを見た。

ジジイは食事もそこそこに、木彫りの家鴨を胸に抱きながら、幸せそうな顔で居眠りをしている。「きぬ……」と意味不明の寝言を呟いた。

八重樫育子が、白米が一粒も残っていない茶碗をテーブルに置いた。

「多村善吉は自殺したわ。家鴨魔人の事件の直後に、自分で腹を刺してね」

(14)

東京都渋谷区　午前八時

疣蛙《いぼがえる》の背中にある幾つもの突起から、黄色く濁った液体が流れ出ている。

当然の如《ごと》く、そこにいるのは一匹ではなかった。

腐った水の臭いが充満している沼から、無数の疣蛙が這い上がってくる——。

何物にも替えがたい至福のとき。みにくいものたちが、ぴょんぴょんと跳ねて、足元にまとわりついてくる。お子さま向けのミュージカル映画がバカらしくなるくらい微笑ましい光景だ。

〝美しい映画〟なんてクソだ。完璧に計算された構図？　俳優たちの命を削った演技？　奇跡のような音楽？　すべて、ひっくるめてクソだ。実際、映画館のスクリーンに野良犬のクソを投げつけたこともある。

作られた美しさほど、この世でみにくいものはない。胃液がせり上がってきた。ゲロをぶちまけたい衝動に駆られる。

妄想に戻って心を落ち着けよう。

新しい妄想も悪くない。ただ、もう一つインパクトに欠ける。

……沼に死体を浮かべてやろうか。その死体のはらわたを数千匹の蛆虫《うじむし》が覆っているって絵はどうだ？　これこそが完璧に計算された構図だ。

死体役は誰にする？　キャスティングは重要だ。これ次第でせっかくの妄想がブチ壊しになってしまうこともある。

笑いが込み上げてきた。

考えるまでもない。今からその男を殺しに行くのだ。

「この辺りでよろしいですか？」タクシーの運転手が言った。

「はい。ありがとうございます」

男は丁寧な口調で答えた。

タクシーを降りると、真夏の暑さが襲ってきた。まだ早朝だというのに、アスファルトからの熱気に汗が噴き出してくる。

どの家だ？　男は、洋風の屋敷が建ち並ぶ高級住宅街を見渡した。代々木上原には初めて来た。渋谷から目と鼻の先だが、妙に落ち着いている。いけすかない街だ。

男は井ノ頭通り沿いの歩道に痰を吐いた。すれ違ったジョギング中の白人の女が顔をしかめる。小田急電鉄の線路の高架をくぐり、北沢の方面へと歩いていく。左手に尖塔が見える。イスラム教の寺院か何かだろうか。

男は、獲物の住所が書かれた紙を出した。昨夜泊まったネットカフェで、いとも簡単に調べることができた。個人情報はだだ漏れだ。恐ろしい時代になったものだ。巷を賑わせている殺人鬼が言うべき台詞ではないが。

それにしても暑い。溶けてしまいそうだ。緩やかに見えた坂がかなりキツくなってきた。もう少し、獲物の家の近くでタクシーを停めればよかったか……。いや、念には念を入れたほうがいい。競馬新聞を助手席に置いたまま客を乗せるようなプロ意識の低い運転手だったが、へんなことはよく憶えてたりするかもしれない。

男は小銭を出し、自動販売機でペットボトルのお茶を買った。キャップを開けて一気に飲む。冷たいお茶が喉の奥に流れ込んでいく。

生き返った。真夏のカツラと化粧は暑すぎる。

変装は今日も完璧だ。肌に密着する薄いマスクをつけ、その上から舞台俳優が使うメイク道具で肌の色を変え、底に細工をした靴で十センチ以上も身長を高くした。なので、たとえ運転手の記憶力がよくても、さほど問題はない。逆に記憶力がいいほうが、警察に嘘の情報を与えることができる。

多村貢がよく口にしていた「思う壺」というやつだ。この変装案も、あの男の提案だ。

多村貢とは完全に連絡が途絶えた。計画どおりなら、取調室で自ら命を絶ったはずだ。

多村貢の描いたシナリオに沿って行動していた。だが、昨夜、初めて獲物を殺し損ねた。

昨夜は、突然、芽生えた感情に戸惑ってしまった。

〝日本で一番うつくしい女〟と称されている女優を殺そうとした瞬間、その女はとんでもなく〝みにくい女〟に変貌した。そのあまりの〝みにくさ〟に、殺すのを躊躇《ちゅうちょ》したのだ。

……もしかすると、あれは演技だったのか？　もしそうだとしたら、驚愕の演技力だ。女優ってのは、カツラやメイク道具がなくとも、いつでも他人に変身できることになる。

まあ、いい。多村貢が最後の獲物に指定したのは〝この世で一番うつくしいもの〟だ。〝日本で一番うつくしい女〟が駄目なら〝男〟にすればいいだけの話だ。

半日計画がずれてしまったが問題ない。朝のうちに〝第一章〟最後の獲物を殺して、今日の午後に予定どおり〝第二章〟に入る。

井ノ頭通りを渡り、住宅街の路地へと入っていく。大通りを離れて、さらに静けさが増した。犬の散歩をしているご婦人や、ウォーキング中のご老人しかいない。

あった。ひときわ目立つ屋敷がそびえ立っている。屋根や壁、すべてが輝くように白い豪邸は、周りの屋敷の三倍は大きい。

ここ十年、〝日本で一番うつくしい男〟の地位を守り続けているタレント、江崎剣の家だ。江崎は、全国民から〝エザケン〟という通称で呼ばれ、スーパースターとして君臨している。トレードマークは長い髪。ギリシャ彫刻のような美しい顔と体の持ち主だ。どのCMやドラマも、エザケンを使えば大ヒットする。

もし、エザケンがブッ殺されたら……。

これ以上の衝撃はないだろう。栞が殺されるよりも何倍ものショックを全国に与えることができる。

やはり、昨夜の判断は間違ってはいなかった。

男は満足げな笑みを浮かべ、屋敷の前を通りすぎた。

今、エザケンは百パーセント家にいる。昨夜の午後十一時、帰宅途中に、エザケンは愛車で事故を起こした。信号待ちをしている前の車に接触してしまったのだ。前の車の運転手に怪我はなく大事には至らなかったと、ネットのニュースで流れていた。そのニュースを見て、獲物をエザケンにしようと思いついた。

エザケンは首を痛め、数日間仕事をキャンセルして自宅で静養する、ということまでわざわざ記事に書いてあった。

男は汗だくになりながら、エザケン邸の近所をぐるりとひと回り歩いてみた。マスコミの類の人間は見当たらない。エザケンのスキャンダルはタブーだ。所属事務所は芸能界で強大な力を持っている。突撃系の取材や隠し撮りは絶対に許さないとの噂は本当なのだろう。

さあっ、ショータイムの時間がやってきた。

紳士淑女のみなさま、これより繰り広げられる演目は〝日本で一番うつくしい男〟が世にも無残な姿に変身してしまう悲劇でございます！

男は、物陰を探した。リュックの中に着替えがある。半袖のシャツを上に羽織るだけだ。ものの十秒もあれば足りる。

目の前に、どでかいロールス・ロイスが停まっていた。車内に人はいない。ゆっくりと近づき、警報が鳴らないか確認する。誰も見ていない。男は、ロールス・ロイスの陰に隠れ、リュックから宅配便の配達員の制服を出した。


五分後、男は小さなダンボール箱を持って、エザケンの屋敷のインターホンを鳴らした。

「どちら様？」男の声が聞こえる。

声がくぐもっていて、エザケンかどうかはわからない。

「宅配便です」

「はい。どうぞ」

あっさりと門扉が開いた。監視カメラがあったので、配達員の帽子で顔を隠す。

扉から敷地内に入り、庭を抜ける。庭にゴルフのグリーンがあったのには驚いた。そういえば、エザケンがドラマでプロゴルファー役をやって以来、実生活でもゴルフにはまったと、週刊誌か何かで読んだことがある。

玄関のドアの前に立った。もう一度、インターホンを鳴らした。

「はーい。今、開けますねー」

ドアの向こうから声がした。

足がすくんだ。エザケンの声じゃない！

ドアが開いた。

「ご苦労さまです」

無精髭の男が顔を出した。エザケンとは似ても似つかない。事務所の人間だろうか？　ニコニコと笑っているが、目つきは鋭い。

「あの……江崎剣さんのお宅でしょうか？」

「そうだよ」無精髭がニッコリと笑う。ただ、目は笑っていない。

「でも……」無精髭が手を出してきたが、簡単に荷物は渡さない。

「あ、俺？　エザケンのジャーマネだよ」

「エザケンさんのマネージャーは今岡さんっていう女性ですよね？」

昨夜、ネットで調べた情報だ。

「エザケンほどのタレントだぞ。マネージャーが一人なわけないだろ？　俺はマスコミ対応が専門だよ。昨日の事故でゴタゴタしてるしねえ」

「嘘はやめてください。本人に直接手渡すように依頼のある荷物なんです」

「おいおい、信じてくれよ」

わずかに、無精髭の男の目が泳いだ。何げなく耳を触った。

この行動は〝嘘をついているサイン〟だ。こっちの質問にストレスを感じている証拠だ。

嘘の見破り方は、多村貢から徹底的に鍛えられた。間違いない、この男は嘘をついている。全身の汗が一斉に引いた。膝が震えそうになるのを必死で抑える。逃げろ。今すぐ、ここから立ち去れ。

「出直してきます」喉がひりついて声が出ない。

頭を下げて、くるりと家に背を向けた。

「動くな」

すぐ前に小柄な女が立っていた。銃をかまえて、こっちの眉間を狙っている。

……刑事だ。背後をとられていたとはまったく気づかなかった。

「八重樫、その男か？」玄関先に立っている無精髭の男の声が、背後から女に向かって投げられた。

女が銃をかまえながら頷いた。「こいつがアヒルキラーよ」

(15)

東京都渋谷区　午前九時

マジかよ……。

おれは驚きを隠しきれないまま、ヤナさんの後ろから飛び出した。「動くな！」配達員の背中に向けて銃をかまえる。

こいつがアヒルキラー……。

制服姿の男が、片手に小さな荷物を持ったまま両手をあげている。真正面の八重樫育子と睨み合っている形だ。顔を確認したいが後ろ姿しか見えない。

……一体なんなんだ、この背中は？　肩幅が異様に広い。身長も高く、ゆうに百八十五センチはありそうだ。

それにしても、八重樫育子は、どうしてアヒルキラーがここにやってくるとわかったのだろうか。

配達員の男が現れるまで、おれはまったく信じていなかった。信じろと言うほうが無理だ。

「バネ！　確保しろ！」ヤナさんが怒鳴る。

この現場には、おれとヤナさんと八重樫育子の三人しか派遣されていない。他の刑事たちは、八重樫育子が予想した別の数ヵ所に散っている。当然、家の持ち主であるエザケンは避難していた。

おれは、背後から配達員を拘束しようとした。

「ダメ！」八重樫育子が金切り声で叫んだ。

体が硬直する。思わず息を止めた。

「どうした!?」ヤナさんが緊張した声で訊く。

「様子がおかしいわ」八重樫育子が、ジリジリと後退りをする。

「だから、どうしたんだ!?」

八重樫育子は配達員の顔を凝視したまま答えない。動こうとするヤナさんをひと睨みで制した。すぐに配達員へと視線を戻す。

「……読まれていたのね」

何を読まれていたというのか？　ヤナさんも不審そうな顔をしている。

八重樫育子の視線が、配達員の手の先へと移る。

小さな荷物。彼女の表情は明らかにその荷物を警戒している。

「多村貢は、私たちがここに来るのを知っていたのよ」

馬鹿な……ありえない。多村貢は死んでいる。しかも我々みんなの前で。予知能力でもない限り不可能だ。

「撃つぞ」ヤナさんが一歩踏み出そうとした。

「やめて！　そんなことしたら全員、死ぬことになるわ」

八重樫育子のその言葉が合図かのように、配達員が敷地の外へ向かってゆっくりと歩きだした。

八重樫育子は道を譲るように横に移動した。とうとう配達員に向けていた銃も下ろしてしまった。

配達員はゆうゆうと門のほうへ歩いていく。

「や、八重樫！　説明しろ！」ヤナさんが戸惑いながらも命令した。

「奴が持っている荷物はおそらく爆発物です」八重樫育子が、悔しそうに下唇を噛む。

「……何だと？」

「お見事。さすが八重樫さん。今僕がこの手を放したら、その瞬間、爆発しますよ。もし追いかけてきたら、通行人を手当たり次第につかまえて爆発させますからね」

配達員はそう言ってから、屋敷を出る間際にわずかに振り返り、ついにその顔をこちらに向けた。土気色で生気のない肌……。まるで、蠟人形のような顔色だ。横目でおれを見てクスリと微笑む。帽子と眼鏡で表情はよくわからないが。

配達員はおもむろに荷物に貼ってある配達伝票を剝がし、庭に捨てた。

声を出さずに口をパクパクと動かす。

『ま・た・な』

確かに、そう言った。

「くそったれがぁ！」

配達員が去ったあと、ヤナさんが庭のグリーンを蹴りつけた。芝がえぐれ、土が剝き出しになる。

八重樫育子は、鑑識用の白手袋をはめ、配達員が捨てていった配達伝票を拾いあげた。手渡されそうになり、おれも慌てて白手袋をはめて配達伝票を受け取った。荷物そのものはアヒルキラーが持ち去った。

届け先は《赤羽健吾》、送り主は《多村貢》となっていた。

「ずいぶんと舐めたまねしてくれるじゃねえか」後ろから覗き込んだヤナさんが舌打ちをする。

八重樫育子は、この配達伝票を見て爆発物が入っていると予測したのだろうか……。

「本庁に戻って、すぐに似顔絵を作成するぞ」

「無駄よ。あの不自然な顔を見たでしょ？　かなり作り込んだメイクをしてるわ。頰のふくらみも変だった」

「ふくみ綿か？」ヤナさんがすかさず訊いた。「それじゃあ、もう一つの似顔絵と比べても……」

八重樫育子が肩をすくめる。「参考にならないでしょうね」

それを聞いて、おれは二人の会話に割り込んだ。「似顔絵がもう一枚あるってどういうことッスか？」

「栞って女優を知ってるか？」ヤナさんが訊いた。

「も、もちろんッスよ」

知ってるも何も、今〝日本で一番うつくしい女〟ではないか。電車の中吊り広告や、雑誌の表紙など、街中のあらゆるところに栞の顔が溢れている。

「昨夜、アヒルキラーに襲われたんだ」ヤナさんが、無精髭をシャリシャリと掻く。

驚きのあまり、顎が外れそうになった。昨晩、アヒルキラーがまた殺人を犯したことは、ヤナさんから聞いていた。それで、シャーさんと係長がそっちの現場に行っている。昨日、多村貢が予言した〝最後の獲物〟が、あの栞だったとは……。あの美しすぎる顔がズタズタに切り裂かれたというのか……。三日前に殺されたモデルの梅香の死体を思い出し、吐きそうになる。

「死んでねえけどな」

「はあ？」

「死んでねえから、今日、エザケンを狙ったんだろうよ。正真正銘の〝最後の獲物〟としてな」

「どういうことッスか？」

「確かに昨晩の事件の現場には、死体が二体とアヒルのおもちゃが残されていた。でもなぜか、アヒルキラーは栞に手を出さなかったのよ」八重樫育子が代わりに答える。「多村貢の言ってた〝最後の獲物〟は栞だったはずなのに、何か理由があって殺し損ねた。そこで、次の獲物が必要になる」

「アヒルキラーが栞に言ったんだってよ。『お前は日本一うつくしい女じゃなかったのか』ってさ。そこで〝日本一うつくしい男〟の出番だ」ヤナさんがエザケンの豪邸を見て、片方の眉を上げた。

「たまたま、エザケンが事故ったから、ここに現れたんッスね？」おれは八重樫育子を見た。

「たまたまじゃないわ」八重樫育子は、モジャモジャの髪を掻き、充血した目を怒らせながら言った。「あのニュースは私が流したの。アヒルキラーをおびき寄せるためにね」

(16)

東京都千代田区　午前十時

「ふざけてんじゃねえぞ！　てめえら！」

係長の雷が落ちた。机の上の灰皿を摑み、投げようとするのを必死に堪えている。

本庁に戻ったおれたちは、係長にエザケン邸での件を報告した。

「あの場面では適切な判断だったと思っています」八重樫育子が背筋をシャンと伸ばして答えた。

「あん？」係長が身を乗り出して八重樫育子を睨む。「八重樫、てめえはエスパーか？」

七三分けの髪型をしていなければ、ヤクザそのものだ。

ポマードの匂いが、八重樫育子の隣に立つおれの鼻をつく。いつまで経ってもこの香りには全然慣れない。顔をしかめないようにするのに必死だ。

「いいえ。エスパーではありません」八重樫育子が生真面目に答える。係長の神経を逆撫でするような言い方だ。

係長の頰がピクピクと痙攣する。「じゃあ、なんで荷物の中身が爆弾だとわかるんだよ？　あん？」

「爆弾のような危険物だと判断したんです」

「あのなあ……」ますます係長の痙攣が激しくなる。

「お言葉ですが……」おれの斜め後ろに立っているヤナさんが助け船を出してきた。「八重樫育子の行動分析は本物です。我々もまるで手品みたいだなって、いつも驚かされてまして……」

ヤナさんの立ち位置がどうも気になる。係長の灰皿が飛んできたら、おれを盾にする気だ。

係長がヤナさんを睨みつけた。眉毛がないかと思うほど薄いので、かなりの迫力がある。

「てめえらは、連続殺人鬼を逃がしたんだぞ？　目の前にいたっていうのによ、馬鹿野郎が」

「あのとき無理にアヒルキラーを捕まえようとすれば、全員が死んでいました」八重樫育子が答える。

「だから、どうしてわかるんだよ！　予言者かてめえは！」

八重樫育子が大きく息を吐いた。「……私は刑事ですが、多村貢のことは予言者だと思って挑んだほうがいいでしょう」

「おいおい、多村貢は死んだんだぞ。予言もへったくれもないだろうが！」係長が唾を飛ばす。

「棋士の先読みの力を侮らないでください。これから先の警察の行動は、完全に読まれています。あの危険物が入った荷物も、おそらく多村貢が用意していたものでしょう」

係長が鼻で笑った。「多村がそこまでするか？　いつ警察に囲まれてもいいようにアヒルキラーが自分で持ち歩いてたんだろうよ」

「違います」八重樫育子はキッパリと断言した。「多村貢はおそらく、この捜査に私が出てくることを、最初から読んでいたんです。というより、プロファイリングするような人間を引っ張り出すように仕組んだんです」

「なんだと？」係長の頰の痙攣が止まった。

「去年から、死体の横にアヒルのおもちゃをこつこつ置き続けたのも、行動分析課を引っ張り出すためでしょうね。将棋指しとして、知恵比べがしたかったんですよ」

「待て」係長が八重樫育子を制し、椅子に深く腰を下ろした。机のお茶を飲み、渋い顔をする。「わかりやすいように、ゆっくりと話せ。頭の痛くなるような専門用語は使うんじゃねえぞ」

八重樫育子がコクリと頷き、説明を始めた。「これは、多村貢の復讐劇なんです。アヒルキラーはその道具にすぎません」

連続殺人鬼が……道具？　おれは八重樫育子の横顔を見た。さっぱりわけがわからないが、当の彼女は確信に満ちた顔だ。

「まず、私がアヒルキラーの行動で注目したのは、犯行の期間です。去年の夏に五人の被害者を殺したあと、ピタリと犯行が止まった。そして、今年の夏に思い出したように殺しを再開した」

「理由があるってわけか？」

「理由というより、強いこだわりを感じました」八重樫育子がおれをチラリと見たあと言った。

「多村貢の祖父が死んだのも夏なんです。五十七年前の。自殺したようです」

「なんでここで多村貢の祖父さんを出してくるんだ？」

「多村貢の祖父は、バネの祖父、赤羽光晴さんと親友だったんです」

「本当かよ……一体どうなってんだよ」シャーさんが驚きの声を上げた。

いつの間にか、シャーさんとヌマエリも係長の机の前に集まってきていた。

「バネのお祖父さんが、多村貢のお祖父さんの自殺と関係しとるん？」ヌマエリが訊いた。

「バネの祖父さんと多村の祖父さんの間に何かがあって、孫の多村貢が復讐を仕掛けてきたっていいたいのか」係長がタバコをくわえて、百円ライターの石をガリガリ擦るが、火はつけない。フロアは禁煙で、給湯室の横のスペースでしか喫煙はできない。ちなみに机の上の灰皿は投げつける用だ。

「赤羽光晴さんは五十七年前の夏に、娼婦の連続殺人事件を追いかけていました」八重樫育子が少し早口で説明を始めた。アヒルキラーとついに遭遇して気持ちが高ぶっているのがわかる。

「木彫りの家鴨のやつだな。結局、犯人は捕まらなかったんだろ？」

係長の言葉に、全員が凍りついた。

「もしかして……」おれは息を呑んだ。次の言葉が出てこない。

「多村貢の祖父さんが、五十七年前の娼婦連続殺人事件の犯人だったとでもいうのか？」ヤナさんが、八重樫育子を見た。

「……それはわかりません。ただ、疑われてたのは確かみたいです。資料では、参考人のリストに入ってました。証拠がなくて断定できなかったようですが……」

「バネのお祖父さんは犯人を捕まえようとしてたんやね……」ヌマエリが呟いた。「ついに突きとめたと思ったら、それが親友だった……。しかも、犯人と思われた親友は、事件が解決する前に自殺しよったん……」

「いや、そうじゃなく、私はこう考えてみたの。もし、多村貢のお祖父さんが、当時濡れ衣を着せられていたとしたら？って」八重樫育子が全員を見まわした。「そして、孫がそのことを知ったら？　祖父が濡れ衣を着せられたまま自殺したんだとしたら？　殺人者の家族として疑われて生きてきた者はどうする？」

誰も何も言わないので、おれが答えた。

「もしそれが本当なら、復讐しますね……」

「じゃあ結局、誰が犯人だったっていうんだ」係長が指でタバコを弄ぶ。

「赤羽光晴が、私の家で気になる言葉を呟いたんです」

「なんて言ったんだ？」薄い眉を上げた。

「《あひるは、わしや》と」

後ろから金槌で殴られたような衝撃を受けた。あの言葉はジジイの戯言《ざれごと》じゃなかったのか。

ジジイが、娼婦連続殺人の犯人？　部屋の中がグルグルと回った。両足を踏ん張らないと、倒れてしまいそうになる。

「ありえねえ……ッスよ」

「真実はわからねえが、多村貢が、自分の祖父さんは殺人犯だと言われて生きてきたとしよう。ところが何かをきっかけに、バネの祖父さんの光晴さんが真犯人だったと思い込んだ。そうなりゃ許せねえよな」ヤナさんがシャリシャリと顎を掻いて話し出した。「でも光晴さんはボケてるし、それじゃやっていうんで孫同士の対決を挑んできたってわけか」

「八重樫さんがバネの祖父さんを大阪から呼んだのは、どこまでわかってたからなの?」ヌマエリが聞いた。

「実は、去年のアヒルキラーの事件から、私は過去の家鴨魔人の事件を調べ始めたの。調べるほど、あまりに似ている点が多くて、それで、当時の担当刑事に会って話が聞けないかって思ったのよ。ほとんどの人が亡くなってた中で、光晴さんの名前があった。当時関わった刑事の中では、一番若かったのよね。光晴さんは伝説の刑事だって聞いたこともあったし、ぜひ会いたいと思ったんだけど、調べたら、認知症になってた。諦めかけたとき、警視庁に光晴さんの孫がいるっていうのを知ったのよ。それで去年からずっと、バネを行動分析課に欲しいって、課長にお願いしてたの。バネがいれば、光晴さんに会って何か話が聞けるんじゃないかって。課長はずっと首を縦に振ってくれなかったんだけど、今年、アヒルキラーの事件がまさかの再開をしたとき、『これ以上、犠牲者を増やしたら警察の恥ですよ』って半ば脅迫して、急遽、バネの異動を決めてもらった」

「そうか、それであんとき、課長が急に……。やっと納得できたぜ」係長は、何度も頷く。

「バネのおかげで、ようやく光晴さんを呼べたわ。そしたら、介護士になりすまして多村貢がやってきた。たまたま呼ばれて都合良くやってきたかのようにも思えるわよね。でもね、結局、私の意思で呼んだんじゃなく、多村の手のうちで『多村を呼ばされた』のよ。喧嘩を売られたってわけ」

「おいおい、それはどういうことだ？　ちゃんとわかりやすく説明しろよ」ヤナさんが口を挟む。

「多村貢が、なぜ去年の事件から今年の事件まで、一年間犯行を止めていたのかってことを話したほうがいいわね。私の分析だけど……」

おれの頭は、混乱を極めていた。今は、とにかく八重樫育子の話を冷静に聞くしかない。

「美女の死体の横にアヒルのおもちゃを置くなんていう連続殺人事件に、マスコミが騒がないわけがないわ。多村は、宣戦布告をしたかったのよ。ふざけた事件であればあるほど、意味があった。多村の意図どおり、世の中は戦慄したし、警察も振り回された。そして多村は、いずれ警察があの娼婦連続殺人事件に行きつくはずだと信じた。いいえ、行きついてもらわないと困るから、徹底的に《家鴨魔人》を真似したのよ。夏に事件を起こしたことも、女性ばかりを狙ったことも、顔をズタズタに切り刻んだことも……」

「つまり《アヒルキラー》は《家鴨魔人》のコピーだったわけだ」係長が苦い顔をする。

「一年の間を空けたのは、私たち警察に、それなりの時間を与えたかったからだと思うわ。だって、《家鴨魔人》まで行きついてもらわなくちゃ、復讐の意味がないもの。多村が頭脳の限りを尽くして〝完成させた事件〟は、誰かに追ってもらわなくちゃいけない。この事件を追い続ける人物、真実に近づいてきてくれる人物が出てくるのを待った。それがたまたま行動分析課の私だった。でも、偶然現れたように見えるこの私こそ、多村貢が待っていた相手なのよ」

八重樫育子は淡々と話を先に進める。

「この二つの事件を執拗に追い続けてくれるような相手じゃないと、多村は満足できなかった。そうじゃないと、知恵比べをする相手として、不合格ってこと。そこまでの相手じゃなかったら、赤羽健吾という人物にたどり着いてくれないし、その赤羽健吾を捜査の中心に引き込んでくれないでしょ。私はバネを引っ張り込んだ。〝多村の予定どおり〟に。まさしく、私は多村貢に〝選ばれた〟のよ。天才棋士が知恵比べをする相手として。命を捨てるほどの大勝負をするんだものね。その相手が出てくるのに、一年はかかるって読んだんでしょうね」

「マジかよ……。八重樫さんは、多村貢の読みどおりに今ここにいて、おれも、多村貢のシナリオどおりにジジイを東京に呼び、この事件の捜査に関わってるってことなんスか！」さすがに、頭のブレーキが外れそうになった。

「おそらく、徹底的に、こっちをバカにしたかったのよ。しかも、これだけ残酷で世間を騒がせている『アヒルキラー』が、多村貢にとったら、私たちをバカにするための単なる持ち駒だったのよ。絶対に許せない」

「八重樫、肩の力を抜け」係長が八重樫育子に向かってタバコを弾いた。「喧嘩を売られてるのは俺たちも一緒だ。警察全体がバカにされてるんだ。もう何人も殺されてる。これ以上、一人も犠牲者は出さねえぞ」

八重樫育子が、下唇を嚙みながら頷いた。

「甘いものでも食って落ち着け」シャーさんが、スーツのポケットから甘納豆の袋を出した。

「朝から、それは食べんやろ」ヌマエリが窘《たしな》める。

「顔色が悪いぞ。糖分を摂ったほうがいい。豆は栄養もあるし」それでもシャーさんは、八重樫育子に無理やり甘納豆を渡した。

八重樫育子が迷惑そうな顔で頭を下げる。

「さて、次はどう動く?」係長が訊いた。「アヒルキラーはどこに現れる?」

八重樫育子が胸を張り、気持ちを切り換えるように言った。「その鍵は、光晴さんが握っています」

全員の目が一斉におれに注がれた。

何なんだよ、これ……。

おれは一人で日比谷公園のベンチに座り、目の前の噴水を眺めていた。

午前中だというのに、日差しがキツい。ジョギング中の外国人は上半身裸で走っている。蝉の鳴き声がひどく響いている。

頭が混乱しておかしくなりそうだ。ジジイが殺人鬼だったかもしれないなんて……。

絶対に違う。たった二十五年のたいした人生ではないが、命を賭けたっていい。あの正義感のかたまりみたいなジジイが、己の快楽のために、無差別に娼婦を殺しまくるわけがない。いくら、八重樫育子の行動分析がすごくても、これだけは間違いだ。そもそも、五十年以上前の当事者の行動をどうやって分析するというのか?

違う。違うに決まってんだろ。ジジイじゃない。

だが、そう思えば思うほど、不安になってしまう。

『あひるは……わしや』

確かに、八重樫育子の家の食卓でジジイはそう言った。しかもおれは、昔ジジイの家の押入れで木彫りの家鴨を見た。今持っているのと同じものかどうかはわからないが。

『たくさん、おなごをころしたで』

ジジイの声が耳の奥にこびりついている。

なぜ、あんな言葉が出てきたのだろうか？　あのときは「認知症だから」で片付けたものの、多村貢の登場によって、にわかに疑念が生まれてしまった。もちろん、多村貢が大阪でジジイを拉致し、東京に連れてくるまでの間に、その台詞を吹き込んだ可能性もある。

だが、多村貢は自ら命を絶ってしまった。おれたちを嘲笑うかのように……。

ジジイと多村善吉の間に、どんな因縁があったんだ？　犯人は多村善吉だったのか？

木彫りの家鴨を愛しそうに撫でるジジイの姿がどうしても頭から離れない。骨と皮だけのヨボヨボになり、涎を垂らして虚ろな目をしたジジイが、おれのことを健坊と呼ぶことは、もう二度とない。


高校二年の夏休み、おれは東京から、大阪のジジイの家に行くハメになった。

家族は誰も行かず、おれ一人だけがジジイに呼ばれた。本来なら野球部の練習があり、大阪に小旅行する暇などなかったのだが、おれはケガをして練習を休んでいた。練習試合中に張り切りすぎて、ただのショートゴロなのに一塁へヘッドスライディングをしてしまい、左肩を脱臼したのだ。

練習がなくなると、恐ろしく暇になった。二日目までは「練習を休めてラッキー」と思っていたが、家で安静にしていなくてはならず、一日中、ベッドの上で漫画（『ドカベン』を一巻から読み返した）をダラダラと読みながら過ごした。

これを機に、大幅に遅れをとっている勉強に精をだせばいいのだが、どうも気分が乗らない。当時のおれは、将来どうしたいかを決めかねていた。とりあえずは大学に行こうかとは思っているが、その先が見えない。小学生の頃までの夢は「プロ野球選手になること」だったが、中学生のときに背が伸びなかった時点で諦めた。

ある日、『家でゴロゴロ寝転がってるくらいやったら、大阪に来てわしの腰でも揉まんかい』とジジイから電話がかかってきた。

おれはありとあらゆる理由を持ちだして断ろうとしたが（そもそも、腕を三角巾で吊っているのに、どうやって腰を揉めというのか）、母親は頑として認めなかった。「あんたが行ってくれなかったら、おじいちゃんがこっちに来るじゃない」とまで言いだす始末だ。

「あの頑固なおじいちゃんが、自分から『来てくれ』とお願いしてきたことがある？　きっと健吾に大切な話があるのよ」と説得され、おれは渋々と大阪行きの夜行バスに乗った（新幹線代を浮かすためだ）。

早朝の六時頃に、ＪＲ大阪駅の横にあるヨドバシカメラの前で降ろされた。こんな時間に目的地に到着するダイヤなんて、どうかと思う。誰が考えたんだ？

この辺りにはまったく土地勘がないので、朝ご飯のためにマクドナルドを見つけるのも一苦労だった。それに、出勤するサラリーマンやＯＬたちの足の速さには度肝を抜かれた。まるでバスケットボールの試合に紛れ込んだのかと錯覚してしまうほどのスピードだった。

結局、阪急梅田駅（大阪駅と梅田駅が同じ場所だと、このとき初めて知った）構内の食堂街にあるマクドナルドで朝マックを食べた。最初、店内のあらゆるところで、口喧嘩が行われていると思ってびびった。それほど、人々の口調が激しい。大阪に来たのは初めてではなかったけど、いつもは家族と車で来ていたから、通勤者が溢れる街に出たことはなかった。単独で街を歩くと様々な発見がある。一番驚いたのは、梅田駅の〝動く歩道〟だ。すでに歩道自体が動いているっていうのに、大抵の人がその上を走るので、動かない人から見ると猛スピードになっていた。

梅田はオフィス街で落ち着かないので、移動することにした。ジジイとは昼に待ち合わせをしていた。朝イチで迎えに来てもらえばよかったのだが、せっかく一人で行くのだから自由な時間だって欲しい。昼過ぎに到着すると嘘をつき、せめて今日の午前中だけでもゆっくりと大阪を楽しむ予定でいたのだ。

とりあえずは〝ミナミ〟に行こう。テレビとかでよく見る道頓堀《どうとんぼり》は歩いたことがあるが、若者の街〝アメリカ村〟には行ったことがない。あと、お好み焼きとたこ焼きとうどんと串カツを思う存分食べてみたい。

おれは、ちょっとした冒険心にウキウキしながら地下鉄御堂筋《みどうすじ》線に乗った。

思ったより、朝の〝ミナミ〟は静かだった。まだほとんどの店が開いてなくて活気がない。商店街を通って道頓堀まで向かったが、そこら中にゴミが散らばっている。道端に酔っぱらいも何人か寝ていた。

道頓堀も似たようなものだった。どう見てもおれと年齢が変わらないようなギャルがホストと並んで道に座り込んでいたり、カラオケ帰りの若者たち（酔っているから異常にテンションが高い）が「金龍ラーメン行こうや！」「なんでやねん、神座《かむくら》ラーメンにしようや！」と締めのラーメンをどこにするかで騒いでいる。

早く来すぎちゃったな……。おれは少し後悔した。生ゴミとゲロの臭いも、これ以上嗅ぎたくない。

アメリカ村は、まだマシだろうか？

おれはコンビニで買った地図を見ながら、アメリカ村への道を早足で歩いた。

「離せや！　キモいねん！」

若い女の金切り声がした。顔を上げると、道頓堀の橋を越えた商店街の入り口で、三人の男と一人のギャルがもめている。

「離せって言うてるやろ！　ボケ！」

ギャルがハンドバッグを振り回して大暴れしている。長い金髪でヒョウ柄のワンピースを着たド派手な格好だ。

男たちは一目でチンピラだとわかった。三人ともガタイがよく、〝ワル〟の空気を醸し出している。黒いタンクトップで手首までタトゥーのある男、ダボダボのスウェットを着てサンダル履きの男、一人だけスーツ姿の男がいたが、明らかにサラリーマンの着るスーツじゃない。ノーネクタイのシャツの胸元からチラチラと、洋風のタトゥーではなく和風の彫り物が見える。

「ええから来いや！」スーツの男がギャルの髪を摑んでズルズルと引きずりだした。他の二人のチンピラは周りを威嚇するように睨んでいる。

「痛い！　痛い！」ギャルが絶叫して両足をバタつかせるが、スーツの男はまったくもって手加減をしない。

「おい、やめろよ」勝手に声が出た。膝が震えるほど怖くて仕方がないくせに、見て見ぬフリができなかった。

何考えてんだよ、おれ……。

チンピラたちが、足を止めておれを見た。

「誰や、お前？」スーツの男が目を細める。

この男が格上らしく、タンクトップとスウェットは、無言のままおれを睨みつけた。

「その子を放せよ、痛がってんだろ」おれは質問に答えず言った。

チンピラたちがニヤニヤと笑いだす。坊主頭でニキビだらけのガキがカッコつけてる姿が、おかしいのだろう。しかも、左腕を三角巾で吊っているのだ。

「この女のツレか？」スーツが訊いた。

おれは首を横に振った。ビビっているのを悟られないように奥歯を嚙み締めて、スーツの男を睨んだ。

今からでも間に合うだろ？　謝って許してもらえよ！

もう一人の自分の声が聞こえる。地元で喧嘩してきた相手とは違う。このチンピラたちに絶対勝てないことくらい、いくら馬鹿のおれでもわかる。

「関係ないんやったら、ほっとかんかい。どこの田舎もんか知らんけど、ただのケガじゃ済まんくなるぞ。こんなどうしようもない女のために体を張るな。悪いのはこの女や」スーツの男がさらに強くギャルの髪を引っ張った。

「痛いって言うてるやろ！」ギャルが顔を歪めて叫ぶ。

「その子が何をしたんですか？」

「デリヘル嬢や。ホストに狂って借金まみれになって、遊ぶ金稼ぐためにどこから仕入れたか知らんけどシャブを客に売りつけとってん。俺らのシマで好き勝手やらすわけにはいかんのや。兄ちゃんも男やったらわかるやろ？　これは俺らの仕事や。ええ根性してんのは認めたるから、邪魔すんなや」

スーツの男は、またギャルを引きずって歩きだし、他の二人もあとに続いた。

助かった。これでケガをしなくても済む。悪いのは女だとわかったし、見て見ぬフリをしなかったことで自尊心も保たれた。一件落着だ。さあ、店が開くのを待って、お好み焼きを食べよう。

「待てよ」また勝手に声が出た。「その子を放せ」

何をやってんだよ、おれは！

心とは裏腹に、抑えきれない感情が湧き出てきた。怒りとはまた違う、全身を貫くような衝動だ。

「兄ちゃん、ホンマもんのアホか？」スーツの男が呆れた顔で振り返った。

「おれは、女を殴る奴を許さない。そいつがどれだけ偉い人間でも、どれだけ恐ろしい人間でも、どんな理由があっても、絶対に許さないと決めたんだ」

チンピラたちが顔を見合わせた。ギャルまでもキョトンとした顔をしている。

体が熱い。まるで湯気が出ているようだ。何かが、おれの中で暴れだした。心臓が痛いほど激しく動き、沸騰した血を指の先まで送りだす。これは、ジジイの血だ。伝説の刑事と呼ばれた男の血がおれの中にも流れていて、それがおれの本能を衝き動かしている。

おれは背負っていたリュックサックを足元に置き、左腕の三角巾を外した。

スーツの男がギャルの髪を離す。タンクトップのタトゥー男とダボダボのスウェット男もポケットから手を出し、臨戦態勢になった。

『多人数と喧嘩するときの鉄則はな、囲まれへんこっちゃ。どんだけ強い奴でも後ろから来られたらさばかれへん。壁を背に戦うんや』

ジジイのアドバイスを頭の中で復唱した。

一瞬で周りの状況を把握する。おれは一番近距離にいたスウェット男の胸ぐらを右手で摑み、柔道の要領で相手を引き込んだ。薬局のシャッターにぶつかり、脱臼している左肩に激痛が走る。

「なんや、こらっ！」興奮したスウェット男がおれの右手首を反射的に摑んだ。ほとんどの人間が、胸ぐらを摑まれればそうする。しかも、両手で。

おれはスウェット男の顔面に頭突きを叩き込んだ。バランスを崩していたせいで上手くヒットせず、スウェット男の歯がおれの額に刺さった。

「アガッ！」スウェット男が口を押さえてしゃがみこむ。

次にタンクトップの男が殴りかかってきた。

『パンチはよけたらアカン。ヘタによけても、体勢を崩して不利になるだけや。目、つぶらんと歯食いしばってデコで受けろ』

　おれは一歩足を踏みだし、タンクトップ男のパンチに頭をさしだした。パキッと乾いた音がして、タンクトップ男がうめき声をあげる。

　優勢はここまでだった。スウェット男が口から血を流しながら、おれの足にタックルをしてきた。すごい力であっという間に地面に転がされる。タンクトップ男の蹴りがおれの胸に直撃した。息ができなくなる。

「どけ」スーツの男が、タンクトップ男を押しのけて前に出た。踏みつけるようにして、おれの顔面を蹴る。

　ギャルが悲鳴を上げた。ヤジ馬たちが集まってきた。

「ガキを起こせ、さらうぞ」

　スーツの男の命令で、タンクトップ男とスウェット男はおれの両脇を抱えた。スーツの男が再びギャルの髪の毛を掴む。抵抗しようにも体に力が入らない。さっきの頭突きで額が割れたのか、血が流れてきて目に入る。

　おれたちは引きずられるように運ばれ、御堂筋に停めてあったベンツの後部座席に乗せられた。スウェット男が運転席に乗り、おれとギャルはスーツの男とタンクトップ男に挟まれる。

「こいつら、どこに運びましょ？」スウェット男が訊いた。

「事務所や。このガキの親から慰謝料ぶんどるぞ」スーツの男が答える。

　ベンツが猛スピードで発進した。目の前の信号は赤だったがお構いなしだ。

　タンクトップ男が、右拳を押さえて大げさに顔をしかめた。「大事な利き手が折れましたわ。

なんぼ払わせましょ?」

「俺の歯も折れましたで!」スウェット男もアピールする。

「そやなあ」スーツの男がニヤケながらおれを見る。「この車のシートも汚れてもうたから張り替えなアカンしのう。一本は欲しいとこやな」

「一本って……たった百万ですか?」スウェット男が不満げな声を出す。

「アホ! 一千万に決まってるやろ!」タンクトップ男が怒鳴りつける。どうやら、スウェット男よりこっちの男のほうが兄貴分らしい。

ヤクザの組事務所……一千万円……。そんな金、逆立ちしても用意できるわけがない。血の気が引いて目眩がしてきた。恐怖を通り越して、まるで夢の中みたいに現実感がない。

さっさとジジイのところに行けばよかった……。自分の軽率な行動にムカついてくる。母親から「大阪は怖い場所なんだから調子に乗るんじゃないわよ。あのおじいちゃんが育った街なんだから」と釘を刺されてたのをすっかり忘れていた。

無理やり詰め込まれたので、ギャルがおれの膝の上に乗る形になった。香水だろうか? ギャルの髪や体からは妙にいい匂いがする。それにギャルの体は異様に柔らかい(おれはまだ童貞だった)。ギャルのお尻の柔らかさといったら巨大な大福のようだ。野球漬けの毎日で女の子と接する機会が皆無だったおれは、不覚にも股間が膨らんできた。

おいおい、何を考えてんだ? ヤクザに拉致されてる真っ最中に興奮してる場合じゃないだろ? 自分のスケベさには、ほとほと呆れた。

いきなり、スーツの男がおれの左肩を摑んだ。おれはあまりの痛さに叫びそうになるのを必死で堪えた。痛みのおかげで股間が萎《しぼ》む。

「兄ちゃん、どっから来たんや？」

「……東京」

「東京のどこや？」

「中野……」嘘をつこうと思ったが正直に言った。財布の中にある健康保険証のコピー（旅行の前に母親から持たされた）を見られたら一発でバレる。

「オトンとオカンは、何してるねん？」

「……たぶん、この時間は家にいるッス」ビビってると思われるのが癪で、ぶっきらぼうに答える。

「今おる場所とちゃうわ！　仕事は何をしてんねやって訊いとるんやろが！」スーツの男がおれの頭を叩いた。

これがツッコミというやつか……。テレビの中の芸人と話をしているみたいだ。

「大学教授ッス」

「ほう。それはええがな」スーツの男が顔をほころばせた。

「金持ってないッスよ」おれは慌てて付け足した。実際、おれの家は貧乏ではないが、金が余ってるほど裕福でもない。生活レベルはギリギリ〝中の上〟だ。

「大学教授は色々責め方があるんや」スーツの男が嬉しそうに言った。「退職金もごっついやろうしの」

おれは何てことをしてしまったんだ……。ここに来てようやく事態のヤバさが呑み込めてきた。

いくら、女に手を出してる奴らを見て見ぬフリできなかったとはいえ、相手が悪かった。母親の悲しむ顔が目に浮かぶ。

「ほんで兄ちゃんは、大阪に何しに来てん？」

「ジイちゃんに会いに……」

スーツの男がさらにほくそ笑む。「ジイちゃんは、お金持ちか？」

おれは首を横に振った。伝説の刑事だったくせに、退職金がほとんど出なかったらしい。母親曰く、「辞め方が悪かった」らしいが、詳しくは知らない。

スーツの男はハイエナのようにしつこい。「ジイちゃんの仕事は？」

「今は無職ッス」

「昔は？」

「刑事」〝伝説の〟と頭に付けてやろうかと思ったが、殴られそうなのでやめた。

車内の空気が急に張りつめた。

「大阪府警か？　名前を教えんかい」

なんで、教えなきゃいけないんだよ……。おれは渋々と答えた。

「赤羽光晴」

ベンツがゆっくりと路肩に乗り上げ、停まった。

「君……光晴さんのお孫さん？」スーツの男が目を見開き、おれを見た。目は潤んでいて今にも泣きだしそうだ。

おれはコクリと頷いた。

「……どないしましょ？」タンクトップ男が真っ青な顔でスーツの男に訊く。

スウェット男はハンドルを握ったまま、あんぐりと口を開けている。

「土下座や」スーツの男がポツリと言った。

次の瞬間、男たちは外に飛び出し、ベンツに乗っているおれたちに向かって土下座をした。

「すいませんでした！　勘弁してください！」全員で絶叫しながら、アスファルトの上に額を擦りつけている。

「えっ？　何なん？　あんたのオジイちゃん、有名人なん？」ギャルが膝の上に乗ったままおれを見る。

「みたいだね」おれは、強張った顔で言った。

三時間後、おれは通天閣《つうてんかく》の下でジジイと会った。

「なんや？　その顔は？」ジジイはおれの顔を見て眉をひそめた。

「……大阪についた途端、三人の不良に絡まれてたんだよ」

結局、おれはチンピラたちと和解した。と言うか、向こうが一方的に接待をしてきた。おれとギャルは、大阪イチ美味いお好み焼き屋とたこ焼き屋とうどん屋をベンツでハシゴしてご馳走になりながら、チンピラたちの語るジジイの武勇伝を聞かされた。ジジイは刑事を引退した今も、名だたる親分連中が涙目になって隠れるほど恐れられているらしい。そのあと、ギャルには二度と手を出さないと約束して、おれとギャルは新世界で解放された。

ジジイがジロリとおれを見る。「勝ったんやろな？」

「当たり前だろ。おれはジイちゃんの孫なんだから」

ジジイは「アホか」と呟き、そっぽを向いた。気のせいか、少し顔が赤らんでるようにも見える。

「腹減ったやろ？」ジジイがズンズンと歩きだす。「大阪イチ美味い串カツ食わしたる」

胃袋は、はち切れる寸前だったがおれは黙ってついていった。ジジイの機嫌がいい今が相談に乗ってもらうチャンスだ。

刑事になるにはどうしたらいいのか、ゆっくりと教えてもらおう。


「どう？　落ち着いた？」

八重樫育子の声に我に返った。いつの間にか、ベンチに座っているおれの隣にいた。

「……はい。なんとか」おれは噴水を見ながら答えた。噴き上げられた水が、夏の太陽に照らされてキラキラと輝く。

噴水を見てはしゃぐ子供たちを、親たちが優しい微笑みで見守っている。

「アヒルキラーを捕まえるには、バネの力が必要なの」八重樫育子が、そっとおれの肩に手を置いた。「光晴さんのところに戻りましょ」

おれは大きく息を吐いた。こんなところで悠長に座ってる場合じゃないことはわかっている。

死んだ多村貢の予告が本当なら、アヒルキラーは今日から都内の幼児たちを殺して回るのだ。

ただ、捜査に協力すれば、知りたくない事実まで知ってしまうかもしれないことが怖かった。

多村貢は、アヒルキラーを止めたければ、「お前のじいさんに訊け」とおれに言った。ジジイにアヒルキラーの犯行のヒントを伝えるために介護士になりすまし、ひょうひょうとおれたちの前に現れ、捕まっても動揺も見せず、自らの命を絶った多村貢。それらがすべて計算ずくだった……。

多村貢がそこまでの行動を起こしたのは、祖父の多村善吉の潔白を信じているからだ。文字どおり、命を賭けた復讐劇——。

『あひるは……わしや』

おれは繰り返し流れるジジイの言葉を頭から振り払い、ベンチから立ち上がった。

八重樫育子も立ち上がる。「どう？　心を鬼にしてやれる？」

「おれは刑事ッスから」ニカッと笑って、歯を見せる。

「どうして、笑うの？」

「昔、ジジイによく言われた文句を思い出したんッスよ」

おれは大股で歩きだし、ジジイの口癖を呟いた。

笑え、笑え。何とかなる。

(17)

東京都新宿区　午前十一時

パパはボクのことがきらいだった。ボクがママにそっくりのかおをしているからなんだ。ママはほかのおとこのひととどこかにいった。ボクはママのうんざりしたかおしかおぼえてない。パパはむしゃくしゃするときはボクのせなかにたばこをおしつけたりでんわのじゅわきであたまをたたいたりするんだ。ボクはこのかおがいけないとおもったんだ。だからてんぷらのあぶらにかおをいれた。

——アトムだ。

男は顔を上げた。電車は山手線の高田馬場駅に停まっている。閉まる寸前のドアをスルリと抜け、ホームへと降りた。電車が動きだし、池袋方面へと去っていく。高田馬場に手塚プロダクションがあるので、この駅の発車ベルが『鉄腕アトム』の曲になったと、ネットの記事か何かで読んだことがある。

手塚治虫は一番尊敬している漫画家だ。特に『火の鳥　鳳凰編』は子供の頃に何度も何度も読み返した。我王《がおう》という盗賊の鼻が病気でブツブツに大きくなる絵を見てひどく興奮したのを憶えている。〝みにくい〟我王が妻の速魚《はやめ》を殺すシーンが一番好きだ。雪の中、美しい女が刃物を持った大男に追いかけられる……。あの絵を見るたびに心臓がドキドキしてこめかみがジーンと痺れた。体がのぼせるように熱くなった。

いつも、押し入れの中に隠れて懐中電灯で読んでいた。押し入れにいれば、酒に酔ったパパが帰って来ても、運が良ければ見つからず、そのまま眠ってくれる。

なんだか懐かしい気持ちになって、胸の奥がこそばゆい。

パパはもうこの世にいない。

ある日、押し入れから出ていったら、ゲロの中で死んでいた。酒を飲みすぎたせいで仰向けに寝たまま吐いてしまい、ゲロで窒息してしまったのだ。

警察には通報せずに、体育座りでじっと、腐っていくパパを見ていた。夏だったからすぐに臭くなった。蝿がたかり蛆が湧くパパは、今までで一番素敵なパパだった——。

男は思い出に浸ることによって、心を落ち着かせようとしていた。

本当は、ひどく混乱している。冷静さを取り戻すため、山手線にずっと乗ってみたが、まだ呼吸が乱れ動悸がする。

なぜ、エザケンの家に刑事がいたんだ？　しかも、待ち伏せをしていた。こっちの動きが完全に読まれていたことになる。

『必ず先を読まれるときがくる。赤羽健吾にはごっつい女がついてるねん』

多村貢の言うとおりになった。エザケン宅の玄関先で、背後をとって銃をかまえていた小柄な女がそうか……。

あの女が、八重樫育子だ。多村貢がこのゲームを面白くするために用意した駒の一つ。多村貢の説明では、人間の行動を研究している刑事らしい。

最初は、なぜそんな危険な女をわざわざ捜しだしてきたのかが理解できなかった。赤羽健吾への恨みを晴らしたいのなら、奴が寝ているときに部屋に忍び込んで、首を掻っ切るなりしてさっさと殺せばいいのに。

だが、将棋指しの性《さが》か、ヒリヒリとする勝負じゃなければ気が済まないのだ。多村貢が真の理由を教えてくれたとき、身震いするほど興奮した。こんな気持ちになったのは、あの押し入れで『火の鳥　鳳凰編』を読んで以来だ。

『将棋は相手が駒落ちじゃ面白くないやろ？　やっぱり平手で勝負せな』

多村貢は、将棋にまったく興味がない男に詳しく教えてくれた。

『弱い相手とやるときにはハンデをつけたるねん。相手のレベルによって、こっちが落とす駒も違ってくる。そこそこの奴には〝香落〟や〝角落〟やな。かなり弱い奴には〝飛車〟か〝飛車香落〟で十分や。ほんで、めちゃくちゃ弱い奴には飛車と角を落とす〝二枚落〟や』

何が言いたいのか意味がわからないと答えると、多村貢は大げさにため息をついて言った。

『こっちは飛車と角が揃ってんのに、向こうは赤羽健吾の一枚だけやんけ。二枚にせな釣りあわへんやろ』

男が、自分自身は飛車なのか角なのかと訊いたら『飛車やろ』と言われた。

『飛車は攻めの駒。角は使いようによっては最強の守りの駒になる』

なるほど、こっちの角は、確かに守ってくれている。

てことは、赤羽健吾が飛車で、八重樫育子が角になるのか……。

仕留めるならどっちが先だ？　邪魔なのは八重樫育子だが、先に殺してしまうのは惜しい。あの女の目の前で、ぜひとも赤羽健吾の息の根を止めたい。血しぶきを浴びるほどの至近距離で、じっくりとやってやる。

そのとき、八重樫育子はどんな顔をするだろう。泣きじゃくるのか。怒り狂うのか。それとも絶望に打ちひしがれるのか。どれにせよ、あの顔が〝みにくく〟歪むのが楽しみだ。

ＪＲ高田馬場駅の改札口を出て、自分が空腹なことに気がついた。よく考えてみると、昨日の昼から何も食べていない。毎年夏になると、人を殺したくなり、食欲がなくなる。予定どおりに栞やエザケンを殺せていれば、こんな空腹は感じなかっただろう。

日本一うつくしい女と男を殺し損ねた今、フラストレーションは限界にまで近づいてきた。このままでは、多村貢の計画どおりに行動できる自信がない。適当にでも獲物を選んで、精神のバランスを保ちたい。

だが、次のゲーム開始までもう時間がない。想定外だが、〝大人のうつくしいもの〟は終わりだ。スケジュールに従って、次は〝幼いうつくしいもの〟に狙いを定める。最後の大人の獲物を殺せなかったのは悔いが残るが仕方ない。

他にも不安要素は残っている。

男は、手に持っているボストンバッグを眺めた。エザケンの家に持って行った爆発物が入っている。見た目は宅配の箱だが、蓋を開けると体がバラバラにふっ飛ぶほどの威力で爆発する仕掛けになっている。なんと、多村貢はそれを、薬局で買った薬品と花火で作ったらしい。

この爆弾を持ち歩いていたおかげで大胆に行動できた。もし、獲物を仕留めている最中に警察に踏み込まれても、自爆できるという保険があると、余裕を持って事に挑める。これから先もぜひとも持っておきたいのだが、多村貢の指示は『捨てろ』だった。

『爆発させずに脅しで使ったんやったら、二回目はない。自爆用に持ち歩くのもアカン。八重樫育子やったら警察犬を用意してくるはずや。火薬の臭いで追跡されんぞ』

ここは多村貢に従ったほうがいい。いくら自爆するつもりでも、巧みに尾行され、蓋を開ける暇もなく拘束されたら終わりだ。

男は駅前のパチンコ屋に入り、個室トイレにボストンバッグを捨てた。誰かが箱の蓋を開けて爆発しようと、知ったことではない。

今度は山手線には乗らず、タクシーで移動する。これで、八重樫育子に追われる心配はない。どれだけあの女が優秀であっても、この東京のどの幼児を殺すかまで予測するのは絶対に不可能だ。ただ、エザケンの家に行くことは読まれたが……。

『誰もが考えへん手筋を当たり前のように思いつくんがプロの棋士や』

多村貢の言葉だ。口癖のように何度も言っていた。

ここからの計画は誰も止められるはずがない。二ヵ月前に初めて多村貢の口から聞いたときは耳を疑って何度も確認した。まともな頭脳の持ち主なら、どう足搔《あが》いてもたどり着けない領域だ。

まさに悪魔の発想……。淡々と計画を語る多村貢に、底知れぬ寒気を覚えた。

痒《かゆ》い。顔が痒くて我慢ができない。男は、トイレの鏡で自分の顔を見た。

鉄仮面のような無表情な顔。この顔のおかげでマンションやこのパチンコ屋の防犯カメラに映っても切り抜けることができる。肌をカバーする薄いマスクをしてメイクを変えればまったくの別人になれるし、落とせばさらにわからなくなるからだ。

痒い……。マスクの下には火傷《やけど》でただれた、世にも〝みにくい〟素顔がある。

(18)

東京都渋谷区　正午

「あの……これは何の尋問ですか？」

栞は目を白黒させて、病室の中を見回した。

「尋問ではないの。少しだけ捜査に協力して欲しいのよ」失敗したソバージュのような髪の女が言った。

昨夜、遅くに会った刑事……思い出した。八重樫育子だ。

隣に立っている赤羽健吾（今さっき紹介された）という若い刑事は、大学生みたいな風貌をしている。もしこれが刑事ドラマならミスキャストだ。

そして、もう一人気になるのが、車椅子に座っている老人だ。さっきからずっと、手に持った木彫りの家鴨をクンクン、クンクンと犬のように嗅いでいる。

「どういった形の協力でしょうか？」

正直に言えば、もう質問は勘弁して欲しい。一人になって、思う存分泣きたいのだ。

昨夜、アヒルキラーに襲われた。栞の育ての親である前園とそのボーイフレンドが惨殺され、栞もあと少しのところで殺されるところだった。

アヒルキラーから解放されたあと、自力で手足の針金を外し（一時間以上かかった）、すぐに警察に通報した。

栞は救急車で広尾にある総合病院へと運ばれて緊急入院したものの、次から次へと警察関係の人間がやってきては似たような質問を繰り返すので、まともに検査もできない。確かに、まだアヒルキラーが捕まっていないのだから、捜査が優先なんだろう。病院側も、栞の体を軽く調べて異常がないと判断したのか、警察のやりたいようにさせている。こっちの精神的な打撃などお構いなしだ。

中でも、八重樫育子はクドいほど質問を続けた。朝方近くまで、アヒルキラーがどんな様子だったのかを事細かく訊くので（特にアヒルキラーの話し方や言葉づかいを一言一句思い出させられた）、さすがに看護師も止めようとしたぐらいだ。

前園が死んだことに、まるで現実味を感じられなかった。彼の死体は脳裏に焼きつくほど見たが、あまりにも残虐な殺され方で、映画のワンシーンで、特殊メイクをされてるみたいだった。

「少しだけ。時間は取らせないから」八重樫育子が、グイグイと前のめりになる。「栞さんにしかできないことなのよ」

この女、刑事コロンボみたいだ……。栞はあのテレビシリーズが好きで、DVDセットを全巻持っている（最高傑作は『二枚のドガの絵』だと思う）。もちろん、ストーリーも好きだけど、ピーター・フォークの演技もとても参考になる。

あんな事態で女優としての本性が出てしまったアヒルキラーとのやりとりは、女優としてはまたとない経験だった。演技の幅が広がったことは間違いない。だけど、日本の芸能界では致命的な事件だ。マスコミが大騒ぎするのは言うまでもないし、CMも全部降ろされるに決まっている。影響の少ない海外に行くか、もしくは潔く引退をするか。とにかく今は、仕事を続けられるかどうかが一番の心配事だった。

女優を辞めて何をするの？　何も思いつかない。

この経験を生かして小説家？　一〇〇パーセント、ありえない。ゴーストライターが今回の経験をスキャンダラスに書いてくれれば一作目はそこそこ売れるかもしれないけど、もともと文章なんて書けない。二作目からはあっという間に売れなくなる。

世間はそんなに甘くない。命を賭けた仕事じゃないと誰も認めてはくれない。

「栞さん？　大丈夫？」

八重樫育子がベッドに飛び込んできそうな勢いで、覗き込んできた。こっちは被害者だっていうのに遠慮がない。だが、彼女の仕事に対する姿勢がどこか自分と似ている気がして、栞はつい許してしまう。昨夜からそうだ。この女刑事の質問にはうんざりしているのに、なぜか素直に答えたくなる。

「私にしかできないことって何ですか？」

栞がいやいやそう言うと、八重樫育子は嬉しそうに笑って、車椅子の老人を指した。「こちら、赤羽光晴さん」

「おれの祖父ッス」赤羽健吾もかぶせて言った。

「光晴さんに質問をして欲しいの。質問内容はこちらが用意してきたから」

「えっ？」栞は意図がわからず訊き返した。

「光晴さんだけが、アヒルキラーの行方を追えるのよ」

八重樫育子が真剣な顔で栞の手を握ってくる。温かいを通り越して熱い手だ。

「それはあなたたちの仕事じゃないんですか？」

「ジジ……祖父は認知症なんッス。何を訊いても返事もしてくれないし、おれが誰だかわかってないんッスよ」赤羽健吾が悔しそうに下唇を噛み締める。

車椅子で病室に押されてきたときから、認知症ではないかと思っていた（演技の勉強で老人ホームに行ったことがある。そのときは認知症の母を持つ娘の役だった)。

「この事件の鍵を握っているのは光晴さんだけなのよ」

認知症の老人に頼ってるわけ?　一体、どんな捜査なのよ?

「……よくわからないんですけど、私が質問したところで、みなさんと同じ結果になるんじゃないですか?」

「栞さんにしてもらう質問は普通のものじゃないの。特殊な質問よ」八重樫育子が、いつのまにか手に持っていたコピー用紙を渡してきた。「女優としての栞さんの演技力をお借りしたいの」

演技力?　栞は反射的に手に取り、印刷されている質問を見た。台詞のような質問がいくつか書かれている。なんだか台本を渡された気分だ。

「さっそく、お願いします!　時間がないんッス!」赤羽健吾が、ベッドの脇まで車椅子を押してきた。

老人……光晴さんは表情を変えない。木彫りの家鴨を膝の上に置き、飼い猫を撫でるように摩《さす》っている。目の前にいる栞のことは完全に無視だ。

「お願いします」八重樫育子が小声で言った。

栞は紙に書かれている質問を読みあげた。

「どうして、私を殺すのですか?」

光晴さんはピクリとも反応しない。八重樫育子がひとさし指を立てて頭を下げた。

もう一度、同じ質問をしてくれということ?

栞は、さっきよりは感情を込めて質問を繰り返した。

「どうして」ここで一つ間を取る。瞬時に、前園の部屋の光景を思い出した。脳味噌で思い出すのではなく、全身で。肌で。毛穴で。あのときの空気を体の中に吸い込む感じで。「私を殺すのですか？」

視界から、八重樫育子と赤羽健吾が消えた。

よし。集中できている。映画の撮影のときも、スタートの声がかかれば、監督や助監督、カメラや照明や音声やその他諸々のスタッフを消すことができる。視界に残るのは、共演相手だけだ。

光晴さんが顔を上げた。初めて栞に気づいたような表情で瞬きをする。

「……きぬよ？」

女の人の名前？　誰だかわからないが、光晴さんのリアクションから、とても大切な人だとわかる。奥さんか恋人かしら？

栞はそのどちらともとれるような微笑を浮かべた。

一秒貰えれば、相手が誰であっても、愛することができる。気持ちを作る時間や余計な演技プランは必要ない。愛とは、誰にでも備わっている感情だ。学ぶことも訓練することもしないでいい。イメージはリボン。心を結んでいるリボンを解く感覚。そして、そのリボンで共演相手の心を包む。それさえできれば、パーフェクトな〝愛〟を表現できる。

「きぬよ……」光晴さんが両手を伸ばした。膝の上にあった木彫りの家鴨が床に転げ落ちる。

栞は素早く次の質問に目を走らせた。

「どうやって私を殺したのですか？」

これは一発で決まった。我ながら会心の出来だ。悲しみと愛情をほどよくミックスさせて、そこに絶対的な許しを加える。

ストーリーがないから、エチュードのノリだ。即興で自分の演じる役を作っていく。もし、愛する男に殺されたら？　殺される理由が愛によるものなら、世界中のどの女も男を許すはず。

「ああ……」光晴さんの手が私の頬に触れる。間違いない。〝きぬよ〟は光晴さんの愛した女性だ。

「あなたを許します」

これは、紙には書かれていない栞のアドリブの台詞だ。

光晴さんの両目から大粒の涙が零《こぼ》れた。

「いたかったやろ。いたかったやろ」光晴さんが両手の平で、栞の顔を摩った。「ごめんやで……こんなにきれいなかお……ずたずたにしてもうた……ごめんやで……」

えっ？　今、何て言ったの？

栞は我に返って、子供のように泣きじゃくりながら栞の顔をいとおしそうに触っている光晴さんを見た。

こんなに綺麗な顔……ズタズタにしてもうた。

確かに、光晴さんはそう言った。

どういう意味？　こんなに弱々しくて害のなさそうなおじいちゃんが、誰かを殺したってこと？

きぬよっていう人を殺したの？

栞は、赤羽健吾の表情を見た。無表情だが、頬から顎にかけての筋肉がピクピク痙攣している。奥歯を強く嚙み締めている証拠だ。目の焦点も合っていない。祖父の言葉に強くショックを受けたに違いない。

「栞さん、その調子で質問を続けて」八重樫育子がさらに前のめりになる。

この女はまったく動揺していない。それどころか、目が爛々と輝き、ものすごく集中している。目を見れば、相手の実力がわかる。演技の世界では、赤の他人と、〝親子〟や〝夫婦〟や〝兄弟〟になる。ひどいときは、十分な役作りの時間も与えられず、一、二度しか会っていない俳優を〝恋人〟として愛さなければならない。そんなとき、何よりも求められるのは集中力だ。もちろん、自分一人が集中していても意味はない。共演者と呼吸を合わせて、架空の世界を構築していく。相手の目を見て集中力の度合いを測ることが、役者として一番重要な仕事だとも言えるくらいだ。

八重樫育子の集中力は、ズバ抜けている。今まで共演してきたどの俳優よりも高いかもしれない。昔、雑誌で対談したオリンピックの金メダリストに匹敵するのではないか。

負けてたまるか。女優の意地を見せてやる。

栞は紙に書かれている次の質問に目をやり、一気に集中力を高めた。

私は「きぬよ」だ。世界中の誰よりも、心から光晴さんを愛している。

役作りに細かい設定を要求する役者は二流だ。その役の人物は、〝何を愛しているのか？〟そして〝何を恐れているのか？〟——必要なのはこの二つだけ。

きぬよは何を恐れている？　自分が殺されること？　違う……光晴さんから愛されないことが

一番怖いはずだ。

栞は、まず八重樫育子が用意した質問を言葉にした。

「アヒルはどこにいるのですか？」

光晴さんが、ようやく栞の顔から手を離した。涙も止まっている。

「たむらに……おしえてもろた」

八重樫育子と赤羽健吾が顔を見合わせる。

「どこに……」赤羽健吾が口を挟もうとした瞬間、八重樫育子が彼を手で遮った。

「きぬよさん」八重樫育子が栞に向かってそう呼んだ。「続けて」

「光晴さん。私のこと、ホンマに好きですか？」

アドリブの台詞で、自然に大阪弁が出た。関西人の言葉をマスターするために、大阪、京都、神戸の三都市に半年ずつ住んだことがある。

「あたりまえや……すきにきまっとる」光晴さんが怯えた表情を見せた。

「愛してますか？」

「あいしとる……むねがくるしゅうなるぐらい……あいしとるんや」

「ほんなら、これ以上、私を悲しませんとってください」栞は少しだけキツい口調で言い、光晴さんをジッと見た。「アヒルはどこにおるんですか？」

「とうきょう……たむらは……あひるが……とうきょうにおる……いうてた」

赤羽健吾が焦れてイライラしている。だが、ここで焦りは禁物だ。栞は、わざと間を空けて、慎重に光晴さんの手を握った。

「あひるは……あそこや……」光晴さんは、床の上に転がっている木彫りの家鴨を見た。「あそこに……おるんや……」

赤羽健吾が舌打ちをし、「ジジィ……」と小さく呟いた。

八重樫育子がハンドバッグからメモ帳とペンを取り出し、サラサラと何かを書いて栞に見せる。

《もう一人のアヒルはどこですか?》

栞は八重樫育子に向かって軽く頷き、次に光晴さんの手をとって木彫りの家鴨に導いた。

光晴さんは木彫りの家鴨を持ち上げ、再びクンクンと匂いを嗅ぎ始める。

「ええにおいや……ほんまに……ええにおいがするわ……」

栞も鼻が利くほうだが、これといって何の匂いもしない。この木彫りの家鴨は、光晴さんにとって大切な思い出の品なのだろうか。

「光晴さん。もう一人のアヒルはどこにおるの?」八重樫育子の指示どおりに訊いた。

キョロキョロとせわしなく動いていた光晴さんの視点が定まった。最初に栞、次に八重樫育子、赤羽健吾と順に見る。

「とうきょうの……あひるか?」

三人が、ほぼ同時に頷く。

栞は、質問の紙の最後に書かれている言葉を投げかけた。

作品の中で一番重要な台詞というものは、共演者の顔に向かって言わない。ただ、心臓に突き刺すような気持ちで語る。

「アヒルを捕まえて」

光晴さんの目に光が灯った。まるで別人のように背筋が伸びる。

赤羽健吾が、我慢できずに叫んだ。

「目を覚ませよ、ジジイ！　それでも伝説の刑事かよ！」

あまりの大声に、病室の空気がビリビリと震えた。

「やかましい」光晴さんが、ギロリと赤羽健吾を睨みつける。「健坊、またけんかに負けたんか？」

顔つきだけではなく、口調までガラリと変わった。

「……おれのこと、思い出したのか？」

「あれだけ、けんかに勝つまでかえってくるなというたやろ」まだ、たどたどしさは残っているが、さっきまでと比較にならないほどしっかりとした喋り方だ。

「誰にも負けてねえよ」赤羽健吾が目を潤ませる。

「アヒルが次に現れる場所を教えてください。時間がないんです」八重樫育子が、初めて光晴さんに直接話しかけた。

光晴さんが目を細めて、八重樫育子の顔をジッと見る。

「おまえは、だれや？」

「刑事です。連続殺人鬼のアヒルキラーを追っています」

「なかなか、ええかおしとる」光晴さんが口の端を歪めた。「ほんものの顔や」

「おれの上司だよ」赤羽健吾が口を挟む。

「おまえはまだ、しんまいのかおやな」

「うるせえよ。当たり前だろ、刑事になったばかりなんだから」

「多村貢からアヒルキラーの話をされましたか？」

「……たむらみつぐ？　よう、わからへん。あたまのなか、ぼんやりして、あんまり、おぼえてへんのや……にんげん、ぼけたらおわりやで」光晴さんが、悔しそうに瞬きをした。

「何かヒントになるものでもいいんです。あなたと一緒に新幹線に乗った男は何を話していましたか」八重樫育子が、充血した目を向けた。ほとんど、睡眠を取っていないのだろう。

光晴さんが目を閉じた。必死で思い出そうと顔を歪める。

「あかん……なんもおぼえとらん……」

「単語一つだけでもいいんです！」

光晴さんが目を開けた。

「くま……」弱々しい声で、ボソリと呟く。「くまのはなしをしとった……」

「熊？　上野動物園ッスかね？」赤羽健吾が八重樫育子を見る。

八重樫育子は黙ったままだ。光晴さんの次の言葉を辛抱強く待っている。

光晴さんが天井を見上げ、再び目を閉じた。まるで眠っているかのような、安らかな表情だ。

長い沈黙のあと、光晴さんが目を開けた。「にゅうよく、っていいよった」

入浴？　お風呂に入ること？

「まさか、ニューヨークとか言うなよ」赤羽健吾が顔を引きつらせる。

八重樫育子が真面目に、〝くま〟と〝にゅうよく〟をメモ帳に書きつけている。

こんな言い方をするのは大変心苦しいが、この老人はただボケているとしか思えない。これで事件が解決するぐらいなら、警察は必要ないだろう。

「ご、ご」光晴さんが、さらに呟く。

「えっ？　何？　ジジイ、もう一回言ってくれよ」赤羽健吾がせわしなく体を揺らす。全身で貧乏ゆすりをしているみたいだ。

「ご、ご」光晴さんが、まったく同じ言い方で繰り返した。

午後って意味？　それとも数字の五？

「わかんねえって……頼むから、もっとはっきり思い出してくれよ！」赤羽健吾が腹立たしげに右拳で自分の太腿を殴る。

「男は、その三つの言葉を言ったんですね？」八重樫育子がメモを取りながら訊いた。

光晴さんが、深く頷く。「わしの、くるまいす、おしながら、ぶつぶつ、いいよった」

八重樫育子がメモの手を止めた。「……三つの単語だけを言ってたんですか？」

「そうや……わしのみみもとで……ご、ご……くま……にゅうよく……いいよった」

「単語だけを繰り返したんですか？」八重樫育子の表情が険しくなる。

光晴さんがもう一度頷いた。「やかましかったわ……しんかんせんでも……よこでぶつぶつ……」

「ごご、くま、にゅうよく、この順番で間違いないですね？」

光晴さんの目から光が消えた。伸びていた背骨が丸くなり、また木彫りの家鴨をクンクンと嗅ぎ出す。

「ジジイ！　答えてくれよ！」

赤羽健吾の大声にも反応しない。完全に元の状態に戻ってしまった。

八重樫育子がメモ帳を閉じ、ハンドバッグに入れる。

「バネ、行くわよ」

「えっ？　ど、どこに行くんッスか？」

「今、光晴さんが伝えてくれた場所よ」自信に満ち溢れていた八重樫育子の顔にも翳りが見える。

当たり前だ。たったこれだけの情報で、どうやって東京中を自由に動き回れる殺人鬼を捕まえるというのだ。

「不可能ッスよ……」赤羽健吾が、栞の気持ちを代弁するかのように言った。

「ぶっ殺すよ」八重樫育子が赤羽健吾の胸ぐらを掴んだ。「勝負はこれからよ」

「げたはくまで……わからんで……」光晴さんが合わせるかのように呟く。

「ご協力ありがとうございました」

八重樫育子は栞にペコリと頭を下げ、病室を出て行った。赤羽健吾も慌てて光晴さんの車椅子を押して部屋を出ようとする。

「あの……」赤羽健吾が足を止め、栞を見る。「女優を辞めないでください」

栞は軽く頷き返して言った。「アヒルキラーを絶対に捕まえてください」

「約束します。おれ、伝説の刑事の血を引いていますから」赤羽健吾の目に、光が灯った。

光晴さんの目に一瞬灯ったのと同じ光だ。

(19)

東京都国分寺市　午後二時

ボクがはじめてひとをころしたのは、ごねんせいのときだ。きんじょのアパートにすんでいたおんなのひとをころしてあげた。

いつもおさけでよっぱらうと、しにたいっていってたから。おんなのひとがせんめんきにゲロをはいてるところをうえからおさえつけてあげた。パパとおなじうつくしいしにかただ。

男はコンビニのレジに並びながら、最初の殺人を思い出していた。

パパが死んで、遠く離れた親戚の家に預けられた。その親戚が経営するスナックで働いていた女だ。

子供の頃は、よく、スナックで夜ご飯を食べたり、カウンターで宿題をしたりしていたので、従業員たちからは可愛がられた。中でも、睫毛の長い、いつも紫色のアイシャドーをした女になついた。そのうち、女のアパートに遊びに行ってはカレーを作ってもらったり、テレビを見せてもらったりした。顔の火傷のせいで友達がいなかったので退屈だったし、毎日通った。

精神が不安定な女だった。酒癖が悪く、いつも酔うと「死にたい」と言って泣いていた。

女を悲しみから救えるのは自分だけなんだと、幼いながらも責任を感じていた。だから、女が泥酔してゲロを吐いているときに背中に馬乗りになって洗面器に顔を押しつけた。ジタバタと足を動かしたあと、女は死んだ――。

男はレジの順番がきて我に返った。

ジュージューと油がはねる音を耳にすると、あの臭いを思い出す。

皮膚が焦げる臭い……。猛烈な痛みと痒みがメイクの下を襲う。顔面を掻きむしりたい衝動を堪え、財布から小銭を出す。コンビニの店員が、こちらの顔も見ず「ありがとうございました」と覇気のない声で言った。もう一人の店員はレジの中にあるフライヤーで、から揚げかコロッケを揚げている。その音が耳にこびりついて気が狂いそうだ。

二人の店員はこちらを見ていない。

男はレジの上にある防犯カメラに向かってVサインをした。

これで四軒目だ。JR中央線国立駅の周辺にあるコンビニを回り、すべての店の防犯カメラにVサインをしてやった。

もちろん、多村貢の指示どおりだ。ここまでは、奴が死ぬ前に立てた計画どおりに進んでいる。先の展開を読む棋士の能力はすさまじい。まるで、予言者のようだ。唯一の誤算は栞を殺さなかったことだけだ。第一章は、世間で言う〝外見が美しい人間〟を殺しまくることだった。第二章は、これから始まる。まず、この近くで、最初の幼児を殺す。殺し方は『残虐であれば』自由でいいと言われている。

悩んだ末、最高にご機嫌な殺し方を思いついた。

アヒルキラーはレジで精算したガムを取り、ズボンのポケットに入れた。自動ドアから外に出ると、熱気がアスファルトから立ち上る。

はやく……一刻もはやく殺したい。まだ近くにコンビニはあるだろうが、これぐらいで十分だろう。

男はズボンのポケットから、買ったばかりのガム四個を取り出し、コンビニ前のゴミ箱に捨てた。ガムが欲しくて買ったわけじゃない。レジの防犯カメラに映るためだけの買い物だ。

幼児の死体が発見されたあとに、無能な警察たちが防犯カメラの映像を見ることを想像すると、自然にニヤけてしまう。これほどの屈辱はないはずだ。

多村貢の恨みは、底が知れない。警察のプライドをズタズタに引き裂くのが彼の狙いなのだ。

多村貢本人も数日前に、国立駅の周りにあるコンビニで、Vサインの映像を残しているはずだ。

それをあの女……八重樫育子が見たら、どれだけ〝みにくい〟顔に歪むことだろう。先を読む天才の多村貢は死んでもなお、あの女に勝負を挑んでいるのだ。

男は多村貢からもらった地図を広げ、〝目的地〟を再確認した。

左手にある《鉄道総合技術研究所》に沿って歩き、五叉路の交差点から右斜め前に進んでいくルートが、蛍光ペンで丁寧に塗られている。

この街には初めて来た。静かな街だ。国立駅の南口は、大学が近いからかそこそこ賑やかだったが、北口はずいぶんと落ち着いている。

数時間後、この街は大パニックになる。何台ものパトカーが走り、マスコミもハイエナのように群がるだろう。

五叉路が見えてきた。地図では小学校や図書館、郵便局が固まっている。そして、保育園も……。

メイクの下の痒みが最高潮に増してきた。自然と早足になる。落ち着け。慌てるな。去年の初夏に、それで失敗したことをもう忘れたのか。

去年の夏は、殺す楽しさが変わった夏だった。

五月は週一のペースで一人ずつ女の首を絞めて殺した。一昨年に殺した七人も、それよりも前に殺した奴らも、全員首を絞めて窒息させて殺した。

たまに口の中に物を詰め込んだりもした（一番楽しかったのがビリヤードの球だ。顎を外して無理やり詰めてやった）。獲物は、九割が女。世間的には美人とされている豚どもだったが、どいつもこいつも〝うつくしい〟から遠くかけ離れた、〝みにくい〟としか言いようがない連中ばかりだった。整った顔が紫色に変色して、苦しそうに歪むほうが百倍も千倍も〝うつくしい〟のに、みんなわかっていない。

多村貢に会うまでは、刃物を使ったこともないし、当然、死体の横にアヒルのおもちゃを置くなんてバカなマネをしたこともない。刃物は嫌いだ。せっかくの〝うつくしいもの〟が汚れてしまう。

去年の失敗は、六月の一人目に起こった。殺したのは女子大生。彼女は、道を歩けば、たいていの男性が振り返るほどの容姿を持っていた。まさに格好の獲物の豚だ。

完全に、衝動だけで動いてしまった。本来なら獲物の下調べは入念に行い、行動パターンによって殺し方や殺す場所を考える（それも楽しみの一つだ）。

その女子大生は、ビルとビルの間にある、人けのないコインパーキングで自分の車に乗ろうとしていた。

偶然、彼女の車のすぐ隣に、車を停めていたのだ。考えるよりも先に、体が動いてしまった。ダッシュボードに入っていた懐中電灯を取り出して自分の車から出ると、女子大生が運転席のドアを開けて乗り込もうとした瞬間を狙い、懐中電灯で後頭部を殴りつけた。そのまま女子大生を助手席まで押し込み、数回殴った。さしたる抵抗もなく、女子大生はグッタリとした。

この車ごと奪って、山奥にでも連れて行くか……。

しかし、車のキーが見当たらない。よく見ると、運転席の足元に転がっている。

拾おうとして体を屈めた瞬間、二本の細い腕が、背後から首に絡みついてきた。

何が起こったのか、すぐには判断できなかった。

意識が朦朧としてきて、初めて自分が首を絞められていることに気づいた。しかも、かなり手慣れた絞め方だ。

素人じゃない……この女……何か格闘技をやっている……柔道か……。

車の中で襲ったのが仇となった。狭くてまともな抵抗もできない。

ダメだ……気を失ってしまう……絞殺魔が逆に絞め殺されるなんて……とんだ笑い話だ……。

そのとき、助手席のドアが開いて、誰かが入ってきた。通行人が目撃して助けに来たのか。

最悪だ……これで捕まってしまうのか。もう〝みにくい〟ものを殺せない……。

頭の後ろで鈍い音がした。首に絡んでいた腕の力が抜ける。

「大丈夫か？」若い男の声がした。「急げ。まだ誰にも見られてへん。この女をこいつの車で殺しやすい場所に運ぶで」

呆気にとられた。

この若い男は、何者だ？　なぜ、女子大生を殺すのを手伝おうとしている？

若い男は、素早い動きで意識のない女子大生を引きずり出し、抱え上げた。「トランクを開けろ」

言われるがまま、運転席の窓の下にあるトランクオープンスイッチを押した。若い男が、トランクの中に女子大生を放り込み、戻ってくる。

「初めまして、多村貢といいます」若い男が助手席に座って、爽やかな笑顔を見せた。「君の特殊な才能に惚れた。ぜひ、手伝って欲しいことがあるねん」

「……知っているのか？」

「去年は四人以上殺したやろ？　その前の年も、最低でも三人は殺したはずや。この数年間、わけあって連続殺人鬼を捜しとってん」

恐怖で動けなかった。警察でも突き止められなかったのに、こんな若い男に易々と見つけられたというのか。

「美しいものが何よりも憎いんやろ？」多村貢が右手を差し出し、握手を求めた。「もっと派手にやろうや。俺が獲物を用意したる」

「断ることはできないんだな」

多村貢がゆっくりと頷く。これは脅迫だ。

こちらも右手を差し出し、多村貢の右手を握った。驚くほど冷たい手をしていた。

「契約成立やな」多村貢が嬉しそうに笑った。

この世で一番の狂人は自分だと思っていたが、どうやらそうではないようだ。

世の中は広い。


男は逸《はや》る気持ちに必死でブレーキをかけながら、地図どおりに歩いて行った。一歩一歩、足を踏み出す毎に期待と興奮が膨らみ、胸が破裂しそうになる。

郵便局を越え、さらに静かな住宅地へと入って行く。図書館と小学校も見えてきた。

もう少しで保育園に着く。

最高にご機嫌な殺し方をシミュレーションしてみようか。

獲物は、ベビーカーに乗った幼児。今回は、母親もセットで殺す。世間では、親子の愛が〝うつくしい〟らしい。本当は〝みにくい〟のに。

ベビーカーに幼児は乗せない。その代わり、背骨を折り畳んだ母親の死体を乗せよう。

興奮のあまり、全身がブルブルと震え、頭の芯が痺れてきた。アヒルのおもちゃを、母親の口にくわえさせてやる。

着いた。保育園だ。

(20)

東京都杉並区　午後三時

「アヒルキラーはどこにいるんだよ」

ヤナさんがイラついた顔で、無精髭をシャリシャリと撫でた。

八重樫育子が険しい顔つきで黙り込む。

おれたちは、杉並区にある大宮八幡宮神社に来ていた。神門の前に大きな銀杏の木が二本立っている。

歴史のあるこの場所に、本当にアヒルキラーは現れるのか……。

「境内に幼稚園があるので、ここに間違いないと思ったんです」八重樫育子が、眉間に皺を寄せて答える。

「思った？」ヤナさんが鼻で笑う。「確信がないのに、俺たちを連れて来たのかよ」

「確信はありました。この場所が、東京の中心なんです」八重樫育子がジジイを見た。

ジジイは車椅子に座り、相変わらず木彫りの家鴨を愛しそうに撫でている。

「本当にバネのじいさんの言葉を信じていいのかよ」ヤナさんが顔をしかめた。「何の根拠もねえだろ」

「あります。光晴さんが言った〝ごご〟です。これは棋士としての多村貢からのメッセージなんです」

「将棋の話はもういい。俺はラジコンしか語れねえ」

八重樫育子がかまわず続けた。「将棋盤にはマス目が八十一あります。それらは縦横にふられている数字で位置がわかるようになっています。たとえば右上のマスなら１一。左下なら９九」

「バネのじいさんが言った〝ごご〟は５と五だとお前は解釈したんだな」

八重樫育子は頷いてみせたが、表情にいつもの自信が見えない。

5五は将棋盤のど真ん中だ。八重樫育子はアヒルキラーが次に殺人を犯す場所が《東京のへそ》と呼ばれている杉並にある大宮八幡宮だと推理したのだ。

だが、ここに到着して一時間以上が経つが、アヒルキラーが現れる気配は一向にない。

「ヤナさん。こんな物がありました」シャーさんがダンボール箱を抱えて幼稚園のほうから走ってきた。

「なんだ、そりゃ?」

「数日前、匿名で幼稚園に送られてきたらしいんです。手紙も入っています」

ヤナさんが首を傾げながら、ダンボール箱を開けた。

おれは中を覗き込み、ギョッとした。心臓をデカい手でわし掴みされたかのようだ。

「これは……」ヤナさんも絶句する。

ダンボール箱には、何十個ものおもちゃのアヒルがギュウギュウに詰め込まれていた。アヒルキラーが死体の横に残す、プラスチック製の黄色いアヒルだ。

「やっぱり、アヒルキラーはここに現れるんっスね」

八重樫育子が力なく首を振る。「違うわ。ハズレよ。私がここを選ぶと多村貢が読んだのよ」

「これを見てください」シャーさんが、箱の中にあった手紙をヤナさんに渡す。

ヤナさんが手紙の文を読みあげた。

「たいへんお世話になりました。しあわせです。でも私たち夫婦だけではダメなのです。念じています。平和を。残りのしあわせは子どもたちに」

「何か、文章がおかしいっスね」

「見せてください」八重樫育子が手紙をヤナさんからもぎ取る。

おれも横から手紙を見た。パソコンで打たれた文字が五列に並んでいる。


たいへんお世話になりました。

しあわせです。

でも私たち夫婦だけではダメなのです。

念じています。平和を。

残りのしあわせは子どもたちに。


「ナメられてるわね」八重樫育子が呟いた。

無表情だが、手紙を持つ手が怒りで震えている。

「子供を授かった夫婦が、たまたま送ったんじゃないですか」シャーさんが言った。

「ばかやろう。そんなわけねえだろ。どんな偶然なんだよ」ヤナさんがシャーさんを睨む。

「この手紙は間違いなく多村貢が私に宛てたものよ」

「どうしてわかるんっスか」

「あんたの目は節穴なの？　ぶっ殺すよ。よく見てみなさいよ。私たちへのメッセージが書いてあるでしょ」

「メッセージですか……」

どの文がそれなのかまったくわからない。ヤナさんとシャーさんも首を捻っている。

「横から読むのよ」

三人が同時に「あっ」と声を上げた。

残念でした——各行の頭の文字を左から読むとそう書かれている。

「クソが……ガキみたいなまねしやがって」シャーさんが顔を真っ赤にして怒った。

犯罪者の行動を読むスペシャリストの八重樫育子が、逆に多村貢に読まれている。彼女にとって、これほど屈辱的なことはないだろう。まるで、多村貢はおれやジジイだけでなく、八重樫育子にも恨みがあるみたいじゃないか。

ヤナさんが舌打ちをした。「ここが東京のど真ん中なんだろ」

「どうやら違うみたいですよ」シャーさんが代わりに答えた。「この箱を渡してくれた園長から、さっき聞いたんです。東京のへそと呼ばれている場所はいくつかあるって」

八重樫育子が頷いた。「ここ、杉並の大宮八幡宮と、もう一つ、日野市も東京のへそと呼ばれていますが、私はこっちに賭けました」

「何だと、八重樫、知っていたのか？」ヤナさんが悔しそうに髪を掻きむしる。「お前な……もし、子供が殺されたらどうすんだよ」

「一人でも殺されたら、刑事を辞めます」

ヤナさんが、八重樫育子の頬を平手で打った。乾いた打撃音が境内に響き、近くにいたハトが何羽か飛んだ。

「くだらねえこと言ってんじゃねえ。今の答えは『絶対に一人も殺させません』だろうが」

「すいません」

八重樫育子の頰が赤く腫れている。

「日野市に急ぐぞ。バネ、本部と連絡を取って日野市にある幼稚園や保育園、小学校に警官を配置させろ」

「了解っス！」

「あの……」シャーさんが、動き出そうとするヤナさんを止めた。「園長の話では、国分寺市の住宅地にある公園が、一番正しい東京の中心らしいんです」

全員がシャーさんを見た。八重樫育子もそのことは知らなかった顔だ。

「しかも、その公園のすぐ近くに保育園があるそうなんです」

(21)

東京都国分寺市　午後四時

「声を立てるな。そのまま、ゆっくりと部屋に入れ」

男は、女のうなじをがっしりと摑みながら言った。この体勢なら、いつ抵抗されても一瞬で頸《けい》椎《つい》を破壊できる。

髪の毛を栗色に染めたショートカットの女は、自分の娘を抱えて部屋に入って行く。

上品な若奥様と一歳の娘ってとこか。悪くない。上出来だ。

「お、お、お願いです。何でもしますから、娘にだけは手を出さないでください」若奥様が、泣き腫らした目で訴えた。

「却下します」男は、わざと仰々しい口調で答えた。

「お金も払います。いくらでも払います。ＡＴＭで下ろしてきます」

「奥さん、そのドアを開けて」

廊下からリビングに入るドアを顎で指す。

「だ、誰か中にいるんですか？」

男は、首を横に振った。ひとさし指で、眠っている娘の頬をつんつんと触る。

「やめてください！」若奥様がヒステリックに叫ぶ。

男は、もう一度、顎でドアノブを指した。若奥様が、ハラハラと涙を流しながらドアノブを回す。

やっと、この部屋を使える。

もちろん、用意したのは多村貢だ。「残虐に殺すのならば、それなりの仕事場が必要やろ」と言って、部屋を前もって借りてくれた。

仕事場ね。うまいこと言うな。

「何ですか……これ。何をするつもり……」若奥様が、ガチガチと歯を鳴らす。

部屋はビニールシートで覆われていた。床も壁も天井も隙間なく、ブルーのビニールシートがテープで留められている。

「今から仕事をするんだ。一世一代の大仕事さ」

「わ、私を殺すんですか？」

「奥さんだけじゃない、娘も殺す。いくら叫んでもいい。この部屋は防音がしっかりしている。おかげで家賃がバカ高い」

興奮のせいか、いつもより口が軽い。余計なことまで喋ってしまう。

「どうしたら、ゆ、ゆ、ゆ、許してもらえますか……」

若奥様の鼻の穴から、ズルズルと鼻水が垂れる。

「ぼくをころしてください」

声が昂《たかぶ》った。大好きな『みにくいあひるの子』の中でも、一番気に入っている台詞だ。

「ぼくをころしてください」

この言葉を繰り返すと、全身の血がドクドクドクドクとなって、頭の中で光が爆発して、ゲロの海で泳ぐような快感が、津波のように押し寄せてくる。

わーい。やったー。れでぃすえんどじぇんとるめん。パパ、ボクいっしょうけんめいころすよ。わかおくさまのくびをしめるんだ。パパも、みにくいのがすきなんでしょ。

男は若奥様の腕の中にいる娘を指した。

「床に置け」

若奥様は、娘を強く抱きしめ、激しく首を振った。

「床に置け」

「嫌よ！　けだもの！」

「そのとおり。ボクはけだものです」

男は舌を出し、若奥様の首筋に這わせた。「私が……何をしたって言うんですか……」

若奥様が娘を抱きしめながら、床にヘナヘナと座り込んだ。それでも、娘を離そうとしないのは愛の力とでもいうのか。

娘は当分の間、目を覚まさない。保育園から出てきた若奥様を尾行し、人の目がなくなった隙を狙ってベビーカーに近づいた。娘に麻酔薬を一本注射。多村貢が、幼児でも死なないように量を調整してくれていた。

あとは「娘さんを死なせたくなければ、大声を出さず指示に従え」と脅せばいい。半ば、ショック状態になった若奥様を車に乗せ、このマンションに連れて来るのは、さほど難しい作業ではなかった。

手頃な親子がなかなか出てこなかったので、ヤキモキしたが、素晴らしい獲物が登場したのでハッピーだしラッキーだ。

まず、娘を殺す。それを見た若奥様の絶望の表情が新鮮なうちに、じっくりと首を絞めていく。

あとは、若奥様の首と娘の死体を、多村貢が指定した公園に飾ればいい。

まるで、クイズだな。第一問の答え。『アヒルキラーは国分寺市にある東京のへそに現れる』

こんな問題を誰が解ける?

多村貢は、第一問の〝ごご〟が一番簡単だと言っていた。だが、警察がこの正解に易々とたどり着けるわけがない。第二問の〝くま〟とか、第三問の〝にゅよく〟とか、まるで暗号で、もっと難しい。

また一つ、思いついた。

ベビーカーに乗せた母親の死体が、娘を抱いているってのはどうだろう。〝うつくしい〟にもほどがある。想像しただけでも涙が出そうだ。

「ぼくをころしてください」

男は大袈裟に両手を広げ、床にうずくまる若奥様に近づいた。

パパ、ボクはしあわせものだよ。

そのとき、インターホンが鳴った。

男は、予想もしていなかった音にギクリと体を強張らせた。

もう一度、インターホンが鳴る。

誰だ？　セールスか？

警察のわけがない。たとえ、東京のへそがある公園までたどり着けたとしても、このマンションを突き止められるはずがない。

男は、リビングのドアの横にあるインターホン専用の受話器を取った。

「はい、どなたですか」

セールスなら追い返せば済む。

だが、受話器の向こうからは聞き覚えのある女の声がした。

「また会ったわね。アヒルキラー」

……八重樫育子だ。

「オラッ！　バネ！　跳べ！」

「う、ういッス」

おれは、返事をしたものの動けないでいた。絶対に下を見ちゃダメだぞと自分に言い聞かせても、やっぱりチラリと見てしまう。

高すぎるだろ……これは。

アヒルキラーのアジトはマンションの五階にあった。今、目の前にベランダが見えているのだが、おれが立っているのは隣のビルの非常階段の手すりだ。

「これくらい早く跳べよ！　バカ野郎！」背後にいるヤナさんが怒鳴る。「落ちても、たぶん死にやしねえよ！」

その〝たぶん〟てのが気になる。確か、人間は二十メートル以上の高さから落ちたら死ぬんじゃなかったっけ。どこかで読んだ。この高さだったら落ち方次第か。といっても、下はコンクリート、命が助かったとしても、半身不随とかになる可能性も十分にある。

さすがに、柔道の受け身くらいじゃ、ヤバいよな……。

「それでも伝説の刑事の孫かよ！」

「ヤナさん、それずるいッスよ」

それを言われちゃあ跳ぶしかない。ベランダまでの距離は二メートル強。絶対に届かないわけじゃない。いや、届くと信じよう。

おれは、歯を食いしばりヤケクソになって跳んだ。

たまに、刑事になったことを後悔することがある。たとえばマンション五階の高さで空を飛んでいるときなんかがそうだ。ジェットコースターで落ちているような感覚……。

落ちてたまるか！

おれは渾身の力を込めて両手を伸ばした。衝撃とともに、何とかベランダのコンクリートのへりを摑むことができた。

「よしっ！」遠くからヤナさんの声が聞こえる。「さっさと突入しろ！」

おっさん、簡単に言うんじゃねえよ！　鉄棒とはわけが違うんだぞ！　手の平の汗ですべらないように心を落ち着かせる。足の下には何もない。宙ぶらりんの状態なのだ。

本当にここにアヒルキラーはいるんだろうな？　いなかったらシャレになんないぞ！

八重樫育子は、杉並区の大宮八幡宮から、ここに来るまでの間に、たった二、三本の電話をかけただけでアヒルキラーの隠れ場所を割り出した。「どうして、わかったんスか？」と訊いても、「説明は後。一刻を争うのよ」と言って教えてくれなかった。

それに、あの道のりを十五分で到着したヌマエリのドライビングテクニックも（信号ではパトカーなのでノンストップだったとはいえ）、凄いを通り越して恐ろしかった。平均で百二十キロは出ていたと思う。おれはシートベルトにしがみつき、ずっと歯を食いしばっていた。

なんだかんだ言って、このチームはプロの集団だ。おれも負けてられねえ。

力を振り絞り、へりによじ登った。なるべく音を立てないようにベランダ内へと降りる。カーテンの隙間から中を確認しようとしたが、何も見えない。

どうする？　一か八か、突っこむか？　おれは隣のビルを振り返り、ヤナさんを見た。

コクリと頷き、目は「責任は俺が取る」と語っていた。

そうこなくっちゃ。おれは耳を澄まし、八重樫育子がインターホンを鳴らすタイミングを待った。おれがベランダにたどり着いたことは、ヤナさんが無線で知らせているはずだ。「私が引きつけるから、バネはインターホンを聞いたらベランダから飛びこんで。いい？　銃は使っちゃダメよ。アンタ、下手くそだから」と言われていた。

そんなものいらねえよ。おれにはジジイ直伝の喧嘩殺法があるんだ。

下腹に力を入れ、呼吸を整える。

そのとき、部屋の中からインターホンの音が漏れてきた。ヨーイ、ドンの合図だ。

おれはエルボーでベランダの窓ガラスを割ろうとした。派手な音がしてヒビは入ったが、防犯ガラスで、そうたやすくは割れてくれない。ヒビさえ入れれば、あとは脚を使うまでだ。おれは息を静かに吐き、ヒビが入ったところに狙いをつけた。体重を思いっきり乗せた前蹴りだ。

今度は割れた。穴に素早く手を入れてロックを開錠し、カーテンをはねのける。

おいおい、なんだよ、この部屋……。床も壁もブルーのビニールシートが張りつめてある。背筋がゾッと寒くなった。

こんな部屋には普通の人間は住まない。やはり、ここはアヒルキラーのアジトだ。

アドレナリンが一気に全身を駆け巡った。しかし、部屋には誰もいない。八重樫育子がインターホンを連打しているのが響いているだけだ。

いや……いる。バスルームのほうから、かすかにうめき声が聞こえてきた。女の声だ。まだ生きてる！　あのドアの向こうに、捕えた女とともにアヒルキラーがいる。

ビビるな。おれは絶対に負けねえ。頭にジジイが浮かんだ。車椅子に座り、木彫りの家鴨を撫でている姿ではない。強いほうのバージョンだ。竹刀を構えて、鬼のような形相でおれを睨みつけている無敵のジジイ。

『大事なんは、逃げへんことや』

わかってるよ、ジジイ。その台詞は耳に巨大ダコができるほど聞かされたって。

「うおらぁ！」おれはバスルームのドアにタックルをぶちかました。鍵がぶっ壊れて、はじけるように開く。

いきなり、拳が顔面を襲ってきた。もちろん、予想していた攻撃だ。ジジイの竹刀に比べればアクビが出そうなほどトロい。おれは首の動きだけでかわし、逆に男の顎にカウンターで掌底《しょうてい》を叩き込んでやった。男は後ろに吹っ飛び、洗面台に背中を打ちつける。

ショートカットの女が悲鳴をあげた。赤ん坊を抱いて浴槽の中で体を丸めている。

チクショウ。狭い。ユニットバスかよ。便座やシャワーカーテンが邪魔で、大きな動きが取れない。

男が、のそりと立ち上がった。不自然なほど無表情な顔。顔の筋肉がまったく動いていない。

マネキンかよ、こいつ……。ビー玉のような黒い目がじっとおれを見つめている。首筋に氷水をぶっかけられたみたいな気がした。目の前にいるのは紛れもない化け物だ。今まで対決したどんな悪人よりも、狂気のオーラを身にまとっている。どれだけ人間を殺そうが、罪の意識を一ミリも感じない人間がいる。こいつが、まさにそうだ。

……素手かよ。得意のナイフは使わねえのか。

男が、おれの喉仏にめがけて手を伸ばした。迷いなく、人間の急所を狙ってくる。おれは反射的に、男の右手首を掴み取った。反応が軽い。やっぱりフェイントだ。

が、次の攻撃は、さすがのおれも予想ができなかった。獣のようにガバッと口を開け、おれの頸動脈に嚙みつこうとしてきた。咄嗟に体を捻って避けたが、奴の歯は左肩をかすめ、熱い痛みが走る。

『大事なんは、逃げへんことや』

うるせえ！　ジジイ！

おれは右手で男の左耳を掴み、力まかせに引きつけた。もちろん、狭い場所での喧嘩の仕方もジジイに教わっている。

おれの額が男の鼻にめり込み、グシャリと軟骨が潰れた音がした。

『接近戦は頭突きに限る』

男の体からガクンと力が抜ける。そのまま、洗面台に頭を二度叩きつけてやった。

ジジイ、確かにそのとおりだぜ。

男が、白目をむいて倒れた。ショートカットの女が絶叫する。

おれは、男の両手を背中に回し、手錠をかけた。

やっと終わったぜ……。だが、全身が強張ったまま力が抜けていかない。それでも、左肩の傷がそんなに深くないのは確認した。

とりあえず、男はそのままに、ショートカットの女と赤ん坊を連れてバスルームを出た。玄関のチェーンロックを外してドアを開けると、八重樫育子やヤナさんたちがなだれこんできた。人質が生きているのを確認して、全員が同時に安堵の息を漏らす。

「やるじゃねえか、バネ」ヤナさんが何度も頷きながらおれの左肩を叩いてきた。

「ちょっと……痛いんッスけど……」

「気にするな。今日からお前が伝説だ」と訳のわからない褒め方をする。

シャーさんは、昔の刑事ドラマみたいにグッと親指を立て、ヌマエリは「間におうてよかった」と涙ぐんでいた。

おれの仲間たちをかきわけて、八重樫育子が出てくると、唇を噛み締めながら抱きしめてきた。豊満な胸が押しつけられる。ちょっと、こっ恥ずかしいけど、妙に嬉しい。

「ありがとう」八重樫育子がおれの耳元に、ハスキーボイスで囁《ささや》いた。

(22)

東京都千代田区　午後十時

「おつかれさん。今日は、おふっ、もう帰れ。おふっ」

肩を叩かれ目が覚めた。いつの間にか、喫煙スペースのソファで眠っていたようだ。

「アヒルキラーはどうなったんッスか?」

「あいかわらふ、おふっ、だんまりだ」シャーさんがハッピーターンを頬張りながらむせている。

片手に持っていた缶コーヒーをおれに投げてきた。

「ありがとうございます」

「ハッピーターンも食え。ハッピーになるぞ」シャーさんが自分の指を舐める。「この粉は魔法だな。いくらでも食べたくなる」

おれはハッピーターンのほうは丁重にお断りして、缶コーヒーだけ飲んだ。甘党でジャンクフード好きのシャーさんが買ってきてくれただけに、かなりの甘口だ。いつもなら飲めたもんじゃないが、今日は疲れがハンパないせいで美味く感じる。ちなみに、肩の傷は消毒だけで縫わずに済んだ。

時計を見ると、もう、三時間以上も、八重樫育子はアヒルキラーを尋問していることになる。

犯人は逮捕したものの、まだ全貌は明らかにされていなかった。多村貢とアヒルキラーの共犯関係を証明し、二人がこの先計画していた復讐の内容も聞き出さなければならないし、他に人質がいないのか、さらなる共犯者はいないのか、の確認を急がねばならない。刑事ドラマのように、犯人が逮捕されたから終わりというわけにはいかないのだ。

だが、アヒルキラーは、頑なに黙秘を続けていた。口を閉じ、あの黒いビー玉のような目でじっと八重樫育子の目を見つめたままだ。名前さえ言わない。痺れを切らしたおれは、少し体をほぐそうと喫煙スペースのソファでストレッチをしていたら眠ってしまったというわけだ。

「それにしてもアイツの素顔はひどいな。正直、本物の化け物みたいで驚いたよ」シャーさんが、おれの隣に腰を下ろす。

アヒルキラーは、おれの頭突きで折られた鼻の応急処置をされる際に、顔を覆っていた薄いマスクとメイクを落とされ、素顔を現した。下から出てきたのは、目を背けたくなるような無惨な火傷の痕だった。かぶれているせいか、全体が赤紫に変色して、ひどくただれていた。

「幼少の頃、何があったんスかね？　親に虐待されていたとか」

「おっ。生意気に八重樫の真似でもするつもりか？」シャーさんがハッピーターンを、からかうように一つ投げてくる。シャーさんだけではなく、他の班の刑事たちもアヒルキラーが捕まったので、少し安心しているのがわかる。今日の午前中まであったピリピリしたムードが、だいぶ和らいでいる。

「自分を〝みにくいあひるの子〟だと思って育った、不幸な奴なのかもしれませんね」

「どうだろうな。俺はそうは思わないけど」シャーさんが顔をしかめる。「連続殺人を犯すような奴は、生まれもって、その才能があるんだよ。親の虐待だのトラウマだのとかは、単なる言い訳にしか過ぎない。奴らは、たとえどんな環境で育とうとも立派な殺人鬼になるんだよ。奴らには、人を殺すのが本能の一つとして組み込まれてるんだ。その衝動を抑えることは絶対にできない」

「確かに……そうかもしれませんね」

国分寺のマンションでアヒルキラーと対峙《たいじ》したとき、奴の目の奥に得体の知れない闇を垣間見た気がした。アヒルキラーがマネキンに見えたのも、メイクだけが理由ではなく、人間の心を持っていない何者かがそこに立っているような錯覚がしたからじゃないかと思う。

いきなり、喫煙スペースに、ヤナさんが入ってきた。

「集まってくれ。八重樫から話があるそうだ」

「アヒルキラーが、何か喋ったんですか？」

ヤナさんは首を振りながらタバコに火をつけた。「ありゃ、ダメだ。完全にイカれちまってやがる。長年、刑事をやってきたが、あんなに薄気味悪い奴は見たことがねえ」

「これから何も起きなければ、いいんッスけどね……」

ジジイが口にした〝くま〟と〝にゅうよく〟という言葉がまだ残っている。これがはたしてアヒルキラーの犯行の謎を解く鍵になるのかどうかはわからないが、無視はできない。首謀者の多村貢が死んだ今、アヒルキラーの口を割るのが、ゴールへ向かう唯一かつ最短の道なのだ。

「バネ、お前の祖父さんはどこにいるんだ？」

「仮眠室で爆睡してます」

「起こしてくれ。八重樫が連れてこいってさ」ヤナさんが、タバコの煙を吐き出し、目を細めた。

「ちくしょう。家に帰ってゆっくりとラジコンがしてえなあ」


会議室には係長、ヤナさん、シャーさん、ヌマエリに、おれとジジイが集められた。八重樫育子をのぞいて、全員パイプ椅子に座る。ジジイは車椅子のままだ。

「他の班の刑事は呼ばなくてもいいのかよ」ヤナさんが、ホワイトボードの前に立つ八重樫育子に訊いた。

「呆けた老人の言葉を信じて捜査するなんて上が何て言うかわからないし、そもそもプロファイリングなんてやってるうちの部署は嫌われてるし、変に人を引っ張り込んだら、情報が錯綜《さくそう》して混乱を招くわ。行動分析課が柳川班と勝手に動いてるのも、目をつけられてるしね。今はまず、多村貢とアヒルキラーの真の狙いを把握したいの」

八重樫育子の意見に係長も頷く。アヒルキラーを逮捕できたのは快挙だが、喜ぶのはすべてが解決してからだ。

「真の狙いって何ね?」ヌマエリが不安そうな顔をした。

「このまま無事に終わるとは思えない。アヒルキラーのあの態度は、何かを待っているって気がするの」

待つ? また新たな事件が起きるっていうのか?

「その前に」シャーさんが遮った。「どうやって、アヒルキラーの居場所がわかったのか説明してくれないかな。気になって捜査に集中できないんだよ」

同感だ。種明かしをして欲しい。全員が身を乗り出して八重樫育子が話すのを待った。

「正直に言って、マグレの要素が強かったから、プロファイリングとは言えないわ」八重樫育子が肩をすくめる。「〝ご、ご〟は多村貢にしては簡単すぎるメッセージだと気づいたの。奴らは自分のシナリオどおりに振り回して喜んでいる。おそらく、私たち警察側のプライドを粉々にするのが狙いよ。ネットで「東京の中心」を検索すると、〝東京のへそ〟として大宮八幡宮が出てきたわ。都合よくそこに幼児がいるとは限らないと思ったけど、近くに幼稚園があるってわかって、ヤマを張ったのよ。焦ってたとはいえ、完全に私のミスね」

ヤナさんが舌打ちをし、「なるほどな。胸クソが悪くなるぜ」と吐き捨てるように言った。

「結局そこで、私たちはあのダンボール箱を見せられ、バカにされた。けど、シャーさんが本当の〝へそ〟を聞いてきてくれたんで助かったわ。東京のへそが、公園だと聞いた瞬間、奴が子供を惨殺するのに理想的な場所かもしれないと思った。幸せの象徴である公園で殺人なんてね。で、そっちの〝へそ〟にパトカーで移動中、本庁に電話して、公園の半径五キロ以内にある建物を調べてもらっていたのはご存じのとおりよ。そのとき、《ル・シーニュ》っていうマンションがあることがわかったの」

「どうしてその名前に引っかかったんね？」ヌマエリが眉間に皺を寄せる。

「〝ル・シーニュ〟は、フランス語で白鳥という意味なの」

「確か、童話の〝みにくいあひるの子〟は最後に美しい白鳥になったよな」シャーさんの言葉に、八重樫育子が頷く。

ずっと腕組みをしていた係長が、鼻を鳴らした。

「多村貢なら、そこまで警察をコケにしてくると」

「コケにするというより自分の美意識にこだわる奴じゃないですか」シャーさんがホワイトボードを睨みつけながら言った。

「私もそう思うわ。多村貢は、何もかも綿密に計画し、自分の思いどおり動かないと気が済まないタイプ、いわゆる完璧主義者よ。アヒルキラーが殺した被害者の横に、おもちゃのアヒルを置かせたのも多村貢のこだわりでしょう。しかも奴は自殺してまで、この計画を完成させようとしているくらいだから、細かいところまで、執拗に準備しているはずよ。《ル・シーニュ》という名前を聞いたときには、ピンときたわ。それですぐにその管理会社に電話し、つい最近、部屋を借りた人間を調べてもらったら、借り主が多村貢だった」

「すげえ……」おれは思わず、感嘆の息を呑んだ。あの短時間で、そこまで考え抜いていたなんて信じられない。

ただ、当の本人は、納得いかない様子だ。「運が良かっただけよ」とモジャモジャの頭を掻きむしっている。

「でも、よくフランス語がわかりましたね。それだけでもすげえッスよ」

「わかるわけないじゃない。本庁のデータで調べてもらうときに、半径五キロ以内の建物で《アヒル》と《白鳥》と《多村》と、念のため、《赤羽》と《八重樫》のキーワードに引っかかるよう検索をかけてもらったの。一回目はダメだったけど、マンション名に使われそうな、英語、フランス語、ポルトガル語で調べてもらったら、《ル・シーニュ》がヒットしたってわけ」

「やるねえ」さすがにヤナさんも感心している。

「あの約束は必ず守りますから」

「約束って?」ヤナさんがキョトンとする。

「これから先、絶対に一人も殺させません」八重樫育子が自分に言い聞かせるように宣言した。

「ただ、これは、ラッキーだったことには変わりない。マンションがわかったところで、間に合わなければ母子が殺されていた。クレイジーな運転ができる人間がいなくちゃ、どうなっていたかわからない」係長は、クレイジーな運転をした当人をチラッと見た。

「ありがとうございます」ヌマエリが微笑み返し、すぐ真顔に戻る。

係長が八重樫育子に向き直った。「アヒルキラーの真の狙いは何だ?」

「その鍵は、この二つの言葉にあります」

八重樫育子が、持っていたペンのキャップを外し、ホワイトボードに〝くま〟と〝にゅうよく〟と書いた。

「俺たちには何のことだか、さっぱりわからねえ」ヤナさんが両手を広げる。「名探偵さんの推理を聞かせてくれ」

「推理じゃないわ。科学よ」

彼女はそう言うが、むしろ、手品や魔法の域に近いだろう。彼女には千里眼があるとしか思えない。現代のアヒルキラーは捕えた。次は、過去の〝家鴨魔人〟がジジイじゃないと証明して欲しい。

ジジイは、さっきから、部屋の隅で車椅子に座ったまま熟睡している。相変わらず、木彫りの家鴨は大事に抱えたままだ。何だか、外敵から守っているようにも見える。今のジジイには、木でできたアヒルと生きたアヒルの区別もつかないのか。

「じゃあ、その科学とやらを聞かせてくれ」係長が八重樫育子をうながす。

「将棋の戦法に〝穴熊〟っていう手があるの」

ホワイトボードの〝くま〟から矢印を引き〝穴熊〟と書く。聞いたことのある言葉だ。

「王将を隅に置いて、味方の駒でぐるりと囲むやつだよな」シャーさんが言った。

「最強の守りの布陣だそうよ。〝ご、ご〟のメッセージが将棋用語だった以上、〝くま〟はこれだと思うの」

八重樫育子が、ペンの先で〝穴熊〟の文字を指した。

「将棋に関する多村貢のこだわりなんやろね」ヌマエリが、豊満すぎる胸の前で、窮屈そうに腕を組む。「でも、自分が棋士やったにしろ、こがいにかたよっちょるのは異常やない？」

「奴の復讐の理由が、将棋にあるからじゃないかしら。祖父の多村善吉と光晴さんとの過去にも、将棋が深く関係あるんじゃないかと私は思うわ」

全員が、ジジイを見た。軽くイビキをかきながら体を揺らしている。

おれが生まれる前に、何があったんだ？

「仮眠室に戻したほうがいいんじゃねえか」ヤナさんが八重樫育子に言った。

「このままでいいわ」

「よくねえだろ。風邪をひいちまったらどうすんだよ。年寄りってのはすぐ肺炎になるんだぞ。バネ、連れてけ」

「うぃッス」おれは車椅子の後ろに回ろうとした。

「バネ、動かないで。今、ちょうどわかりやすいから」

「はい？　どういう意味ッスか？」

「〝穴熊〟よ。王将を味方の駒が守るって言ったでしょ」

ジジイは部屋の隅にいる。囲んでいるのは……。おれたちだ。

「俺たちが駒になるわけだね」シャーさんが自嘲的な笑みを浮かべる。

「得体の知れない何かから光晴さんを守れとでもいう意味か？」ヤナさんが八重樫育子に訊いた。

「……かもしれません」

「ずいぶんと曖昧な答えだな」係長が、コキコキと首を回す。だいぶ、疲れがたまってそうだ。

「正直なところ、まだ確証は持てません。〝にゅうよく〟に至っては、何の手がかりも摑めていない状態です」

「少し神経質すぎんか？　アヒルキラーは身動きが取れないんだぞ。次にまた何か事件が起こると決まったわけじゃないし、あくまで俺たちの推測だ。とりあえず、今日は家に帰って休むべきだ」

八重樫育子が胸を張り、グイッと係長に近づいた。「話はまだ終わってません」

「君の話は仮定が多すぎる。これ以上、運任せの捜査はできない」

「運ではありません。予測です。犯人の行動の先を押さえるんです」

「その犯人の一人は死に、もう一人はここに捕捉されてるじゃないか。他の誰が、光晴さんを襲うって言うんだよ」係長は自分で言いながら青くなった。「……まさか、まだ共犯者がいるって言うのか」

「可能性は捨てきれません」

「本当にいたらシャレになんねえな」ヤナさんがパイプ椅子から立ち上がり、腰を伸ばす。「で、結局、俺たちはどうすればいいんだ？」

「今晩から光晴さんを守るべきです」

「守るって……どうやってだ？」

「全員で、仮眠室に泊まってください」

さすがにこれにはブーイングが出た。ヌマエリなど、露骨に親指を地面に向けている。

「ダメだ」係長が強い口調で却下した。「今日は全員、キチンと家に帰るんだ。風呂にゆっくりと浸かって明日に備えろ」

しかし、八重樫育子も一歩も退こうとしない。「多村貢は必ず何かを仕掛けています。甘くみないでください」と食い下がる。

「くどい」係長がピシャリと言った。「奴は死んだんだ。アヒルキラーの犯行も阻止した。我々の勝ちだろ」

そのとき、会議室のドアが勢いよく開いた。アヒルキラーを見張っていた刑事が動揺した顔を覗かせる。

「どうした？　何かあったのか？」

「……アヒルキラーが喋りました」

パイプ椅子に座っていた全員が立ち上がった。八重樫育子が顔色を変えてドアに駆け寄る。

「奴は何て言ったの？」

「八重樫さんと赤羽さんに伝言があるから呼んで欲しいと……」

おれたちは会議室を飛び出し、取調室へと走った。ドアを開けると、アヒルキラーが、さっきまでの無表情とは打って変わり、穏やかな笑顔で待っていた。

「いきなり、話す気になったわけ？」

八重樫育子は椅子に座らず、アヒルキラーの背後に回った。おれは、奴の顔をしっかりと見るため、正面に立つ。係長やヤナさんたちは、隣の部屋からマジックミラー越しにこちらのやりとりを見ている。

「伝言って何？　多村貢からメッセージをことづかってるの？」

アヒルキラーがゆっくりと頷き、口を開いた。

「〝穴熊〟が完成したので、見つけてください」

驚くほど滑らかで美しい声だった。その醜い顔とはあまりにもギャップがあった。ただし、台本の台詞を暗記したかのような棒読みだ。

「完成した？　どういう意味？」

アヒルキラーが、嬉しそうに目を細めて続ける。「〝うつくしいもの〟が守られている」

何のことか、さっぱりわからない。こんな奴とまともな会話が成立するのだろうか。

八重樫育子は表情を変えず、アヒルキラーの背後に立ち、その後頭部を見つめている。多村貢の計画を読み取ろうとして、頭をフル回転させてるんだろう。その静かな表情からは想像もつかないくらいに。

この立ち位置は、八重樫育子の指示だった。とにかくおれは、アヒルキラーを前から睨みつける役回りだ。質問するのは彼女だけ。彼女曰く、「人間は後ろにいる相手に上手く嘘をつけないものなの」らしい。

「その〝うつくしいもの〟を、誰が守っているというの？」

「もちろん、俺たちだ」アヒルキラーがおれの顔を見ながら答える。

蛍光灯の下、アヒルキラーの顔をじっくりと観察した。右の瞼がめくれあがり、眉毛はなく、鼻の頭は軟骨が少し溶けたみたいに曲がっている。額と頬、顎の先の皮膚が化膿していた。こうやって座っているのを見ると、バスルームで向き合ったときよりも華奢《きやしゃ》に見えた。

「俺たちっていうのは、あなたと多村貢ってこと？　こんなところにいたら、守ろうにも無理があるわね」

「すでに俺たちのやり方で守っている」

八重樫育子が挑発的に笑った。「どうせ、そのやり方とやらは教える気はないんでしょ？　てっきり穴熊っていうのは、私たちが光晴さんを守ることを言ってるんだと思っていたわ」

この男は、一体何者なんだ？　所持していたのは、複数の刃物と数万円の現金、国分寺のマンションのキーだけだった。指紋も警視庁のデータにヒットせず、身元がまったくわからない。

アヒルキラーが自信に満ち溢れた表情で言った。「多村貢は、お前の家に行ったんだろ？　実はあれも、奴の〝予定どおり〟なんだよ」

八重樫育子の目に一瞬、戸惑いの色が浮かぶ。すぐに気を取り直し、アヒルキラーの後ろからおれの横へ回ってきた。

「調子に乗ってるとぶっ殺すよ」

「無理だね。そんなことをしたら〝うつくしいもの〟が台無しになると、あんたなら理解できるはずだ」

八重樫育子が目を真っ赤に充血させ、カタカタと小刻みに震えだした。いくら鈍いおれでも、彼女が必死で恐怖を堪えているのがわかった。

「その顔を多村貢に見せてやりたかったな」

「ど、どうしたんッスか？　何かあったんッスか？」

八重樫育子はおれの質問を無視し、自分のケータイで電話をかけだした。

取り調べ中に、何やってんだよとは思ったが、目を大きく見開き、呼吸が荒くなっている彼女の様子を見ると、これ以上、声を掛けることができない。

取調室のドアが開いた。異変を感じ取ったヤナさんたちが入ってくる。

「八重樫！　どこにかけてるんだ！」

「てめえ！　何をしたんだよ！」シャーさんが額に血管を浮かべ、アヒルキラーの胸ぐらを摑んだ。

「シャー！　やめろ！」係長とおれが、シャーさんをアヒルキラーから引きはがした。

八重樫育子が、虚ろな目をして電話を切った。パイプ椅子に座り、アヒルキラーの顔に自分の顔を近づける。

「私の息子をどこにやったの？」

「安心してくれ。まだ死んではいない。棺に入れられて、土の中にいる。〝穴熊〟で駒に埋もれている王将のようにな」

そこにいる全員が凍りついた。アヒルキラーが、三時間以上にもわたって黙秘していた理由がわかった。八重樫育子の息子を誘拐し、土に埋めるまでの時間を稼ぎたかったのだ。

おれは八重樫育子の家で会った息子の顔を思い出した。妙に落ち着いた目やモジャモジャの髪まで、母親にそっくりだった少年。

誰が誘拐した？　これで間違いなく、あと一人以上は共犯者がいることになる……。

八重樫育子は目を閉じ、大きく息を吐いた。

「ルールを説明してちょうだい。どうせ、多村貢から聞いてるんでしょう？」

「ご名答」

これで、完全にアヒルキラーのペースになってしまった。

「まず最初に聞かせて。酸素はどれだけもつの？」

「棺に酸素ボンベが積んである。ちょうど、明日の正午までもつように設定されているよ」

「それまでに捜し出せばいいのね」

八重樫育子が目を開け、アヒルキラーを睨みつける。怒りで真っ赤に充血した右目から一筋の涙がこぼれた。

第六章　家鴨魔人の死

（一九五二年　八月三十一日）

大阪市東区　午前二時

俺は深夜の大阪市警視庁の資料室に忍び込んでいた。家鴨魔人に殺された娼婦たちの資料を見るためだ。

「光晴さん、ホンマ勘弁してくださいよ。百田さんにバレたら、僕がぶち殺されるやないですか」

俺を案内してくれた若い刑事が、しきりに資料室の入り口を気にしている。一昨日、百田から取り調べを受けた際、調書の作成を担当していた奴だ。百田に幕の内弁当を奪われた恨みがあるだろう、と、無理やり協力させていた。もちろん内密にだ。

谷町の盲人の屋敷から飛び出した俺は、多村善吉を必死で捜したが見つからなかった。新世界の貸本屋、『一二三堂』の二階の下宿にも、なじみの飲み屋にも、あらゆる将棋クラブにもいなかった。

とてつもなく嫌な予感がする。多村善吉はすでに殺されているのか、それとも……。

「これで五人分揃ったでしょ。早くここから出ていってください」若手の刑事が急かす。

「悪かったな。明日には必ず返す」

「ちょっと待ってください。もしかして、それ持って帰る気でっか？」

「当たり前やろ。ゆっくり読みたいねん」

「あきまへんって。僕がクビになるやないですか」声を潜めながらも噛みついてくる。

「心配すな。そのときは俺も一緒や」

「巻き添えにすんのはやめてください。僕は関係ないんですよ」

それでも刑事か？　家鴨魔人を捕まえたくないんか？　ケガしてなければ、コイツを殴って気絶させているところだ。

「わかった。すぐに読むから十五分だけくれ」俺は怒りを堪えて妥協した。「どこかええ場所はないか？」

取調室。一昨日、百田に散々痛めつけられた場所。壁に比較的新しい血痕が残っている。俺の血だ。百田の圧倒的な暴力を思い出し、軽く吐き気がした。

「十五分経ったら戻ってきますからね。大人しく資料を返してくださいよ」

若手の刑事が苦虫を噛み潰したような顔で部屋を出ていった。

俺は机の上に、五つの資料を並べた。堀江、船場、西成、難波、そして玉造にある俺の部屋……。その五つの場所で、五人の女が殺された。全員が娼婦で、遺体の横には木彫りの家鴨が置かれていた。

この資料の中に答えはあるのか？　自分の潔白を証明するには、何としても真犯人を見つけ出さなくてはいけない。だが、それは同時に、これらが多村善吉の犯行だということを明らかにすることなのかもしれないのだ。

途端に、猛烈な自己嫌悪が襲ってきた。

何で、俺はたった一人の親友さえも信じてやることができへんねん。胃の底が熱くなり、自分が許せなくなる。

落ち着け。時間がないんや。今は資料に集中せんかい。俺は頭の中から邪念を追い払って、目の前の資料を順に読んだ。

五人の被害者たちは、鋭利な刃物で顔面を切り刻まれている。だが、直接の死因はともに絞殺。犯人は首を絞めて殺してから、わざわざ顔に傷を作っているのだ。

一体、何のために？　目的は殺すことやないんか？

鑑識の結果によれば、五人中三人の首の骨が折れていた。相当に強い力で絞められたことになる。だが、多村善吉は普段から将棋の駒しか持たないから、腕っぷしはそこら辺のやんちゃ坊主よりも弱い。

しかし、安心はできない。人間は人を殺《あや》めるとき、本人でも思いもよらぬ力を発揮するものだ。「こんな優男が？」と言いたくなるような奴が、目を疑いたくなるほど残忍な事件を起こす例は、跡を絶たない。

全員が強姦されていないことにも意味があるはずだ。俺は百田の言葉を思い出した。

『お前、決まった女はおんのか？　おらんやろ？　お前の変態ぶりについていけへんで、いつも捨てられるんとちゃうか？　どや、図星やろ？』

犯人は己の性的欲求を満足させるために殺したのか？

あくまでも刑事の勘だが、違う気がする……。俺は時間ぎりぎりまで資料をむさぼるように読んだ。

家鴨魔人の獲物が、実は、最初から女たちではなく俺なんじゃないかということは、五人目の殺人が俺の部屋で起きて以来、ずっと感じていたことだ。俺を犯人に仕立てたい奴がいる。俺を恨んでいる人物は誰だ。ここまで俺を貶め、痛めつけたかった人物……。

遺体の顔につけた不自然な傷は、世間に事件の恐ろしさを広めるためではないのか。木彫りの家鴨を傍らに置いたのは、その異常性によってさらに注目度を増すため。娼婦を選んだのは容易《たやす》く二人きりになれて殺しやすいからだ。木彫りの家鴨を作っている職人、李の元に「多村善吉」と名乗る男が現れたのは、事件と俺をつなげるためだ。李は盲人なのだから、木彫りの家鴨をもらいに行かせるのは誰でもいい。今になって考えてみると、李が多村善吉に「将棋を教えてもらった」という話も妙だ。そもそも、多村善吉は人に将棋を教えない。いつも、一人で指している。李のところに行ったのは、多村善吉を名乗る別の人物と考えるのが筋じゃないか。

そう推理していくと、すべて辻褄が合ってくる。

そして、今、重要なことは、木彫りの家鴨が、あと一つ残っているということだ。つまりもう一人殺されるということ。一体誰が殺されるのか。

——多村善吉が殺される。

口封じのために。そして、家鴨魔人の正体は俺だったんだという事実を仕立てあげられてしまう。『娼婦たちと親友を殺した殺人鬼』として。

娼婦たちと自由自在に会え、殺人を犯しても捕まらず、何よりも俺を激しく憎んでいる人物。

そんな奴は、この世に一人しかいない。

百田が家鴨魔人だったのだ。

「光晴さん、十五分経ちましたよ」若手の刑事が不機嫌な顔で入ってきた。「もう、諦めてください」

「諦めるわけないやろ」俺は立ち上がり、資料の束を渡した。

若手の刑事がため息をつく。「次は何をすればええんです?」

「百田が入っている病院まで送ってくれや」

大阪市南区　午前五時

ホンマやったら、俺が入院したいぐらいやで。

俺は全身の痛みに歯を食いしばりながら、百田の病室を探した。消灯されているので、病院内は薄暗い。

受付を通さず、裏口の窓を石で叩き割って侵入させてもらった。正面は、百田一派の刑事が見張っているかもしれず、となると厄介なことになるからだ。

おそらく、百田は焦っているはずだ。俺が昨日、タレこみ屋の新井と会ったことはすでに耳に入っているだろう。新井は怪しい。新井が、李の元に俺を連れて行ったのは、わざとだと考えたほうが自然ではないか。

俺は、百田の書いた台本どおりに、この病院におびき寄せられたのかもしれない。ナイフぐらい持ってくればよかったか……。

壁に沿って、忍び足で冷たい廊下を歩く。いきなり拳銃で撃たれるのだけはゴメンだ。

徐々に夜が明けてきた。窓から差し込む柔らかな光で、若手の刑事が描いてくれた病院の見取り図を確認する。

あそこだ。ようやく百田の部屋が見つかった。

若手の刑事の話では、個室のベッドにふんぞり返り、筆談で俺のことを「殺す」とほざいているらしい。俺が割り箸で喉に穴を開けたせいで、声が出せないのだ。

さあ、いよいよや。腹を括らんかい。答えはあの部屋にあるねん。

『笑え、笑え。何とかなる』俺は絹代の笑顔を思い出した。この状況でも、笑わなあかんのか……。伝説の刑事になるのも楽やないで。

俺は、固まっている顔の筋肉を無理やり指でほぐし、強引に笑顔を作った。鏡を見なくとも、ぎこちないのがわかる。

これが、百田の罠であれば、俺の命も危ない。だが、多村善吉の行方がわからないからには、この道を通らぬわけにはいかない。多村善吉は絶対に殺させない。

俺は息を潜め、音を立てないよう百田の病室の扉を開けた。

百田がベッドで寝ている。他に人影は見えない。よし、先手を取った。百田も、まさかこんな夜明け前に俺が来るとは読めなかったのだろう。叩き起こして、すべてを明らかにし、多村善吉の居場所を訊きだしてやる。

そう意気込んで病室に足を踏み入れた瞬間、足元がヌルリと滑った。俺は体勢を崩して、強く尻餅をついた。

床が濡れている。生温かい液体が、俺の手の平やズボンにまとわりつく。そして、独特の鉄の匂い。

……まさか。俺は四つん這いになりながらも何とか立ち上がり、ベッドの枕元の電気スタンドを点けた。

俺は絶句した。

ベッドには首を一文字に切られた百田の巨体が横たわっていた。俺が割り箸で刺した傷がどこにあるのかわからないほど、切り口がぱっくりと割れている。百田の血はベッドから滴り落ち、床にどす黒い水溜りを作っていた。

百田の腹の上に、見覚えのある物があった。それは、まるで俺がここに来ることを見透かしていたかのように置かれていた。

木彫りの家鴨が、じっと俺を見つめている。

金縛りにあったように、動けない。呼吸の仕方もわからなくなるほど、愕然としていた。目眩のあまり、病室の壁がグニャリと曲がる。

百田は家鴨魔人ではなかった。

深く息を吸い込み、自分を落ち着かせた。床を打つ百田の血の音が、ピチャピチャと響いている。殺されて、まだそれほど経っていない。早くこの場所から離れろと頭で命令するのだが、体が反応してくれない。

それにしても、酷い殺し方だ。抵抗のあとがまったくない。熟睡してるところを狙われたのか。百田は、自分が殺されたことに気づいてないだろう。

一体、誰が家鴨魔人やねん？

今回は娼婦ではなく、百田を殺した。百田を殺す必要があったのだ。

何のために？

俺を家鴨魔人に仕立てるためや。誰が考えたって、今百田を一番殺したい奴がいるとしたら、俺だ。

遠くから廊下を走る複数の足音が聞こえてきた。さすがに裏口の窓を割った音で気づかれたか。この部屋に侵入したのも誰かに見られていたのかもしれない。明らかに、この部屋に向かってきている。

金縛りが解け、視界が定まる。瞬時に部屋の中を見回したが、家鴨魔人が残した証拠らしきものは見当たらない。

早く逃げろ。今捕まったら、どんな言い訳も通らへんぞ。

俺は、咄嗟に、ハンカチで木彫りの家鴨をくるんで手に取った。望みは薄いが、犯人の指紋が残っているかもしれない。

病室の窓は、外から格子状の柵が取り付けられている。中から出るのは難しい。

心臓を本当に鷲掴みにされたかのように、胸が痛くなってきた。こめかみが激しく脈打っているのがわかる。

足音が、どんどん近づいてきた。「急げ。絶対に、逃がすな」と男の声もする。

絹代、俺に力を貸してくれ。俺は、割烹着姿の絹代が、豪快に笑っている様を思い浮かべた。

笑え、笑え。何とかなる。

俺は窓から離れ、病室の扉へと突進した。逃げ道を塞がれているのなら、正面突破で勝負してやる。

足音が病室の前で止まるのを見計らい、勢いよく扉を開けた。グシャリとした衝撃が伝わり、人が倒れた音が聞こえる。

俺は廊下へと飛び出した。警棒を持った病院の守衛と鉢合わせになる。

警官ではなかった。どうりで駆けつけるのが早いはずだ。とりあえずは、銃で撃ち殺される心配はない。

「う、動くな！　て、て、て、抵抗したら、あ、あかんど」

かわいそうなくらい怯えて、腰が引けている。無理もない。少し明るくなった病室に、血の海が広がっているのは見えていた。かなり若いようだし、勤め始めたばかりの新人だろう。

扉で撥ね飛ばしたもう一人の守衛が、うめき声を漏らしながら起き上がった。こっちはかなりの巨体だ。体つきから見て、間違いなく柔道の経験者だ。

喧嘩のコツは想像力だ。頭を使って、相手の一歩先を行く。攻撃を受けてから、相手の強さを判断しても遅い。致命的な一撃を食らったら、そのままやられてしまう。経験と勘を生かし、次の攻撃を予測しなければ勝てない。

巨体の守衛が右手を伸ばし、俺の奥襟を掴んだ。もの凄い力で引き寄せられる。

読みどおりだ。上背のある柔道家は、ほぼ反射的に相手の奥襟を取ってしまうのだ。

俺は力に逆らわず、逆に勢いをつけて、巨体の守衛の鼻っ柱に頭突きを叩き込んだ。グチャリと軟骨が潰れる音がする。

巨体の守衛が短い悲鳴を上げてひっくり返り、鼻を押さえて廊下を転げ回った。十分に戦意喪失しているので、とどめを刺す必要はない。

俺は振り返って、若造の守衛を睨みつけた。「そこをどけや。お前もパチキが欲しいんか」

「ははは、はい」若造の守衛が、ガチガチと歯を鳴らしながら、廊下の壁にへばりついた。

「お前なんかに言うてもしゃあないことかもしれんけど、耳の穴かっぽじってよう聞けよ」

「な、なんでしょうか」

「俺は家鴨魔人やない。必ず真犯人を捕まえる。あとからやってくる警視庁の奴らには、そう伝えてくれ」

「かしこまりました」若造の守衛が無抵抗で声を裏返させる。

百田が家鴨魔人じゃなければ……。

多村善吉の顔が、脳裏を過《よぎ》る。一番、恐れていた答えにたどり着いてしまったのかもしれない。

俺は動揺を抑えきれず、闇雲に廊下を走り出した。

でも、もはや疑いの余地はない。何で、こんなことになってしもてん。多村善吉とあれだけ一緒に過ごしながら、奴の心に潜む闇に気づかへんかった。そして、何より——。どうして俺に罪を被せようとするねん。

恨みにしては、深すぎる。人を殺してまで、晴らさなければいけないほどだったのか。俺が何をしたっていうんだ。

恐怖よりも悲しみで、胸が潰れそうだ。たった一人の親友が連続殺人鬼だなんて、これほどまでに馬鹿げた話が他にあるだろうか。

悔しくて涙が溢れてきた。折れた鼻をすすり上げるたびに激痛が走る。

病院を出てもひたすら走った。背筋を伸ばすことができず、老人のように前屈みになりながら、歯を食いしばり痛みを堪える。

いつのまにか、夜が明けていた。朝陽が身も心もズタボロの俺を照らす。電信柱に立てかけられていた自転車を拝借し、俺は朝陽に向かって懸命にペダルを漕いだ。

多村善吉が家鴨魔人だったのか。あの端整な顔の下に、悪魔が隠れていたのか。俺には信じられない。確かに、真剣勝負で将棋盤に向かうときは鬼のような形相にはなるが、普段は、笑っているのかも、ぼうっとしているのかもわからない顔で、虫も殺さぬ雰囲気をまとっているというのに。

「どこにおるねん」

俺は呟き、それから人っ子一人歩いていない街に向かって叫んだ。

「多村！　どこにおるんじゃ！」

大阪市天王寺区　午前八時

俺は玉造にある三光神社の石段に座り、絹代が来るのを待っていた。絹代は実家の定食屋の仕込み前に、毎朝、お参りを欠かさないのだ。

多村善吉を捜し出そうにも、どこに現れるか見当もつかなかった。病院から自転車で、新世界の『一二三堂』の二階にも行ったが、いるはずもない。

途方に暮れた俺は、どうすればいいのかわからず、無性に絹代に会いたくなった。優しい言葉で励まして欲しいわけではない。もちろん、家鴨魔人の正体が多村善吉だったと告げるなんてことはしない。ただ、絹代の笑顔を見られればそれでよかった。

予感がする。もし、警察よりも先に、俺が多村善吉を発見すれば、ただじゃ済まないだろう。奴の正体は、五人の娼婦と現職の刑事を殺した怪物だ。逮捕しようとすれば、何らかの反撃を受け、下手を打てば俺の命も危ない。それでも、他の誰でもない、俺の手で多村善吉を捕まえたかった。

俺の心を映すかのように、灰色の雲が空を覆い始めた。ジメジメとした生温かい風が漂い、雨が降る前の独特な匂いがする。いつもなら耳をつんざくほどに煩《うるさ》い蟬の鳴き声も、今朝は不思議としなかった。

ようやく、絹代が母親とともにやってきた。二人とも割烹着を着ている。店の仕込みの前に、朝食の準備でもしてきたのだろう。

俺に気づいた絹代が、驚いた顔で近づいてきた。

「みっちゃん、こんなところで何やってんの」

「おはよう」

絹代の顔を見た途端、緊張で強張っていた気持ちが、あっという間に綻《ほころ》んでいくのがわかった。

「おはようとちゃうやろ。何があったんよ、真っ青な顔して」絹代が泣きそうな顔で俺を見つめる。「家鴨魔人はどうなったん」

「真犯人がわかった」

絹代の目がわずかに見開かれる。母親に悟られないように、恐怖を必死で堪えている。

「先にお参り行ってるで」

絹代の母親は、俺たちが恋仲なのを当然知っている。ニヤつきながら俺たちの横をすり抜けていった。でっぷりと肥えているからか、石段を上るたびに「よっこいしょ」と掛け声を出す。

絹代は、母親が離れたのを確認し、話を続けた。

「犯人は誰よ。うちが知ってる人？」

反射的に絹代から目を逸らしてしまう。嘘は、極端に苦手だ。嘘のつけないこの性格で、今までもずいぶんと損をしてきた。

「知ってる人なんや……」

俺は、頷くしかなかった。

「でも、誰かは教えてくれへんのやろ」

「何でもお見通しやねんな」つい、笑ってしまう。

「それぐらいのことも見抜けんかったら、伝説の刑事の嫁は務まらんわ」絹代も、無理に笑ってくれた。

少しだけ、雲に隙間が出来て太陽の光が漏れた。ちょうど、絹代の顔を半分だけ照らし、影を作る。

「もうちょっとで終わるから待っててくれや」俺は石段から立ち上がり、絹代の肩を抱き寄せた。

「はよ、嫁にもらってくれな、どっか行ってまうで」絹代の体は震えている。

俺は、絹代を安心させるために顔を胸に引き寄せ、頭と髪を撫でてやった。絹代からは、かすかに石鹸の香りがする。いつも触れているはずなのに、ふくよかな肉の感触が、懐かしくて仕方がない。

「ええ匂いや。ほんまにええ匂いがするわ」

「うち、みっちゃんに内緒にしてたことがあるの」

「えっ、なんやねん」

「みっちゃんは、いっこも我慢がきかんからな」絹代が、顔を上げて笑った。

「教えてくれや。気になるやんけ」多村善吉と対決する前に、気がかりを残したくない。

絹代は焦らすように俺の目を覗き込み、言った。

「赤ちゃんができたんよ」

「ほ、ほんまかいな」

驚きのあまり、腰の痛みも忘れて背筋を伸ばした。絹代は、顔を真っ赤にしながら、喜びを溢れさせている。

「こんな嘘ついてもしゃあないやろ」

「男か女かどっちやねん」

絹代が、恥ずかしそうに俺の胸を叩く。「アホ。できたばっかりやのにわかるわけないやんか」

「それもそうやな……」

全身の力が一気に抜けてきた。こんな状況で当たり前なのかもしれないが、父親になったという自覚がまるで湧いてこない。

「赤ちゃんができたこと、まだ誰にも話してへんのよ。一番最初に、みっちゃんに聞いてもらいたかってん」

「そうなんや」どう表現していいかわからなくて、上手く言葉にできない。

「みっちゃん、嬉しくないの?」

「嬉しいに決まっとるがな」

もう一度、絹代を抱き寄せたら、すでに体の震えが止まっていた。母になるって自覚すると、強くなるもんなんだろうか。

これで、絶対に生きて帰って来なくてはならなくなった。

「絹代。お参りせなあかんで」

石段の上から、絹代の母親の声が聞こえてくる。絹代が俺から離れ、いつもの豪快な笑顔を見せた。

「うちも、二十年後にはあんなオバハンになるんかな」

俺も、絹代と共に石段を上り、神社にお参りをした。絹代の母親は、相変わらずニヤついていた。母親の勘って、娘が身ごもったこともわかったりするもんだろうか。

俺はポケットに入っていた小銭を賽銭箱に投げ入れ、手を合わせた。

無事に、俺と絹代の赤ん坊が産まれますように。

ふと、男の子だったら、健吾という名前にしようと思った。刑事の息子らしく、健やかに逞しく育って欲しい。もし、女の子だったら……健吾は、孫にまで取っておくか。

お参りを終えた俺の背中を、絹代の母親がどんと叩いた。

「いつまでもこんなとこでグズグズしてたらあかんやないの。今日は大事な日やねんから」

俺は絹代と顔を見合わせた。何を言われているのかわからない。

「大事な日って何や？」

「何を寝ぼけたこと抜かしとんのや。大阪一の将棋指し、多村善吉が日本一になる日やろが」

大阪市浪速区　午前十時

新世界にある『将棋クラブ三銀《さんぎん》』の周りには、多村善吉と鹿野重雄七段の対決を待ちわびた見物人たちが集まっていた。

「おっ、みっちゃん」一人の男が、見物人の輪の中から俺の元へ寄ってきた。「えらいことになってもうたで」

多村善吉が行きつけにしている床屋の親父だ。いつもは無愛想な男なのだが、今朝は妙に興奮している。

「どないしたんや」

床屋の親父だけでなく、見物人たちの様子がどうもおかしい。一様にソワソワとして落ち着きに欠けている。

「善が来ないんや。もう、勝負の時間は始まってるちゅうのに」

「善の奴、逃げたんちゃうか」隣にいた串カツ屋のおっさんが、ぼそりと言った。

「アホかワレ。善がそんな人間やないのは、ここらの連中ならみんな知ってることやろが。善は、たとえ火事の中でも、将棋盤から離れんような男や」

「そりゃ、わしもよう知っとるけど……」

串カツ屋のおっさんだけではなく、新世界、いや、大阪中の将棋指しが多村善吉を応援している。通天閣が、真下にあった映画館『大橋座』の火災でやられ、太平洋戦争の軍需資材の足しにと解体されてから、新世界は新しいシンボルを求めていた。見物人たちの中には、ストリップ小屋の踊り子や、うどん屋の婆さんのような、明らかに将棋を指さない者の顔もある。

多村善吉は、ここに住む連中の夢と希望を、一身に背負っているのだ。

俺は見物人を押し分け、将棋クラブの中を覗き込んだ。ガラス張りになっていて、店内が一望できる。一番奥の対局席に、和服を着た男が葉巻をふかして、扇子でせわしなく顔をあおいでいる。鹿野重雄七段だ。ここからでも、怒りを懸命に堪えているのがわかる。

「対局は何時からや」

俺は、ちょうど横にいた顔見知りの薬屋のおっさんに訊いた。

「九時からや。このままやったら、一局目は鹿野七段の不戦勝になってまうがな」

薬屋のおっさんが、険しい顔つきで竹パイプのタバコの煙を吐き出す。

「何番勝負やねん」

「なんや、みっちゃん、そんなことも知らんのかいな。七番勝負や」

こういう場合の将棋は、一局で勝敗を決めることはない。互いの精根尽きるまで、徹底的に指し合うのが常だ。朝の九時から始めたとしても、今日中に、すべての勝負は終わらないだろう。前回、多村善吉が鹿野の弟子を叩きのめしたときは、丸々二日かかる激闘だった。合間に食事や仮眠を取るとはいえ、終わったときの多村善吉はげっそりとやつれていた。

「それにしても、みっちゃん。家鴨魔人は捕まったんか」

俺は唇を噛み締め、首を振った。

薬屋のおっさんが、同情した顔つきで俺を見る。「周りには、みっちゃんを悪く言う奴もおるけどわしらは信じとるからな」

三日前に、俺の部屋で娼婦の死体が発見されたのは知れ渡っている。早く、この場所から離れなければ、警察に告げ口をする輩も現れるだろう。

「おい、コラッ、光晴。多村のガキはどこに行ったんじゃ」

酒癖が悪くて有名な寿司屋の大将が、俺に摑みかかってきた。熱烈な将棋ファンで、今回の世紀の対決を心待ちにしていた一人だ。元来気の弱いところがあり、市場に魚の仕入れに行く前にも呑んでしまう。酔わなければ、人と話すこともままならない男だ。

「知らんわい。俺も捜しとんねん」

「朝早く、出島におったけどね」

「何やと？　ホンマの話かそれ」

逆に俺が、寿司屋の大将に摑みかかった。出島とは、堺市にある漁港だ。戦争が終わったばかりで、福島や本場《ほんじょう》などの卸売市場が閉鎖されている今、寿司職人たちは、直接漁港に買いつけに行っている。

「お、おう。海岸沿いで呑気に釣りをしとったで。わしゃ、てっきり、勝負の前に緊張をほぐしてんのかと思ったわ」

「話はせんかったんか」

寿司屋の大将は、俺の剣幕に戸惑いながら答える。

「わしも仕事中やったからの。そら、『今日は頼んだで。東京もんに負けたらあかんど』ぐらいの声はかけたで」

「善はどんな反応をしとった」

「いつもどおりや。わしに向かって手はあげよったけど、あとは、ぼうっと海を眺めてるだけやったな」

直感が働いた。これは、多村善吉から俺へのメッセージだ。将棋好きの大将なら、必ず将棋クラブに顔を出す。もちろん、俺も現れることを見越して、わざと、出島で大将に目撃されたのだ。静かな場所で、二人きりで会いたいってことか。

今の俺が家鴨魔人の容疑をかけられていることは多村善吉も知っている。であれば、警視庁の人間を連れていけないことくらいわかっているはずだ。ここは、俺一人で行くしかない。

さすが、天才将棋指しや。何手先までも読んでやがる。

「大将、おおきに」俺は、将棋クラブを離れようとした。

「どこ行くねん。お前は善の一番の親友やろ。応援せんでもええんか」

親友という言葉が、巨大な刃物と化して胸に突き刺さる。俺は、その痛みに必死に耐えながら答えた。

「刑事の仕事があるんや」

赤ら顔の大将が、据わった目で俺の顔をじっと見る。

「仕事がそんなに大事なもんか。親友を見捨てるんか、お前は」

「見捨てるわけないやろ。俺が助ける」

大将が、少し安心した表情になり、俺の腫れあがった鼻を指した。

「あんま無理すんなや。それ以上、ぶさいくになったら絹代ちゃんも愛想つかすど」

「わかってるわい。俺は伝説の刑事になるんや。これぐらいでへこたれてたまるか」

大将と薬屋のおっさんが、笑みを浮かべて頷いた。

「さすが、みっちゃんや」

「大将、一つ頼みがあるねん」

「おう。わしにできることやったら何でも言わんかい。みっちゃんには、ごっつい借りがあるからのう」

賭け将棋で勝った金で多村善吉と寿司を食いに行ったとき、たまたま因縁をつけにきた地回りのヤクザを追い払ったことがこんなときに役立った。

「善を捜しに行くから、トラックを貸してくれ」

俺と大将は見物人の輪から抜け出し、将棋クラブをあとにした。商店が建ち並ぶ狭い路地を抜け、寿司屋の裏手にある空き地へと向かった。

「善を見つけたら、首根っこを摑まえてでも連れて来いよ。懸命に戦って負けるのはかまへん。でも、逃げるのだけはあかん」

俺は頷き、大将のオート三輪に乗り込んだ。助手席に、持ってきていた肩掛け鞄を置く。

鞄の中には、百田の病室から持ってきた木彫りの家鴨と、釜ヶ崎の露店の金物屋で買った出刃包丁が入っている。できることなら、使いたくない代物だ。

善……頼むから、大人しく罪を認めてくれ。いや、犯人じゃないと言ってくれ。

そんな俺の願いを嘲笑うかのように、雨が降り出してきた。

大阪府堺市　正午

潮の香りがする。

俺は、オート三輪を降り、鞄を肩に掛けて漁港を見回した。とっくに漁の時間は終わっているし、雨も降っているので、ほとんど人の気配はない。突堤に小型の漁船が並んで、ゆらゆらと波に揺られていた。

雨の漁港の風景は、何とも言えず、もの悲しい思いがする。

腰がひどく曲がった老婆が長靴姿で、バケツに入った小魚を野良猫たちにやっていた。

「婆さん、ここに俺と同じ歳ほどの若い男は来んかったか」

老婆は俺の声が聞こえていないのか、猫をあやしながら顔を上げようともしない。

「あんたら、喧嘩したらあかんよ。魚はいくらでもあるんやさかい、仲良うしなはれや」

俺は癇癪《かんしゃく》を起こしそうになるのを堪え、もう一度、婆さんの耳元で訊いた。

「若い男を見なかったか」

やっと、婆さんが顔を上げてくれた。ゆうに八十歳は超えているだろう。顔中、皺だらけで瞼がほとんど開いていない。

「さっきから、ずっとおるがな」婆さんが、少し離れた場所にある一番長い突堤を指した。

多村善吉がいた。海に体を向けて、うずくまっている。背中しか見えなくても、何をしているかは一目瞭然だった。

俺は婆さんに礼を言い、突堤へと向かった。

やはり、多村善吉は俺を待っていた。無防備に背中を向けてはいるが油断は禁物だ。俺は肩掛け鞄の留め具を外し、いつでも出刃包丁を取り出せるようにした。

突堤に登り、徐々に多村善吉との距離を詰めていく。多村善吉は石のように固まったまま微動だにしない。横目で、さっきいた場所を確認する。婆さんの姿は、もう見当たらなかった。

多村善吉の真後ろまで来ると、ぱちりと乾いた音が聞こえた。こんなときでも将棋を指しているのだ。

「待たせたな。退屈しとったやろ」

「かまへん。将棋しとったら時間はあっちゅう間に過ぎてまう」多村善吉が、将棋盤を睨んだまま答える。

「それもそうやな」

「将棋クラブの様子はどうやった」

「お前が現れへんから大騒ぎや。鹿野七段もえらい怒っとったで」

多村善吉が鼻で笑う。「未熟やの。所詮、雑魚《ざこ》か。俺の相手ではないな」

「勝てる自信があったんか」

「愚問やの。負けるとでも思ってたんか」

「完璧な人間はおらんからな。誰でも、どこかしらに欠点がある」

「言うてくれるやない。ほんなら、みっちゃんの欠点はなんやねん」

「自分では中々わからんもんや。すぐにカッと熱くなって、周りが見えへんようになるとこちゃうか」

「それは、どっちか言えば長所やろ。みっちゃんの欠点は他にある」

「何やねん。ぜひとも教えてくれや」

さらに雨が激しくなってきた。俺も多村善吉もずぶ濡れだ。

「優しすぎるところや」

「俺が優しいやと？　そんなこと、生まれて初めて言われたわ」

「みっちゃんは優しすぎる」

「それの何が欠点やねん」

「優しさは人を傷つける。砂糖も食べすぎたら虫歯になってまうやろ。優しさも度を越えると毒のように染み込んで、人間を変えてしまうんや」

「はあ？　意味がわからへんぞ」

多村善吉が王将を指で挟み、将棋盤の上で、ぱちりと鳴らした。

「よっしゃ。これで入玉や」

「ニュウギョクって何やねん」俺は、多村善吉の後ろから、将棋盤を覗き込んだ。

多村善吉が得意気に将棋盤を指す。「ほら、見てみ。王さんが、敵の陣地に侵入してるやろ。こうなったら、そう簡単に詰まれへんねん」

確かに、多村善吉の王将が、ぽつんと盤上で孤立している。だが、どう見ても無防備で、すぐにやられそうな気がする。

「穴熊のほうが強そうやけどな」

「まあな。穴熊が最強って棋士も多いわ。でも、俺はあんまり好きちゃうな。王さんが動かれへんから、守りを崩されたら逃げようがないやろ」

「今のお前みたいにか」

俺は出刃包丁を取り出し、鞄を足元に置いた。

ようやく、多村善吉が立ち上がり、俺のほうに振り返る。昨日、『一二三堂』で見たときと変わらぬ静かな笑みを浮かべている。

多村善吉のすぐ後ろには海。突堤の横幅は三メートルもない。完全に追い込んでいるはずなのに、逆にこっちのほうが重圧を感じてしまう。

「どうしたん。えらい、物騒なもの持ってるやん」

「正直に答えろ」俺は一歩踏み出し、出刃包丁を多村善吉の顔の前で構えた。「お前が家鴨魔人なんか」

まったく表情を変えない。この場を楽しんでいるとさえ思えた。

「みっちゃんは、どう思うねん」

「俺は……信じたくない。お前が女を殺すなんてありえへん」

「やっぱり、優しすぎる」

多村善吉が嬉しそうに笑い、ズボンのポケットから床屋で使うような剃刀を出した。剃刀の刃には、赤いものがこびりついている。

「善、動くな。お前と戦いたくないねん」

「みっちゃんと真剣勝負は初めてやな」

多村善吉がゆらりと近づいてくる。殺気が全然、感じられない。幽霊と対峙しているような恐怖を感じた。

「やめろ」俺は、思わず体を引いてしまった。「それは、誰の血やねん」

「これか」多村善吉が剃刀を自分の顔の前まで持ってくる。「みっちゃんも見てきたやろ。あのでっぷりと肥えた刑事さんの血や」

「俺に恨みがあるんか。何の罪もない女たちを五人も殺すほどの恨みがあんのか」

多村善吉が首を振る。「恨みなんかないよ。みっちゃんは、俺のたった一人の親友やろ」

「ほんなら、何で……」

「みっちゃんに消えて欲しかってん」

剃刀の刃が、俺の首を狙い横から走ってきた。間一髪のところで避ける。咄嗟に体を反らさなければ、百田のように首がぱっくりと割れていた。

「それやったら、最初から俺を殺せや」

多村善吉の顔から、笑みが消えた。「絹代ちゃんの悲しむ顔は見たくない」

「お前……」

その先の言葉が続かなかった。今、この瞬間まで、俺は多村善吉の気持ちに気づかずにいた。

「俺は絹代ちゃんを愛してるねん」

寄ってくる女たちを尽《ことごと》く撥ね除けていたのは、将棋にしか興味がないからではなかったのか。一途に絹代のことを思い続けていたせいだったのか。

「俺たちが結婚するのが許せんかったんか」

頭が混乱し、目眩がする。それだけの動機で人を殺すなんて信じられない。

さらに雨と風が激しくなってきた。多村善吉は、横殴りの雨に打たれたまま、微動だにしない。

「善。何とか言えや」

無二の親友のことを何もわかっていなかった自分に、腹が立ってきた。

絹代の定食屋に来てまで将棋盤に向かう多村善吉に、「もっと他の世界も見ろや」と言ったことを、ふと思い出した。

俺は救いようのないアホや。何も見えてなかったんは、俺のほうやった。

短い沈黙のあと、多村善吉が口を開いた。

「みっちゃんが俺を殺してくれたら、それで解決する。みっちゃんは伝説の刑事になるんや」

「何で俺がお前を殺さなあかんねん」

「俺は将棋を裏切った。将棋に命を賭けてたはずやのに、もう将棋盤に向かえない人生を選んでしまった。もう、生きてる価値はない」

「ほんなら、今すぐ新世界に戻れや。みんながお前の将棋を待ってるやろが。指せや。いくらでも将棋を指せや」

多村善吉は泣いていた。雨で涙は見えなかったが、泣いている男の顔だった。

「みっちゃんが優しすぎてん。だから、女を五人も殺してしまってん」

「そんなのが理由になるか」

まったく理解できへん。俺の何が許せず、そんな狂気に走ってしまったんや。

「俺もそう思ったよ。でも起きてしまったことはしょうがないやろ。どんなに悪い手になってしまっても、やり直しはきかへんねん。そこから局面を打開するしかないんや」

「将棋と一緒にすんな」

「人生よりも将棋のほうが上や」

多村善吉が剃刀を振りかざし、突進してきた。また首を狙ってくるのはわかっていた。俺は左手で、奴の右手首を摑んで止めた。

「観念しろ。俺と一緒に警察に行くんや」

「みっちゃん、何やってんねん。早く、その包丁で俺の腹を刺せ」

「アホンダラ。刺せるわけがないやろ」

動けなかった。多村善吉は剃刀を持つ右手の力を緩めない。離してしまえば、首を搔っ切られてしまう。

「そう来ると思ったわ。ほんなら刺したくなるようにしたる」

剃刀が俺の首まであと数センチのところまできた。

「やかましい。諦めろ、善」

「絹代ちゃん、妊娠しとるやろ」

俺はギョッとして多村善吉の顔を見た。真っ赤になったその目は、真剣勝負の将棋に挑む鬼の形相と同じだ。

「な、何で知ってるねん」

「俺の子やからや」

思いもよらぬ告白に、一瞬、気を抜いてしまった。多村善吉が空いていた左手を伸ばし、俺の右手首を摑んで自分に引き寄せた。

「やめろ！」

出刃包丁が、多村善吉の腹に深々と食い込んだ。肉を切り裂く感触が俺の手に伝わる。

「お前……何やってんねん。アホか！」

出刃包丁を抜こうとしたが、多村善吉が手を離してくれない。もの凄い力で、自分の腹へと押し込んでいく。

「やったな、みっちゃん。家鴨魔人を仕留めたやん」

俺は、出刃包丁を持つ手を離した。多村善吉も剃刀を捨てた。

「最初から死ぬ気やったんか」

「そうや。将棋は潔く終わらなあかん。自ら負けを認めなあかんのや」

多村善吉が俺から離れ、ふらふらと後退りした。

「絹代の腹におるんは、ほんまに、お前の子なんか……」

多村善吉が苦痛に顔を歪めながら頷いた。

「嘘つけ。そんなわけあるか。嘘に決まってる」

声が震えた。絹代の豪快な笑顔が、頭に浮かぶ。俺に隠れて、多村善吉と関係を持っていたなんて想像もできない。

「絹代が、俺を裏切るわけがないやろ」

「本人に訊けばわかる」

多村善吉は自分の手で包丁を抜き、海に投げ捨てた。腹から、とんでもない量の血が溢れだす。突堤に滴り落ちる血を雨が綺麗に洗い流していく。

「善。嘘やと言ってくれ」

「みっちゃん、俺は罪の意識に負けて自殺した。人にはそう言ってもらえるかな。最後のお願いや」

多村善吉は、真っ青になりながらもいつもの顔に戻った。俺を親友として見るときの顔だ。

「絶対に、伝説の刑事になれよ」

手を伸ばしたが、届かなかった。多村善吉の体がふわりと宙に投げ出され、海へと落ちていった。

多村善吉は、満足げな表情のまま、ゆっくりと沈んでいった。この顔には見覚えがある。将棋に勝ったときの顔だ。

俺は、突堤にへたりこんだまま、動くことができなかった。

大阪市天王寺区　午後三時

玉造に着いた。どうやって、ここまで来たか記憶がない。

俺はオート三輪を絹代の定食屋の前に停めた。

絹代に会うのが、とてつもなく怖かった。真実を知るのが、こんなにも恐ろしいことだと初めて知った。

いつのまにか、雨は止んでいた。定食屋の前に大きな水溜りができていて、近所の子供たちが足で泥水を撥ね上げながら遊んでいる。

定食屋に近づいて異変に気がついた。暖簾《のれん》がかかっていない。この時間なら、定食屋は開いているはずなのに。湧き上がってくる嫌な予感を必死に抑え、定食屋の引き戸を開けた。

一番奥のテーブルに、絹代の母親がいた。虚ろな目で宙を眺めている。

「おばちゃん、絹代は」

「あの子、出て行きよった」

「えっ……どこに行っててん」

「わからん。いつもと変わらず昼の仕込みをしとったら、あのアホ、突然、出て行くって言い出してん」

絹代の母親は、怒りと悲しみが入り交じった表情で言った。

「止めんかったんか」

「ウチの知ってる絹代やなかった。あの子のあんな顔、初めて見た」

本当の絹代を知らなかったのは、俺だけじゃなかった。

「絹代は俺が捜し出す。どこに行きそうか、心当たりはないか」

絹代の母親は、力なく首を振った。「みっちゃんが来たら、これを渡してくれって言われて預かったんよ」

絹代の母親は立ち上がり、テーブルの上に置いてあった封筒を俺に渡した。中には、手紙が入っていた。

「読んだんか」

「読んでへん。それは、あんたへの手紙や。ウチは一生読みたくない。何が書かれてても、教えんとってや」絹代の母親は疲れた顔で呟いた。「親の勘やけど、絹代とはもう会われへん気がするわ」

俺は手紙を握りしめたまま、定食屋を出た。オート三輪の運転席に座り、手紙を読んだ。間違いなく、絹代の字だった。

読んでいくうちに、全身の震えが止まらなくなった。そこには、想像を絶する最悪な出来事が書かれていた。

涙も、怒りの言葉も出なかった。俺の中にあった、すべての感情が凍りついてしまった。ぐったりと運転席に身を沈め、生まれて初めて、死にたいと思った。

ふと、ズボンのポケットの中に違和感を覚えた。

忘れてた。

俺はハンカチでくるまれているそれを取り出した。

木彫りの家鴨――。百田の病室から持ってきたものだ。

これは隠しておこう。俺の胸の奥深く、誰の目も届かない所に……。

「あっ、虹や」

水溜りで遊んでいた子供たちが歓声を上げた。

俺は、オート三輪を降り、空を見上げた。見たこともないほど大きな虹が架かっていた。

「めっちゃ大きいやん」見るからにガキ大将の子が、興奮して叫んだ。「あれやったら触れるんちゃうんか」

「虹は触れへんよ。いつまでも追いつけへんねん」一番賢そうな子が言った。

「そんなん、わかってるわい。でも、やってみなわからへんやろ。お前ら行くぞ」

ガキ大将が、虹に向かって走り出した。他の子もついていく。賢そうな子だけが、ぽつんと残された。

「行かんでええんか」俺は、思わず声をかけた。

「だって……」賢そうな子が泣きそうになる。

「笑え、笑え。何とかなる」

賢そうな子が素直に頷いて、友達を追いかけていった。
俺は虹に誓った。必ず、伝説の刑事になってやる。
だが、心の底から笑うことは、二度とできないだろう。

第七章　アヒルキラーの真実

（二〇〇九年　八月五日）

東京都千代田区　午前二時

(23)

おれは風呂場にいた。

自分の家ではない。でも、この風呂場には見覚えがある。

……思い出した。アヒルキラーに殺されたファッションモデル、古川梅香の家だ。

なぜ、おれは服を着たまま被害者の家の湯船に浸かっているんだ？　しかも、湯船の水は真っ赤に染まっている。

気配がした。全身の毛が逆立つほどの悪の気配。

かすかに、ガチャリと鍵を開ける音と、バタンとドアが閉まる音が聞こえた。

誰かが、玄関のドアを開けて入ってきたのか、廊下を歩く足音が近づいてくる。

やがて、足音が風呂場の前で止まった。扉の向こうに奴がいる。

立ち上がって、戦う準備をしたいのに、体が石のように動かない。自分の心臓の音が、風呂場の中で反響する。

何かが足元から流れてきた。おもちゃのアヒルだ。血に染まった湯船にプカプカと浮いている。

突如、赤い水の中から女の顔が浮き上がってきた。

知らない女。笑っている。会ったこともなく、名前もわからない女。

だが、どこか懐かしい気持ちになった。


「おらっ、バネ！　いつまでクソしてんだ！」

ドアを揺らされる音で、目が覚めた。

おれは警視庁の個室トイレに座っていた。不覚にも、一瞬の間、寝落ちしてしまったようだ。

「てめえ、まさか、寝てんじゃねえだろうな！」

また、ドアが揺れた。ヤナさんがドアを蹴っている。

「おはようございます！」

おれは、トイレのドアを開け、ヤナさんに頭を下げた。急に立ちあがったせいで、クラクラと目眩がする。

「何がおはようございますだ。やっぱり、寝てたのか？」

ヤナさんの目の下に、ひどい隈ができている。班の全員が、この数日間はまともに睡眠を取れていない。

「はい。二分ほど」おれは腕時計をチラリと見て正直に答えた。

「そんな暇がねえのはわかってるな」

「もちろんです。気合を入れてもらっていいッスか？」

「よしっ。顔と腹、どっちがいい？」

「顔でお願いします」

ヤナさんが右手を振り上げ、容赦ないビンタをおれの頬に見舞う。

目の奥にバチバチと光が走り、おかげで朦朧としていた意識がはっきりした。

「どうだ？　足りなきゃ、もう一発いくか？」

「大丈夫ッス。復活しました」

ヤナさんの顔が怖い。こんな表情を見るのは初めてだ。

「急げ。ミーティングだ」

おれとヤナさんは、小走りでトイレを出た。一秒でも時間が惜しい。今日の正午までに、八重樫育子の息子を見つけ出さなければ、大変なことになってしまう。

八重樫敬《たかし》。十五歳。中学生の子供が、今、どこかの地面の下に埋められていることを思うと、一瞬でも眠ってしまった自分が猛烈に恥ずかしい。

「おう。これ食って気合入れろ」ヤナさんが、走りながらコンビニの袋を差し出した。缶コーヒーや、菓子パン、ヨーグルト、バナナも入っている。

「ありがとうございます」

「メロンパンは俺のだから、食うんじゃねえぞ」

ヤナさんが、自ら買ってきてくれたのか？　この人は口は悪いが、たまに優しいときもある。

ごくごく、たまにだが。

「今、何時ですか？」おれはバナナを手に取り、訊いた。

「二時五分だ」ヤナさんが腕時計を見て答える。

「あの……八重樫さんは何か進展がありましたか」

「ねえよ。アヒルキラーも、ずっとあの調子だ」

アヒルキラーは、八重樫育子と取調室にいる。

「本当に奴は、敬君が埋められている場所を知らないんですか？」

「ああ、そうみてえだな……」ヤナさんが、顔をしかめる。「ドンウォリー。俺が絶対に見つけ出してやるよ」

このままでは、完全にお手上げになってしまう。さすがの八重樫育子でも、何も知らない相手から情報を引き出すのは至難の業だ。

誰が八重樫敬を埋めた？　そいつは何者だ？　動機は？

頭が混乱して、吐きそうになる。おれは無理やりバナナを飲み込んだ。


会議室には、八重樫育子が一人で待っていた。

「連れてきたぜ」

ヤナさんはドアを開けただけで、部屋の中には入らなかった。

「ありがとう。ヤナさんも少し休んで」八重樫育子が、疲れ切った表情で言った。気の毒なほど顔色が悪く、唇も紫色になっている。

「休めるわけがねえだろ。俺が代わりに奴を尋問しようか」

八重樫育子が首を振る。「今は奴を一人にさせておいたほうがいいの」

「……わかった」ヤナさんがドアを閉めて出ていった。

「バネ、大事な話があるから座って」

おれは言われるがまま、パイプ椅子に腰掛けた。長机を挟み、八重樫育子がおれの目の前に座る。

二人だけのミーティングなのか。てっきり、班の全員が揃っていると思っていた。重苦しい空気に息が詰まりそうになる。

「私の出番はここまでみたい」八重樫育子が、静かに口を開いた。

「どういう意味ッスか」

「最後はあなたとの勝負を望んでいるの」八重樫育子が眼鏡を外し、瞼を赤く腫れあがらせた目で、おれを睨みつける。不謹慎にも、疲れ果てた八重樫育子の顔を「美しい」と感じた。

「アヒルキラーがですか」

「違うわ。多村貢よ」

蛍光灯がジジジッと小さく鳴った。深夜の警視庁は静まり返っている。

「多村貢は、おれに何を望んでいるッていうんスか」

死んだ相手の気持ちなんて、わかるわけがない。

「きっと、絶望させたいのね。もし、敬を助けられなかったら、バネはどうする？」

「……どうするとは？」

「刑事を続ける？」

八重樫育子の言葉が、重い槍となっておれの胸に突き刺さる。

「辞めます。とてもじゃないッスけど、続けることなんてできません」

「それが多村貢の狙いよ」

「そんなことのために、敬君を……」

鼻の奥がツンときた。思わず、心が折れそうになる。

「泣くんじゃない。泣いたらぶっ殺すよ」八重樫育子が、泣きそうな声で言った。

「すいません」

おれは奥歯を噛み締め、気持ちを鎮めた。多村貢の冷たい笑顔を思い出し、怒りに変える。

八重樫育子が話を続ける。「多村貢は、何かをきっかけに、祖父の多村善吉と赤羽光晴との因縁を知った。しかし、認知症を患っている赤羽光晴に復讐をしても意味がない」

「……ターゲットをおれに変更したんですね」

「バネだけじゃない。警察という組織もね」

「一体、うちのジジイと多村の祖父さんの間に何があったんッスか。やっぱり、濡れ衣を着せたんッスかね。それが原因で自殺したんスかね」

八重樫育子が首を捻り、肩をすくめる。

「当時の資料だけではわからないわ。わかっているのは、光晴さんが家鴨魔人と呼ばれた連続殺人鬼の捜査に関わっていたときに、多村善吉が自殺をしたことだけね。その家鴨魔人の事件は、多村善吉が疑われたという記録はあるものの、結局は迷宮入りってことになってるし」

「八重樫さん、正直に答えてください」今度は、おれが八重樫育子の顔を真っ直ぐに見つめた。

「ジジイが家鴨魔人だったと思いますか？」

おれは、ジジイの言葉を思い出した。

『ごめんやで……こんなにきれいなかお……ずたずたにしてもうた……ごめんやで……』

女優の栞に協力してもらったときに、ジジイが口にした言葉だ。

八重樫育子が腕を伸ばし、そっと、おれの手を握った。とても温かい手をしている。

「今から私の言うことを信じてくれる？」

おれは、コクリと頷いた。

「光晴さんは、家鴨魔人じゃないわ」八重樫育子は、力強い口調で言い切った。

「行動分析の結果ですか」

八重樫育子が目を閉じて、ゆっくりと首を横に振り、再び目を開けた。

「私の勘よ。理由なんて必要ないわ。光晴さんは人を殺すような人じゃない」

「刑事の言葉とは思えないッスね」

「ぶっ殺すよ」八重樫育子は少しだけ笑って、すぐに真顔に戻った。「バネ、私を助けて」

おれは、八重樫育子の手を握り返してあげた。

「おれにできることを教えてください」

「取調室に行って、アヒルキラーと会って」

「でも、あいつは敬君が埋められた場所を知らないんッスよね？」

「知らないわ。もう一人の共犯者が誰なのかさえも知らない。ただ、多村貢の指示に従って動いてきただけね。アヒルキラー本人は、人を殺せればそれでいいのよ」

……何て奴だ。おれは、アヒルキラーのビー玉のような黒い目を思い出した。バスルームでの戦いのときに嚙みつかれた左肩の傷が、ズキリと痛む。

「多村貢は、どうやってアヒルキラーと出会ったんッスか」

「わからない」八重樫育子が、悔しそうに下唇を噛む。

警察もたどり着けなかった殺人鬼を見つけ出し、仲間にする。その悪魔的な才能に背筋が凍りついた。

「化け物かよ……」思わず呟いてしまう。

多村貢の恐ろしさは、アヒルキラーさえも超越している。世の中には、どれほどの悪が存在するというのか。

「アヒルキラーを尋問してわかったのは、奴が異常なほど愛情に飢えているってことね。誰かに必要とされたがっているの」

「人を殺しまくってるのに？　それって矛盾してないッスか？」

「そうでもないわ。飢えた感情を暴力で昇華するって人間はいるものよ。暴力行為でしか自分の感情表現ができないっていう人間は意外と多いの。それがエスカレートして、人や動物を傷つけることでしか快楽を得られなくなる人がいる。そこからスタートして、シリアルキラーになる奴ってのがいるのよ」

「まったく理解できないッスよ」

「私も理解しようなんて思わない。ただ、そういう変態野郎がいるってことを認識すればいいの。変態どもの行動を分析し、犯罪を未然に防ぐのが私たちの仕事よ」

八重樫育子が苛つきを隠さず言った。多村貢の真の狙いを読みきれなかった自分に、腹を立てているのだろう。

「多村貢は、アヒルキラーの性格を読み取った上で、今回の計画を立てたってことッスか」

「おそらくね。今回のことで、アヒルキラーは世にも残虐な殺人鬼として後世に名を残す。生まれて初めて他人から必要とされ、唯一の自分の特技――つまり〝殺人〟で貢献できたことに、至上の喜びを感じているの。あの変態野郎は、死刑が決まっても笑顔だと思うわ」

そんな奴とおれが話をしたところで、どんな情報を訊き出せると言うのか。

「……アヒルキラーに何を訊けばいいッスか」

「何も訊かなくていいわ」

「えっ？　さっき、取調室でアヒルキラーと会ってと言ったじゃないッスか」

八重樫育子は、おれの手を離し、声を潜めて言った。

「奴と会って、一緒に逃げて」

(24)

東京都某所　午前三時

もう、引き籠りなんてやめる。

八重樫敬は、暗闇の中で何度も自分に言い聞かせた。

もし、助かったならの話だけど。

ここに閉じ込められてから、一体、どれぐらいの時間が経ったのかわからない。小便を我慢できているから五、六時間なのか、それとも、まだ一時間ほどしか経っていないのか。時間の感覚が完全に麻痺《まひ》している。

闇がこんなにも恐ろしいものだと、生まれて初めて知った。携帯電話の画面の明かりで、自分がどんな場所にいるのか確認したいけど、カーゴパンツのポケットに入れていた携帯電話は取り上げられていた。タバコを吸わないので、ライターも持っていない。

深い眠りから覚めたら、とんでもなく狭い空間に横たわっていた。一瞬、何が起こったのかわからず、パニックよりも「これは夢に違いない。だって、こんなことありえないもの」と妙に冷静だった。

両足は真っ直ぐに伸ばせているが、両手は、どの方向にも半分ぐらいしか伸ばせない。冷たい壁のような障害物がある。手触りの感覚では鉄だ。暗くて、よくわからないが、手と足で確認したところ、長方形の鉄の箱みたいなものに寝かされているのがわかった。何とか寝返りは打てるが、うつぶせになると背中の下の砂が口の中に入ってしまうので、仰向けの体勢のまま、時間が過ぎるのを待っている。

短く息を吸って吐き、細かい深呼吸を繰り返す。

泣き叫ぶのは、もう疲れた。何をしても無駄だ。この箱は頑丈にできていて、どれだけ殴ろうが、蹴ろうが、ビクともしない。助けを呼ぼうとして、いくら叫んでも、自分の声が吸収されてしまう。水分も補給していないので、口の中が喉の奥までパサパサになっている。

なんなんだろう、このジメっとした湿っぽさ。無音の壁に耳が侵食されていく感じ。

地面に埋められてるとか？　ありえないよね？　いくら引き籠りが好きでも、こんな狭い場所は勘弁して欲しい。閉所恐怖症じゃなくても、息が苦しくなってパニックになる。なんだかどんどん苦しくなっていく気がする。

まるで、生きたまま棺桶に入れられ、墓地に埋葬されたみたいだ。

死にたくない、死にたくない、死にたくない、死にたくねえんだよ！

駄目だとわかりながら、もう一度暴れてみた。腕と脚を振り回しても壁はビクともしない。喉が潰れるまで、叫び続けても結果は同じだった。

誰か、気づいてくれよ！


この二年間、ずっと自分の部屋に閉じ籠り、学校にもほとんど行っていなかった。別に学校でイジメにあったわけではない。ただ、クラスに馴染めなかっただけだ。クラスの連中は無視するわけでもなく、普通に接してくれる。彼らのことは好きでも嫌いでもない。休み時間の会話は幼稚で、退屈で、いささか、イラッとさせられるけれども。

ただ、常に違和感があった。孤独感と言ってもいい。単なる反抗期かもしれないが、世の中のすべてが面倒くさくて居心地が悪くて、ファック・ユーだ。

唯一、自分の部屋だけが、僕を平穏でいさせてくれる。

ためしに、引き籠りにチャレンジしてみたら、思ったよりも快適で、最高だった。誰にも気を遣うことがなく、自分の世界に没頭できる。どちらかと言えば、ネットは苦手だ。パソコンの画面を長時間見ていると頭が痛くなる。

好きな音楽をかけて、好きな作家の小説を読む。これ以上の幸せはない。このまま引き籠り生活を続けて一生を終えてしまってもいいと本気で思っていた。

それが、まさか、こんな狭くて息苦しい場所で引き籠ることになるとは、夢にも思っていなかった。

罰が当たった？　自業自得？

違うよ。これもすべて、あのモジャモジャ頭の母親のせいだ。

犯罪者の行動は分析できるくせに、我が息子の行動からは目を背けるモジャモジャ頭の母親（僕の頭も遺伝のせいでモジャモジャだ）が、僕を部屋に籠らせたんだ。

母親が仕事に打ち込み出したのは、明らかに父親と離婚してからだ。

僕が小学三年生のとき、母親は禁断の行為に走ってしまった。――父親の行動を分析したのだ。

結果から言うと、父親は浮気をしてはいなかった。ただ、職場の同僚に恋をしていたのが発覚した。

単なる浮気だったら、母親は許したかもしれない。父親も素直に謝り、今も三人で暮らしていたかもしれない。でも、母親は恋泥棒されちゃったのだ。父親の〝心を〟盗まれちゃったのだ。

恋なんてよくわかんないけど、そういうのって許せないことなんだろう。母親は悲しんだけど、僕の目には、父親のほうが傷ついているように見えた。誰だって、自分の心など覗かれたくない。

父親は、家で過ごした最後の日、僕に言った。

「母さんを頼むぞ。これからは敬が守ってくれ」

何て無責任な言葉なんだろうと、子供心に感じた。責任を息子に押しつけないで欲しい。

それから、僕と母親の二人暮らしが始まった。小学生の間は、何とか僕も可愛い息子を演じることができたけど、中学に入ってからは、二人の関係がギクシャクし始めた。

母親が、あまり僕に関心を示さなくなり、これまで以上に仕事に熱中し始めたからだ。

見るからに、欲求不満を仕事にぶつける母親に、無性に腹が立った。かまって欲しいけど、かまって欲しくない。思春期特有（たぶん）のこの感覚に、全身がむず痒くて仕方がなかった。

母親は、もう、僕のことを愛していないのか。

ためしに、まったく興味のないガンジーの言葉をパソコンでステッカーにして、部屋のドア外に貼ってやったが、ノーリアクションだった。

ちょっと、ちょっと！　あんた、それでも行動分析官？

《見たいと思う世界の変化にあなた自身がなりなさい》

息子が、こんなことが書かれたステッカーを、わざわざ見えるところに貼ってんだよ？

もしかして、気づいてないの？

あの母親なら大いにありえる。いつも、眠そうな顔でボーッとして、ずっと考えごとをしているから、とんでもないドジを連発するのだ。

この前も、母親が仕事に行ってから冷蔵庫を開けたら、目覚まし時計が冷やされてたし。一体、どうすればそういうことになるのか、犯人を分析する前に、自分の行動を分析してくれよ。

——あえて、軽いノリで母親のことを小馬鹿にしてみた。この状況で我に返ってしまったら、発狂しかねないからだ。

僕は再び、箱の中で限界まで暴れたあと、助けが来るのを期待して耳を澄ます。

だけど、聞こえてくるのは、自分の荒い息づかいと、頭の上から、ずっと、聞こえてくる静かなモーター音だけだ。そういえば、この箱の中は、閉じ込められているにもかかわらず、空気の流れもあり、涼しい。窒息しないで済んでいるのは、空気が送り込まれているからだ。

そう簡単に死なないように、工夫されている。何かの目的のために、強制的に生かされている。それに気づいたとき、僕はさすがに絶望を感じた。

引き籠りの中学生相手に、どうして、ここまでするわけ？

答えは一つしか思いつかなかった。モジャモジャ頭の母親が原因だ。凶悪犯罪者の逆鱗にでも触れ、仕返しに僕が使われているとしか考えられない。いわゆる、「息子の命が惜しければ」というお決まりのパターンだ。


部屋でくつろいでいたら、突然、一人の男が入ってきて、僕を誘拐した。

最初は、冗談なのかと思った。昨日も、母親の部下が、部屋に乱入してきたからだ。そのとき入ってきた男は、母親から《バネ》と呼ばれていた若い刑事だ。そいつは、僕が気分良く音楽鑑賞をしているとき（レッチリを爆音で聞いていた）、「何か武器になるものないかな？」と入ってきて、《広辞苑》を持っていった。

部屋には、母親でさえも絶対に入ることを許さなかったのに、その若い刑事のことはすんなりと入れてしまった。なぜそんなことをしたのか、自分でもわからない。昔からの友達のように、ごく自然に許してしまったのだ。どう見ても新米で未熟な雰囲気なのに、不思議な魅力があった。

だが、今日、僕を誘拐した男は、ヤバいオーラが全身から滲み出ていた。

男は、ドン・キホーテのパーティグッズのコーナーで売っているようなビニール製のマスク(牙を剥いている狂暴なゴリラの仮面だ)を被っていた。背が高く細身で、真夏だというのに黒い革の手袋をつけ、長袖の黒いシャツに黒いパンツの全身真っ黒な姿だった。

そのとき僕は机に座って、一・五リットルのコーラを飲みながら、ヘミングウェイの短編を読んでいた。

「騒がないでくれ」男が、くぐもった声で言った。マスクのせいで聞き取りにくかった。

「どちら様でしょうか」

僕は、ヘミングウェイを置き、手元にあった《広辞苑》を摑んだ。

「大人しくしてくれるのなら乱暴には扱わない。だが、もし、抵抗するなら君を半殺しにしないといけない。わかってくれるね?」

狂暴なゴリラの顔と、馬鹿丁寧な態度のギャップが余計に恐怖を感じさせた。

「知っていますか? 僕の母親は刑事なんですよ」

「もちろん知っているさ。だから、ここまでやってきたんだ」

男が、ゆっくりと歩き、僕に近づいてきた。《広辞苑》を男の顔面に投げつけるには、もう少し引きつけないとダメだ(広辞苑が武器になることは、昨日の若い刑事が教えてくれた)。

「人の家に入るときは、靴を脱いでもらえませんか?」男の気を逸らすために、話を続ける。

「あと、もう一つ。母親はもうすぐ帰ってきますよ。『今、駅に着いた』って電話がかかってきたんです」

男がピタリと足を止めた。「嘘はいけないな。嘘をつくのは、大人になってからでいい。君のお母さんは仕事中だ。残念ながら君を助けることはできない」

「わかりませんよ。突拍子もない行動に出るのが、母の長所ですから」

「母親思いの息子さんだね。それなら、なぜ君は引き籠りを続けるのだ」

……僕のことまで調べてあるのか。今日、この部屋に来ることを前々から計画していた証拠だ。

「僕に何の用ですか」どうしても、震える声を抑えられない。

「これから、君を誘拐する」

「勉強中なので、また今度にしてもらえませんか」

「今日でないと、意味がない」

男が、一歩、足を踏み出した。

僕は素早く立ち上がり、男の顔面めがけて、全力で《広辞苑》を投げつけた。

見事に命中……しなかった。男は軽く体を捻っただけで、ギリギリで避けた。あまりにも鮮やかな身のこなしに、一瞬、立場を忘れて感心してしまった。

次は男の番だった。わざわざ拳を握り、僕に見せつけてきた。

「抵抗したから、君を半殺しにするけどいいかな」

「嫌です」

即答したにもかかわらず、男の拳が僕のみぞおちにめり込んだ。

初めての体験だった。生まれてから一度も、本気の喧嘩なんてしたことがない。呼吸ができなくなり、あっけなく床に倒れてしまった。

頭の上から、男のくぐもった声が聞こえた。

「今から君に注射をする。ある場所に運ぶまで眠っていて欲しいからね。大人しくできるかい？」

そうやって、背中に注射針を刺され、ここまで運ばれた。目が覚めたら、真っ暗な箱に閉じ込められていたというわけだ。

たとえ半殺しにされようと、もっと抵抗すべきだった。逃げ出せる可能性は、ゼロじゃなかったはずだ。

《見たいと思う世界の変化にあなた自身がなりなさい》

皮肉なことに、こんな状況になって初めて、ガンジーの言葉が胸に突き刺さる。

《無抵抗》には、どんな恐怖にでも立ち向かう無抵抗と、恐怖に怯えて何もできない無抵抗があるのを学んだ。僕は後者の道を選んでしまった。ベッドの横の壁にガンジーのポスターを貼り、毎日、彼の顔を見ていたにもかかわらず、だ。

そろそろ、小便も我慢できなくなってきた。一・五リットルのコーラなんて飲むんじゃなかった。いつだって、そうだ。人生は何をしても後悔するハメになる。こんな若さで悟りたくなかった真理だけども。

もういい、やってしまえ。お湯のような温かい感覚が下半身に広がり、ズボンを濡らす。たちまち、アンモニア臭が箱の中に充満した。

地獄だ。しかも、この地獄がいつまで続くかわからない。

母さん、頼むから、早く助けにきてよ。もう引き籠りなんてやめるからさ。

(25)

東京都品川区　午前四時

……何を考えてるんだ、おれは。

戸越銀座商店街の近くにあるコインパーキングに車を停めた。事の重大さに膀胱が縮み上がり、小便が漏れそうになる。

八重樫育子が渡してきたのは、ヤナさんの車のキーだった。本人は、勝手に車を使われていることは知らないと思う。八重樫育子は、いつの間に、ヤナさんからキーを盗み取ったのだろうか。

おれは、呼吸を整えるため、大きく息を吸い込んだ。車内は、古くなったビーフジャーキーのような独特の匂いがする。実際、ヤナさんは張り込みのときに、よくビーフジャーキーを食べている。

車の外に出て、辺りを確認した。人の姿は見えない。

やるしかねえだろ。覚悟を決めろって。

おれは、自分に言い聞かせ、車の後ろに回り込んで、トランクを開けた。

「あれ？　深夜のドライブは、もう終わりなのか？　遠慮せずに走り続けてくれても良かったのに」

車のトランクに寝転がっているアヒルキラーが、大げさに残念がって見せる。

「黙って降りろ」

「手を貸してくれよ」アヒルキラーが、手錠のかけられた両腕を伸ばす。

「甘えるな。また、鼻の骨を折られたいのか」

「わかったよ。これ以上、ハンサムになっても困るからな」

顔全体を覆う火傷の痕のまん中で、鼻が赤く腫れあがっている。

「行くぞ。おれの前を歩け」おれは、トランクから降りてきたアヒルキラーの背後に回った。

トランクの中に、ヤナさんのラジコンが入ってなくて良かった。前に見せてもらったときは、バギーやヘリコプターのラジコンでぎっしり埋まっていた。もし、あのままだったら、アヒルキラーを後部座席に転がすしかなかった。それでは危険すぎる。

おれは、八重樫育子の突拍子もない発想が、どこか信じられなくなっていた。彼女は、暴走している。息子を失うかもしれない重圧に耐えられず、冷静な判断ができなくなっているとしか思えない。

今更ながら、自分はなんてことをしてしまったのか。敬君を助けるためとはいえ、容疑者を連れて警視庁から逃げてきてしまった。しかも、今から八重樫育子の家に監禁しようとしているのだ。

クソッ。グジグジと考えるな。ここまで来たら、前に進むしかねえだろ。

しかし、アヒルキラーは歩こうとせず、腫れあがった鼻をヒクつかせて、空の匂いを嗅ぎはじめた。

「今日は雨が降るな」

「早く歩けよ」

「雨が降る前は、火傷の痕が疼《うず》くんだよな。百発百中で当たるぜ。どうだ？　賭けてみるか？」

「黙って歩け」

「今度はどこに連れていってくれるんだ？　そもそも、俺を連れ出しているのを上司は知ってるのか？　クビになってもいいのか？」

「黙れって言ってんだろ！」

おれは、アヒルキラーの背中を両手で強く押し、強引に歩かせた。

「わかった、わかった。歩きますよ」

アヒルキラーの口数が多い。これまでとは様子が違う。明らかに、動揺を隠そうとしている。早くも、八重樫育子の作戦が功を奏してきているのかもしれない。やっぱり、これでよかったのか？


「悪手を指したいの」

一時間半前——。警視庁の会議室で、八重樫育子がおれに言った。

「あくしゅ？」

「悪い手と書くの」

「何ッスか？　それ？」

「将棋で、自分の形勢が悪くなってしまう、マズい手のことを言うの。多村貢を調べているときに覚えたんだけどね」

「すいません。何を言われているのか、全然わかんないッス」おれは正直に言った。

「あえて、イレギュラーを起こしたいのよ」

八重樫育子が、二本の鍵を渡してきた。一つは車のキー。もう一つは、ヤシの木のキーホルダーがついた鍵だ。

「あの……これは？」

「ヤナさんの車の鍵と、私の家の鍵よ」

「さっき、『アヒルキラーと逃げて』とおっしゃったのは、そういうことなんですか」

八重樫育子が、気迫に満ちた顔で頷く。「アヒルキラーを私の家まで連れていって、監禁して欲しいの」

あまりにもぶっ飛んだ命令に、吐きそうになった。胃の中のバナナが喉元までせり上がってくる。

「監禁して、何をするつもりなんッスか」

「何もしないわ。それをしたところで、何が起こるかもわからない」

「無茶苦茶じゃないッスか！」思わず、声を張り上げてしまった。

八重樫育子が、声を落とすよう、ひとさし指を自分の口に当てる。

「多村貢の計画を意図的に崩してやるの」八重樫育子の目に迷いはない。「たぶん、ここまでは、多村貢の思い描いたとおりに事が進んでいると思う」

「アヒルキラーが捕まったのも、ですか？」おれは声のトーンを落として訊いた。どうも、声を小さくするのは苦手だ。

「そうよ。敬を誘拐する時間を稼ぐために、わざと捕まらせたに違いないわ」

それが本当なら屈辱的だ。命懸けでアヒルキラーを逮捕したと思っていたが、実は、多村貢の手の平で、踊らされていたことになる。

「ちくしょう……」おれは、悔しさのあまり、反射的に拳で長机を叩いた。

「静かにしなさいって。ぶっ殺すよ」

「す、すいません」

八重樫育子は、会議室のドアに目をやり、誰も入ってこないのを確認した。次に、おれの目を見つめ、小声だが力強く言った。

「でもね、多村貢のシナリオに、アヒルキラーの脱走はないはずだわ」

「そりゃ、そうでしょう」

当たり前だ。せっかく捕まえた連続殺人犯を逃がす警察がどこにいるのだ。

「ここで、アヒルキラーがいなくなったら、焦りだすと思わない？」

「……もう一人の協力者がですか？」

八重樫育子が頷き、また会議室のドアを確認する。

「光晴さんが言ってた〝にゅうよく〟の意味がわかったの」

女優の栞が、ジジイから聞き出した言葉だ。

「どういう意味ですか？」

「〝にゅうよく〟じゃなくて、〝入玉〟よ」

「にゅうぎょく？」

「将棋用語で、王将が敵の陣地に単独で入っていくことを言うの」

「……つまり？」

八重樫育子が、パイプ椅子から立ち上がり、おれの耳元で囁いた。

「アヒルキラーの協力者は、この警視庁にいるわ」

「あの……それだけで決めつけてもいいんッスかね」

「それだけって何よ」八重樫育子が眉をひそめる。

「だって、〝にゅうよく〟が〝入玉〟って、単なる言葉遊びじゃないッスか」おれは、はっきり言うのが怖くて、つい目を逸らした。

八重樫育子の平手が飛んできて、おれの側頭部を叩く。

「イテッ。何するんッスか！」

「ぶっ殺すよ。私の息子の命がかかってるんだからね」

八重樫育子の目が赤い。気丈な彼女もさすがに辛そうだ。

「それはわかってますよ！　おれだって、すぐにでも敬君を助けに行きたいッスよ！　でも、この警視庁にアヒルキラーの……」

八重樫育子が、おれの口を手で押さえる。「声がデカい。聞かれたらどうすんのよ」

おれは、声を潜めて言った。「この警視庁にアヒルキラーの協力者がいるなんて、何を根拠に言ってるんッスか？」

八重樫育子が深いため息をつき、モジャモジャの頭を掻いた。

「説明してる時間がないのはわかるよね」

「アヒルキラーに脱走されるのはおれなんッスよ。理由がないと動けません」

「前も言ったと思うけど、行動分析は統計を基にした科学なの。天気予報と同じで未来を予測するわけ。ちなみに天気は何を根拠に予測できるの？」

急に天気の話をされても困る。

「雲の動きや低気圧の位置とか……」

「他には？」八重樫育子が、おれの顔をこれでもかと言わんばかりに覗き込んでくる。

「おれは天気予報のお兄さんじゃないんで、他は思いつかないッスけど」

「気象予報士じゃなくても天気は予測できるわ。月に暈《かさ》がかかっていたら次の日は雨だし、猫が顔を洗っても、鳥が低く飛んでも雨でしょ。古傷が痛くなっても雨が降るわ。しかも、これがよく当たるのよ。年配の漁師の中には、空の色を見ただけで明日の風の強さまで予測できる人もいるわ」

「確かに、その迷信は知ってます」

八重樫育子が、呆れた顔になる。「迷信じゃないわよ。昔の人の経験からくる統計なの。天気だけじゃなくて犯罪者の行動もそう。統計で予測できるのよ。天気を予測するにも、これだけ色々あるんだから、相手が人間となれば、それこそキリがないぐらいパターンはあげられるの」

「……まあ、そうかもしれませんね」

天気で喩《たと》えられてもあまりピンとこない。余計にややこしくて頭が混乱する。そもそも、おれは頭で行動するタイプじゃない。刑事という仕事を選んだのも、正義感をエネルギーにして体を動かしたいからだ。

八重樫育子が、ふいに椅子から立ち上がった。「じゃあ、体を動かして説明してあげるわよ。どうせ、そっちのほうが納得できるんでしょ」

ギクリとした。思いっきり、心を見透かされている。

「どうして、わかったんッスか？」

「顔を見ればわかるわよ。あんたほど、考えていることが顔に出る人間もいないの。さあ、立って」

腕を引かれ、強引に立たされた。会議室の机から離れ、端のスペースへと連れていかれる。

「えっ、何をするんッスか」

「今から、あんたを殴るのよ」八重樫育子が、右手を振り上げた。

「はい？」咄嗟に、左手を上げて顔の前をガードする。

八重樫育子が殴るモーションに入ったが、すぐにピタリと止めた。やっぱりフェイントだ。股間を狙って右足を蹴り上げてきた。

おれは、体を捻って半身になりながら、右手で八重樫育子の足首を受け止めた。

「どうして、殴ってこないとわかったの」

「腰の入り方を見れば、本気で踏み込んでくるかどうかはわかります」

「蹴られるとわかったのは？」

「上手く説明はできませんけど、何となくッスね……。フェイントをかけてくるってことは次の攻撃があるのかなと」

「つまり、明確な根拠がないのに、ちゃんと予測できたわけね。しかも、私が足を痛めなくていいように手の平で受け止めてくれた」

「……そのとおりです」

「その予測を格闘技のズブの素人に説明できる？」

「できません」おれは、肩を落とした。

天気の喩えより、よっぽどわかりやすい。今、八重樫育子の攻撃をかわせたのは偶然ではなく、おれの勘と経験に基づいた結果だった。

八重樫育子が、うつむくおれの顔を両手で挟み、強引に上を向かせる。

「私にも明確な根拠がない。けど、わかるの。今までの経験と、頭に叩き込んできた大量の犯罪者のデータを照らし合わせればね。いずれ、あんたにも嫌と言うほど行動分析を教え込むわ。だからそれまで、ズブの素人が、私の分析に口を出さないでくれる？」

「わかりました」もの凄い迫力に圧倒され、声が擦《かす》れた。

今の八重樫育子は刑事じゃない。息子を誘拐され、命を賭けても取り戻そうとしている母親だ。

「もう一度言うわね。アヒルキラーの協力者は、この警視庁にいるわ。でも、それが誰なのかは、まだわからないの。そいつを炙《あぶ》り出すために、アヒルキラーを警視庁から脱出させて欲しいのよ」

「……おれ一人でやったほうがいいんッスか」

「関わる人数は少ないに限る。でも私は動けない。余計なことをしないように見張られるだろうし」八重樫育子が忌ま忌ましそうに舌打ちをした。

「えっ？　どういう意味ッスか」

「さっき、係長に呼ばれたの。私はアヒルキラーの事件から外されたわ。身内が誘拐されて、冷静な判断ができないだろうからって」

「マジかよ……」

腹がたった。身内が事件に巻き込まれているからこそ、頑張りたいはずなのに。

「そのうち自宅で謹慎になるだろうから、アヒルキラーと待っていて」

もし、八重樫育子の行動分析が外れていたら、おれは間違いなく刑事をクビになる。警視庁が全力で追いかけて捕まえた凶悪犯を、わざわざ逃がすのだから。

それでも、今は八重樫育子を信じるしかない。

「了解ッス」

おれは、二本の鍵を机の上から拾い上げた。


「入れ」

八重樫育子の自宅に着き、おれは玄関のドアを開けてアヒルキラーを中に入れた。

駐車場からここまで、誰にも見られなかったと思う。手錠をかけた男を連れ回しているところなんかを目撃されたら、すぐに通報されてしまって大変なことになる。八重樫育子がおれを急かしたのも、街に人が一番少ないのが、ちょうどこの時間だったからだろう。

それにしても、取調室のアヒルキラーを警視庁の外に連れ出すのは、あっけないほど簡単だった。

運が良かったのか？

いや、それだけじゃない。あの瞬間だけ、取調室の周りや廊下、エレベーター付近に人影がなかった。八重樫育子が何かを仕掛けて、脱走させやすくしたとしか考えられない。

今頃、警視庁では大騒ぎになっているだろう。

「ここは誰の家なんだ？」

「てめえには関係ねえだろ」

「もしかして、あの女刑事の家か？　俺を警視庁から連れ出したのも、女刑事の指示だな。そうだろ？」

「黙れ」

ぶん殴りたい衝動を堪えるのが辛い。八重樫育子の息子が人質に取られていなければ、ジジイから習った関節技で、全身の骨を折ってやるのに。

おれはアヒルキラーを連れてリビングまでやって来て、食卓に着かせた。

「ふーん。ここで飯を食ってるわけだな」アヒルキラーがニタニタしながら部屋を見回す。

おれは、アヒルキラーの対面に座り、奴を睨みつけた。

「尋問の続きでもするのか。警視庁の取調室でも散々言ったけれど、俺は本当に、女刑事の息子が埋められている場所を知らないんだ。なあ、生きたまま埋められるってどんな気分だろうな？どんどん息苦しくなって喉を掻きむしるのか。それとも声が潰れるまで泣き叫んで助けを呼ぶのか。考えるだけでイキそうになるぜ」

アヒルキラーは、火傷のせいで捲れあがった唇を突き出して、わざとおれを挑発している。

酷な仕事だぜ。深い呼吸をして、頭にガンガン上ってくる血を必死で冷却させた。

『へその下の〝丹田〟に力を入れるんや。そしたら、多少のことではビクつかんくなるわ』

ガキの頃に言われたジジイの言葉を思い出す。

おれは、もう一度丹田に気を集めるように息を吸い、アヒルキラーから目を逸らさず訊いた。

「お前の協力者は誰だ？　警視庁にいるんだろう」

アヒルキラーが目を見開いて噴き出し、手を叩いて爆笑する。

「何だ、そのチンプンカンプンな推理は。傑作だな、おい。それはお前の思いつきかよ。いや、違うな、あの頭が焼きそばみたいな女刑事の妄想だろ」

火傷のせいで表情が読み取りにくい。動揺した様子は見えないが、取調室にいたときよりも口数が多くなり、声のトーンが高くなっているのは確かだ。

どっちだ？　本当に協力者は警視庁にいるのか。それとも、八重樫育子の行動分析が間違っているのか。

タイムリミットの正午まで、あと八時間を切った。

それまで、おれは何をすればいいんだよ。この怪物と、食卓でただ向かい合っていても、何も解決しない。上司である八重樫育子が捜査から外された今、おれにできることは何だ？

容赦なく襲いかかってくる無力感に、気持ちが折れそうになる。

そのとき、インターホンが鳴った。

「お客さんだぜ」アヒルキラーの顔色が、わずかに変わる。

こんな時間に誰だ？　八重樫育子が戻ってきたにしては早すぎる。

しかも、玄関の鍵が勝手に開いた。おれは椅子から立ち上がり、リビングのドアの陰に隠れようとした。

「お邪魔します」女の声だ。聞き覚えがある。

どうして、あの女がここにやってくる？

「どうも、こんばんは」

アヒルキラーに襲われたが生き残った女優――。栞が、ゆっくりとリビングに入ってきた。Tシャツにジーンズというラフな姿だが、目を見張るほど美しい。

「……お前は」アヒルキラーが絶句する。

栞は、鋭い眼光をアヒルキラーに向け、ふてぶてしく顎を上げた。

「また会ったわね。みにくいアヒルさん」

(26)

東京都千代田区　午前五時

ちくしょう。どうして、俺がこんな真似をしなくちゃいけねえんだよ。

柳川太助は、心の中でボヤいた。

八重樫育子の奴は、先輩を何だと思っているんだ。俺がクビになっても自分は関係ないとでもいうような顔で、信じられないほど無茶な頼みごとをしてきやがった。

今回だけは協力してやるが、いつかこっぴどく説教をかましてやる。

それに、一か八かの賭けは嫌いじゃない。イカサマ占いみたいな八重樫育子の行動分析だが、あえて乗ってやる。もちろん、八重樫育子の狙いが失敗すれば、間違いなく二人ともクビになるが。

そうなれば、多村貢とアヒルキラーの勝ちだ。二十年以上刑事で飯を食ってきた人間として、絶対にそれは阻止しなければならない。しかし、ここまで我々は、完全に多村貢の手の平の上で踊らされてきている。アヒルキラーが幼児とその母親を殺そうとして失敗したことも、結局は八重樫育子の息子を誘拐するための囮《おとり》だったのだ。もちろん、そこで親子が殺されていても、計画としては成功だったんだろうが。どこで終わっても目的が達成できるように計画されているのだろう。なんて恐ろしい奴なんだ。そんな悪魔のような発想をする奴の頭の中はどうなってるんだ？　多村貢は、今まで出会ってきた犯罪者とは別次元の感覚の持ち主だ。何の迷いもなく自らの命を絶ち、決して逮捕されない場所に逃げやがった。

頼むぜ、八重樫育子……。お前のインチキ占いだけが頼りだ。

柳川は携帯電話を取り出し、時間を確認した。

午前五時八分か……。捜査から外されて、八重樫育子は気も狂わんばかりに焦っているだろう。

正直、冷静に行動分析ができるとも思えない。

やはりクビかな。ドンウォリー。まあ、そのときは潔く刑事を辞めてやるさ。

だいぶ前から、引退後の人生はシミュレーションしてある。刑事を辞めたら、当然、ラジコンの専門店をやるつもりだ。恐ろしくて、嫁にはまだ相談してないけどな。

◆

「おい、シャー。ヤナの奴はどこ行った？」

トイレから出てきた係長の涌井が、西利明に訊いた。

西は首を捻り、肩をすくめて見せた。「さあ？　俺もさっきから捜しているんですけど、どこにも見当たらないんですよ。仮眠室にもいませんでしたし」

「何やってんだよ、あの馬鹿は」涌井が舌打ちをする。「まさか、また屋上でラジコンでもやってんじゃなかろうな」

「いくらなんでもそれはないでしょ。この状況ですよ」

「わからんぞ。あの男のラジコンに対する愛は、異常なものがあるからな」涌井が鼻で笑い、西の肩を叩く。「見かけたら、俺のところに来いって言ってくれや」

涌井が廊下を曲がり姿が見えなくなったのを確認して、ため息をつく。

どうも、あの男は苦手だ。ヘラヘラとノリが軽く、責任感というものが見えないからだ。暇さえあれば新宿二丁目に飲みに行くゲスな趣味も気持ち悪い。

……疲れた。この三日間は、ほぼ不眠不休で働いている。まともな食事にもありつけず、口の中にデカい口内炎が二つもできてしまった。昨日は風呂にも入れなかったので、シャツに染みついた汗の臭いも気になる。

だが、弱音を呑み込まずにはいられない。家に帰っていないのは、西だけではないのだ。第十係の刑事たちがアヒルキラーの事件を解決するために目を血走らせて奔走している。

一人息子を誘拐されるってのは、どんな気持ちなのだろう……。独身の西には想像もつかない。変わり者の八重樫育子とは付き合いも浅いし、普段からほとんど会話もしてきていないが、相当ショックを受けているのはわかる。

八重樫育子は、彼女の持っている特殊能力のせいで、多村貢という凶悪犯に目をつけられた。皮肉を言えば、仕事に打ち込んできたせいで息子を誘拐されたのだ。

因果な商売だぜ。つくづく、刑事という仕事にげんなりする。

甘いものが食べたくなってきた。さっきから食べまくっているが、まだ食べたい。この仕事が終わったら、ホテルのスイーツバイキングにでも行ってストレスを発散するか。

廊下を歩いていると、会議室のドアが開き、真っ青な顔の沼尻絵里が顔を出した。

「シャーさん、ちょっと……」愛媛弁か何か知らないが、相変わらず訛《なま》っている。

太い腕が伸びてきて、強引に会議室へと引っ張り込まれた。西は、この女もあまり好きではなかった。後輩のくせに態度がデカいし、何より運転が荒すぎる。沼尻絵里の車に乗るたびに、目が回って吐きそうになってしまう。

「どうした?」

「大変なことになっとるんよ」

会議室には、沼尻絵里の他に、八重樫育子がいた。鬼気迫る表情で仁王立ちになり、真っ白なホワイトボードを睨みつけている。

よく見たら、部屋の隅にバネの祖父さんの赤羽光晴もいた。木彫りの家鴨を大切そうに抱きしめて、涎を垂らしながら眠りこけている。

「何か進展があったのか？　アヒルキラーの取り調べは？」

沼尻絵里が、慌ててドアを閉めて声を潜める。

「そのアヒルキラーが消えたんよ」

◆

「……嘘だろ」

シャーさんが頬を引きつらせて無理やり笑おうとしている。冗談だと言ってくれ、と顔に書いてある。

沼尻絵里は、まずは自分自身を落ち着かせようと低い声で言った。

「取調室におらんのです。まるで、透明人間みたいに跡形もないんよ」

「そんな馬鹿な話があってたまるか」シャーさんは、ポケットから『森永』のミルクキャラメルを出して口に入れた。

「とりあえず、涌井係長が、今、ヤナさんとバネを捜しちょるんやけど、二人ともどこにもおらんのよ」

「まさか……二人がアヒルキラーを逃がしたとか？」

シャーさんの言ってることはありえないことだが、でも、それしか考えられない。さっきの騒動のときも、ヤナさんとバネの姿は見当たらなかった。

二時間半ほど前、捜査を外された八重樫育子がブチギレて、涌井係長に殴りかかった。八重樫育子は泣き叫びながら、椅子やらノートパソコンまで投げつけ始めたので、フロアにいた刑事たちが総出になって止めたほどである。いつもクールな八重樫育子が大暴れしたので、全員が度肝を抜かれていた。

彼女が落ち着くまで、この会議室で見張っておくようにと、沼尻は涌井係長に言われてここにいたのだが、すぐに係長が顔面蒼白で戻ってきて、アヒルキラーの失踪を告げたのだ。

「誰がアヒルキラーを連れ去ったかは、まだわからんけど、とりあえず、内緒にするようにと係長から指示が出とります」

「内緒って……」シャーさんが呆れて顔を手で覆う。「他の班の連中には何て言って誤魔化してるんだよ？」

「この会議室にいると話してある。お情けで八重樫さんにアヒルキラーの尋問をさせてあげてるってことになってるんだけど、もう、バレるのも時間の問題やろうと……」

「そりゃそうだよ。かくれんぼしてんじゃねえぞ」

どう考えても、八重樫育子が怪しい。

沼尻はチラリと、ホワイトボードの前でうなだれている彼女を見た。ヤナさんとバネが、単独でそんな真似をするわけがない。絶対に、この女の指示だ。どういう意図でアヒルキラーを連れ出したのかは知らないが、また魔法のような技を使うつもりなのか。

沼尻は、八重樫育子を敬愛していた。最近は、それを通り越して、恐ろしささえ感じていた。どれだけ不可能なことでも、彼女なら解決に導いてしまう。東京のどこかに埋められている息子も、必ず救いだすに違いない。沼尻はそう信じている。

「ヤバいなぁ、どうするよ」シャーさんが、腕を組んで顔をしかめている。

「ウチらは、ここでじっとしてるしか……」

突然、会議室の隅で寝ていたバネのお祖父さんがムクリと顔を上げた。絶望のどん底に落ちた餓鬼のような窪んだ目で、部屋の中をギョロギョロと見回す。

「光晴さん、どうしました？」八重樫育子が心配そうに声をかける。

赤羽光晴が、聞き取れないほど震えて擦れた声を出す。

「わら……え……わらえ……なんとかなる」

そう言ったあと、口から泡を吹き、前のめりに倒れて車椅子から転げ落ちた。手から零れた木彫りの家鴨が、床の上で乾いた音を立てる。

「救急車を呼べ！」シャーさんが、慌てて会議室のドアを開けようとする。

「ヌマエリの車のほうが速いわ！　お願い、光晴さんを救急病院まで運んであげて。私もついていくから」

「……わかりました」

これじゃ、刑事というより、ドライバーだ。いっそのこと、転職して本格的にレーサーを目指してやろうかしら。

「シャーさんは、アヒルキラーが消えたことを上手く誤魔化しておいて。光晴さんが倒れたのも、まだ上には報告しないほうがいいと思う」八重樫育子が、テキパキと指示を出す。

「お、おう。わかった」

「あの、これはどうします？」

沼尻は、足元まで転がってきた木彫りの家鴨を指した。八重樫育子が舌打ちをして、モジャモジャの髪を振り乱す。

「そんなものいらないわよ。ゴミ箱にでも捨てておいて」

(27)

東京都品川区　午前六時

「ねえ、アヒルさん。いつまで黙ってるつもりよ」

おれの横に座っている栞が、アヒルキラーに向かって言った。

アヒルキラーは、栞が現れてから一言も口を利いていない。半眼になって背筋を伸ばし、手首にかけられている手錠の鎖を弄っている。

窓の外から雨の音が聞こえてきた。アヒルキラーが少しだけ反応したが、すぐに視線を手錠に戻す。

奇妙な光景だ。他人の家の食卓で、刑事と殺人鬼と女優が向き合っている。

「私がいきなりやってきたから、びっくりしてるのね」

おれも、かなり驚いた。八重樫育子は何の目的で栞をこの家に寄越したのだ。栞の口から、八重樫育子の名前が出てきたわけじゃないが、家の合鍵を持っている時点で、彼女の指令に間違いない。

「じゃあ、バネ君、私とお喋りしましょう。バネ君は彼女がいるの？」

「は?」思わず聞き返してしまう。こんなときに何て質問するんだ。

「いいから、答えて。彼女はいる?」栞が、おれの目の奥を覗き込む。

……そうか。芝居か。

栞は何かを演じるためにここにやってきた。ジジイに尋問したときと同じだ。八重樫育子が演技のスペシャリストを寄越した以上、理由はきっとある。

て、いうことは、おれも今から彼女に合わせて、即興で芝居をしなくちゃいけないってことか
……。

演技、できるのか?

プレッシャーで胃が痛くなってきた。この世で最悪に苦手なものが、フニャフニャに煮られた茄子《なす》と演劇だ。


演劇には、強烈なトラウマが残っている。

小学五年生の頃、演劇祭という非常に面倒臭いイベントがあった。

なぜかは知らないが、おれのいた小学校は、妙に演劇に力を入れている学校で、高学年の児童が低学年の児童のために劇をしなくてはいけなかった。

演目は童話か昔話と決まっており、おれのクラスは「桃太郎」をやることになった。おれの役は鬼ケ島の鬼役だった。しかも、下っ端の緑鬼だ。

前日、おれの初舞台を観るために、ジジイが大阪からやってきた。

ジジイは、てっきりおれが桃太郎役かと思っていたらしく、緑鬼と聞いてひどく落胆し、酒を

飲むと怒りに変わった。緑鬼といえば、鬼の中でも、赤青黄に続く四番手の脇役だ。

「わかっとるやろな。たとえ、芝居の中でも、喧嘩に負けたら家には入れへんからな。わしは、お前が負けるのを観るために大阪から来たんとちゃうぞ」

ジジイは、一度口にしたことを絶対に曲げない。たとえ、それが大間違いであってもだ。同じテーブルで食事をしていた両親は、苦笑いしたまま何も言ってくれなかった。

翌日の本番。意気揚々と鬼ケ島に現れた桃太郎とその仲間たちは、緑鬼にボコボコにされた。それだけでなく、緑鬼は大ボスの赤鬼と他の鬼たちも泣かしてしまったのである。

観客席はパニックになった。その中で、ジジイだけが満足そうに頷きながら笑っていた。


「バネ君、聞いてるの」栞が、緊張で固まるおれを覗き込む。「彼女はいるのってば？」

「今はいません」正直に答えた。こんな美人に見栄を張っても仕方がない。

「バネ君は、私に何か質問ある？」

急にそんなこと言われても困る。恋人の有無を訊きたいが、相手はスーパー芸能人だ。スキャンダル好きなミーハー野郎と思われるのもシャクだ。

「栞っていうのは芸名ッスか」

「ううん。本名よ。名字も知りたい？」

「あっ、はい。お願いします」

栞がニッコリと笑った。「多い村って書いて、多村って言うの」

「えっ」おれとアヒルキラーが同時に声を出した。

栞は突然、ジーンズのポケットから隠し持っていた注射器を取り出すと、おれの首の横に突き刺し、中の液体を押し込んだ。

「ナースの役もやったことがあるから、注射も上手いでしょ。本物の病院で研修を受けたんだから。さあ、ゆっくりと眠ってください」

おれは白目を剝き、食卓の上に突っ伏した。

◆

「お前が協力者だったのか……」

心底驚いて、男は栞を見た。

「そうよ。びっくりした？」栞が、バネと呼ばれていた若い刑事の体を弄る。「ダメだわ。コイツ、手錠の鍵を持ってないみたい」

「しょうがないな」男は立ち上がり、手錠をはめたままキッチンへ行こうとした。

「ちょっと、何するつもりよ」栞が眉をひそめる。

「決まってるだろ。コイツを切り刻むんだよ。包丁の一つや二つはあるだろ。徹底的に痛めつけるんだ」

昨日、バスルームでこの若造に殴られた痛みを、何十倍にもして返してやる。まず、両耳を切り取り、それを口に詰め込む。両目はえぐり出して、フライパンの上に置いておく。好みの殺し方ではないが、あとから駆けつけた八重樫育子を驚かせるためだ。

「もう死んでるわよ。殺鼠《さっそ》剤を混ぜた水を注射したからね」

「じっくり殺さないと意味がないだろ」

がっかりだ。八重樫育子を恐怖と絶望に突き落としたかったのに。

栞が、大げさにため息をついた。「ここに、八重樫育子が向かってきてるかもしれないのよ。グズグズしてる場合じゃないわ。早く逃げなくちゃ」

「あの焼きそば頭の女も殺してやる」

「八重樫育子が一人で帰ってくるとは限らないじゃない。よく考えてよ。今は、お兄ちゃんの遺志を無駄にしないで」

「お前は、多村貢の妹なのか」

確かに多村貢は美男だったが、似てるとは言えない。

「二卵性双生児よ。それに、私、女優になるために整形したから」

「俺は相棒の妹を殺そうとしてしまったのか……」

「そうよ。偶然とは言え、危なかったわよ。さあ、本当にこれ以上ここにいるのはヤバいわ。私の車で早く逃げるのよ」

「あの女刑事の息子はどこに埋めてるんだ?」

栞がジロリと睨んでくる。「聞いてどうするの」

「教えてくれてもいいだろ。俺はお前の兄貴のために、人を殺したんだ」

「よく言うわよ」栞が、小馬鹿にしたように笑う。「殺したくて殺したくてしょうがなくて殺してきたくせに。お兄ちゃんがいなくたって、あなたは立派な殺人鬼じゃない」

そのとおりだ。

〝うつくしい〟ものを殺すために俺は生きている。それを続けられるのなら、喜んで悪魔とも手を組む。

多村貢は、約束してくれていた。「一度捕まることになるけれど、必ず助けがくる」と。誰が助けにくるかまでは教えてもらえなかったが。さっき警察を出たとき、もしやこの若造が〝助け〟なのかと思ったが、馬鹿がつくほど正義感に燃えてるこの男が味方なわけがない。

まさか本当に、自由の身になれるとは。この世を去ってもなお、警察も俺も意のままに操っている多村貢。これが天才と呼ばれた棋士の恐ろしさか。

負けてられねえ。

とりあえず、一月《ひとつき》ほど体を休めてから、また殺人業に戻ろう。今後は、ギャアギャアと煩い多村貢がいないから、こっちの自由にさせてもらう。

充電が完了したら、あの焼きそば頭の女を絞め殺す。じっくりと時間をかけて、永遠に続くのかと思うような苦しみを与えてやる。


八重樫育子の家を出ると、本格的に雨が降り出していた。やっぱり顔の火傷痕が疼くと雨だ。

一台のジャガーが停まっている。

「さすが有名人だ。いい車に乗ってるな」

「乗って」栞が、乗車席のドアではなく、後ろのトランクを開けた。

「おいおい、また閉じ込められるのかよ」

栞が呆れた顔になる。「あのね、警察が全力であなたを捜してるのよ。もし、パトカーとすれ違ったらどうするわけ？　安全地帯まで連れてってあげるから、それまでは我慢しなさいよ。これもお兄ちゃんが残してくれた指示なの」

「天才さんが言ったんならしょうがないな」

男は吐き捨てるように言い、ジャガーのトランクに乗り込んだ。

また、暗闇だ。退屈しのぎに妄想ごっこでもするか。

蛞蝓が、ヌメヌメとした体液を吐き出しながら俺の体を這っている……。

(28)

東京都千代田区　午前七時

光晴を病院に届け、やっと警視庁に戻ってこられたと思ったら、蜂の巣を突ついたような大騒ぎになっていた。

アヒルキラーが消えたことがバレたんやね……。

沼尻は、飛び交う怒号をかわしながら、さっき光晴が倒れた会議室へと逃げ込んだ。

光晴は命に別状はなかったが、当分安静が必要だと診断されて緊急入院をした。付き添っていた八重樫育子は、「自宅に戻るわ。謹慎の命令が出てるから」と言ってタクシーで帰って行った。

会議室には、シャーさんだけしかいなかった。大好物のはずの《ルマンド》を、眉間に皺を寄せながら食べている。

シャーさんの前には、木彫りの家鴨が置かれていた。

「おかえり。もふっ」シャーさんがむせ返りながら言った。

「あの……係長は？」

「捜査本部の連中にこってりと絞られてるよ。俺は『証拠を調べる』って言って逃げてきた」

「アヒルキラーは、まだ見つからんのですか」

シャーさんが頷き、ヤケクソ気味に、新しい《ルマンド》を袋から取り出す。「ヤナさんとバネも行方不明のままだ。二人とも携帯切ってるしな」

「そうですか……」

疲れが一気に来た。目眩がして倒れそうになる。この睡眠不足の状態でテクを駆使して車を運転するのは、さすがに神経がすり減る。沼尻は、椅子に深く腰掛けて大きく息を吐いた。

タイムリミットまで、あと五時間。移動時間を考えれば、あと二時間以内には埋められている場所を断定したい。

絶対に無理やって……。情けないが、諦めてしまいそうになる。

勝手に涙が出てきた。悔しくて仕方がない。もし、八重樫育子の息子を助けることができなかったら、刑事を辞めよう。

「何、泣いてんだよ。もふっ。まだ、終わってねえだろ」シャーさんが言った。

「だって……」

「だってもクソもねえ。正義は必ず勝つようにできてるんだよ」

「でも、証拠も何もないじゃないですか」

証拠どころか、一度逮捕した殺人鬼までいない。こんな状態で、どうやって事件を解決しろというのか。

「証拠なら、ここにあるだろ」シャーさんが、木彫りの家鴨を指した。「どうして、光晴さんがこれを大切に持っていたのか……どうも気になるんだ」

「何か行動分析が出ました？」

「出るわけねえだろ。それは俺たちの仕事じゃねえ」シャーさんが、木彫りの家鴨を摑み、立ち上がった。「行くぞ」

「ど、どこにですか？」

「八重樫育子の家だ。この家鴨を渡して謎を解いてもらう。超特急で頼むぜ」

また、運転ですか……。

(29)

東京都品川区　午前八時

くそっ。思ったより時間がかかった。

ヌマエリと警視庁を出る寸前で、西は係長に捕まってしまった。さすがに、自宅謹慎中の八重樫育子に会いに行くとは言えず、色々な言い訳を並べているうちに無駄な時間を食って出発が遅れた。

朝の渋滞にぶつかりながらも、ヌマエリの驚異のドラテクで、あっという間に八重樫育子の家の前までたどり着いた。

「あっ……」運転席のヌマエリが短い声を出した。

家の玄関へと続く小さな階段に、八重樫育子がポツンと腰掛けている。顔が白く、虚ろな目をしている。

「何かあったんやろか」ヌマエリが呟いた。

西は助手席のドアを開けて、車を降りた。八重樫育子は顔を上げ、西が手にしている木彫りの家鴨を見た。

「どうして、それを持ってきたの？」

「お前にとって必要だからだ」

八重樫育子が弱々しく笑った。「もう必要じゃないわ」

運転席のドアが開き、ヌマエリが巨体を揺らして降りてきた。

「八重樫さん、そんな投げやりな言い方せんとって。まだ、時間は残っとるよ」

「時間はいらないの。もう終わったの」

西は八重樫育子に近づき、強引に木彫りの家鴨を渡そうとした。しかし、八重樫育子は頑として受け取ろうとしない。

「お前には、この家鴨が必要なんだ！」

「必要ないのよ！」

ヌマエリが子供のように声を上げて泣きだした。「母親なんやけん、諦めちゃいけんでしょ」

「ほらっ」西は、再び、木彫りの家鴨を渡そうとした。

「しつこいよ」突然、八重樫育子の顔つきが変わった。もう、そこには虚ろな眼差しはない。獲物を狙う鷹のような鋭さで西を睨みつける。

「何だと？」

「私の家に誰がいると思う？」八重樫育子が立ち上がった。

西の背中に悪寒が走る。とてつもなく嫌な予感に、目の前の景色が歪み始めた。

「……誰だ」

玄関のドアがゆっくりと開く。

「紹介するわ。私の息子よ」

見覚えのある若者が、玄関先に立っていた。西が日比谷公園に埋めたはずの八重樫敬だ。

「良かったじゃないか！　見つけたのか！」

西は笑顔を作り、込み上げる怒りと恐怖と驚きを必死で押し殺した。隣にいるヌマエリは何が起こったのか理解できず、キョトンとしている。

「とぼけても無駄よ。あなたが多村貢の協力者だったのね」

「何を馬鹿なことを言ってんだよ」西は大げさに笑ってみせた。「お得意の行動分析で、俺が怪しいと思ったのか」

「そうよ。だって、取調室で多村貢に青酸カリを渡したのはあなたでしょ。ボディチェックをしたあと、多村貢は何も持っていなかった。あなたが逆上して多村に肘を叩きこんだ、あのときに渡したのね。多村が不自然にアヒルの鳴きまねをしたのも、あなたへの合図だったんじゃないの？　あなたが激昂して殴りかかって、そのタイミングで青酸カリを渡すためのね」

「おい、その目で見たってのか？　いい加減なことを言うんじゃねえぞ」

「いいえ。見えなかったわ。でも、取調室であなたの攻撃を受けた直後だったわ。多村貢がカプセルを飲み込んだのは」

簡単に認めるな。証拠は何も残っていない。

八重樫育子が無表情のまま、言葉を続ける。「それに、あなたは大宮八幡宮の幼稚園でアヒルのおもちゃがギュウギュウに入ったダンボール箱を持ってきたわ。あのときに、何か変だと思ったの。あまりにも、タイミングが良すぎるってね」

「おいおい、あのダンボール箱は、多村貢が前もって幼稚園に送りつけておいたものだろうが」

「ええ、そうね。でも、数日前に幼稚園に届いた匿名の荷物に、あんなに早くたどり着けるのはおかしいわ。危険物でもないのに。園長さんだったら、おもちゃの寄付だって思うのが普通よね」

……この女、本当に有能なのか？

八重樫育子が力強い声で続けた。

「だから、確信を得るためには罠が必要だった。まさか、アヒルキラーが消えるとは思ってもみなかったでしょ。それは、多村貢の計画には入ってないものね。それに、私が木彫りの家鴨を『捨てろ』と言ったからさらに驚いた」

木彫りの家鴨を持つ手が震えてきた。

「その家鴨の中に答えが入っているんだもの、私が持っていないと意味がないわよね」

この女、天才棋士に勝ったってことか。

西は木彫りの家鴨を八重樫育子に投げつけた。だが、軌道が逸れ、コンクリートの壁に当たって割れた。

「どけ！」西はヌマエリを突き飛ばし、車に乗り込もうとした。

が、キーが挿さってない……。

ヌマエリが顔を引きつらせながら、手に持っていたキーを八重樫育子の家の庭先に放り投げる。

くそがぁ。

西は、走って逃げた。大通りに出ればタクシーが捉まえられる。もしくは、一般車を強奪してもいい。とにかくどこかに身をくらませれば、当分は逃げきれるはずだ。

「ヤナさん！　逃がさないで！」八重樫育子が上を向いて叫んだ。

「ドンウォリー。任せとけ」

玄関の上にある二階の窓から、小型のラジコン飛行機が飛び出した。操縦しているヤナさんが見える。

高速で飛んでくる飛行機を避けきることはできなかった。肩に激突し、飛行機に積んでいた防犯用のカラーボールが割れて、顔や服に飛び散った。

「刑事だから、もちろん知ってるわよね。その特殊な塗料は簡単に落ちないわよ。逃げても無駄だと思うけど」八重樫育子が、勝ち誇った顔で言った。

腐ったチーズのような臭いもする。臭いも付着させるタイプのボールだ。

こめかみの血管がブチッと音を立てた。こいつらだけは許さねえ。

「全員、殺してやるよ」

西は赤いシャツをめくりあげ、ズボンの間に挟んでいたサバイバルナイフを取り出した。

「やっと証拠を出したわね」八重樫育子が、そっと眼鏡を外した。「そのナイフで、古川梅香や岡野を切り刻んだのね。二人だけじゃない。レースクイーン、銀座のホステス、レゲエダンサー、メイド喫茶の店員、キャビンアテンダント。去年、殺された五人の女たちの顔をそのナイフで切り刻み、死体の横にアヒルのおもちゃを置いた」

「ちょ、ちょっと待ってよ！　シャーさんが……アヒルキラー？　え？　なんで？」ヌマエリが、怪物を見るように目を開いた。

「どうしてわかった」西は、サバイバルナイフの刃先を八重樫育子の顔に向けた。

「私たちが捕まえた火傷の男は、ナイフ類を所持していなかったからよ。すぐに、他に本物のアヒルキラーがいるんじゃないかと考えたわ。連続殺人鬼は、そう簡単に殺し方を変えない。高い確率でパターンにこだわるものなの。火傷の男は、前園とボーイフレンドを殺したときも、栞を襲ったときもナイフを使わなかった。国分寺市で親子を襲ったときも。あなたとは〝趣味〟の違う殺人鬼を使って、捜査をかく乱させていたのね。そして、火傷の男の尋問をしているときに、私の息子をあなたが誘拐した。私が警視庁から離れられないのはわかっているし、息子が引き籠りで、ずっと家にいることも知っていた」

　西は大きく息を吐き、頷いた。「やるじゃねえか。八重樫育子。その澄ました顔をズタズタにしてやるよ」

「ひっ」ヌマエリが悲鳴を上げて、八重樫育子の後ろに回り込む。「シャーさんは剣道の達人じゃけん。気をつけて」

「大丈夫。こっちは喧嘩の達人を用意しているから」八重樫育子が、玄関を見た。「バネ！　出番よ！」

「うぃッス！」

ドアが開き、赤羽健吾が飛び出した。

◆

栞ちゃん、大丈夫だったかな。

サバイバルナイフを持ったシャーさんを前にしても、不思議と緊張感はなかった。栞のことが頭に浮かんだ。さすがに、あの場で即興の演技を求められたのにはまいった。まあ、死んだふりの演技だったから助かったけども、まさか、注射を首に打ってくるとは……。

栞の演技は半端じゃなかった。アヒルキラーを警視庁から連れ去る前に、八重樫育子から、「栞の名字は桑田よ」と聞いていなければ、おれまで騙されるところだった。唐突に八重樫育子が栞の話を出したので、そのときは意味不明だったが。

全部、教えてくれてもいいのにさ。――いや、八重樫育子のことだ、アヒルキラーを騙すために、おれの素のリアクションが欲しかったのか。

とにかく、栞ちゃんに、また会いたいぜ。

「バネ！　危ない！」八重樫育子が叫んだ。

はい。わかってますよ。

おれは、喉元を突いてきたサバイバルナイフを、体を捻ってかわした。

全日本剣道選手権大会で準優勝か知らねえが、ジジイの竹刀より全然遅い。シャーさんが半歩バックステップを踏み、体勢を整えた。サバイバルナイフを振り上げると同時に踏み込んでくる。

おれは歯を食いしばり、右腕を突き出した。サバイバルナイフが突き刺さり、熱い痛みが走ったが、こっちからも踏み込んだ分、シャーさんの腕は伸び切らず、威力は半減する。そのままの勢いで細い腰にタックルをして、シャーさんの体を持ち上げた。

女みたいな軽さだ。

「は、放せ！　コラッ！」

言われたとおり、おれはシャーさんの体を放した。バックドロップでアスファルトの上に叩きつけてから、だが。


「バネ、お疲れさん」

玄関の前に戻ると、八重樫育子は息子を抱きしめていた。

「やっと部屋を出てくれたわね。これからは、私から隠れないで」と涙声で言った。

母親にそっくりな息子は、照れ臭そうな顔でおれを見た。

「これは……何ね」ヌマエリが木彫りの家鴨を拾い上げる。

割れた隙間から、古ぼけた紙が見えた。ずっと気付かなかったが、この家鴨は組み木でできていて、ちょうど腹のところが外せるようになっており、小物を入れられる仕掛けになっていた。

「五十七年前の手紙よ」八重樫育子が息子の肩から顔を上げて、ヌマエリとバネのほうを見た。

「絹代さんって人が光晴さんに宛てて書いているの。多村貢は、その手紙の裏に、敬を埋めた場所を記していたわ。〝穴熊〟の本当の意味はこれだったのね。私たちが守る光晴さんの、さらにその手で守られている家鴨の中に、一番大切なものがあった」

「日比谷公園って、警視庁のすぐ横やないですか」ヌマエリが目を丸くして驚く。

「多村貢の目的は警察に絶望感を与えることよ。捜査本部のすぐ近くで死体を出したかったのね。それに、埋めたのはシャーさんだったわけだから、警視庁に近いほうが時間を節約できる」

もし、多村貢の計画が最後まで成功していたとしたら、警察の威信は地に落ち、八重樫育子は刑事としても母としても立ち直れなかっただろう。

「なんじゃや、この文章。《よくここまでたどりつきました。ごほうびに、あなたの知りたい場所を教えましょう……》って」ヌマエリは、家鴨の中から手紙を取り出すと、怒りをあらわにした。

「木彫りの家鴨の中に答えがあるって、いつわかったんだ?」シャーさんに手錠をかけていたヤナさんが戻ってきて、八重樫育子に問いかけた。

「午前二時頃よ。バネと話していたとき、光晴さんが家鴨魔人ではなかったと信じることにしたの。家鴨魔人ではない人間が、なぜ木彫りの家鴨を持っているのかと考えた。しかも、その家鴨を光晴さんは大事そうにずっと抱えて、くんくんと匂いまで嗅いでいる。そりゃ、木材のいい匂いはするかもしれないけど、執拗すぎたわ。そもそも、家鴨魔人を連想させるものを愛でるなんて、いくらボケててもありえない。その中に何か……光晴さんのとても大切なものが入ってるんじゃないかって思ったら自ずと答えに導かれたってわけ。息子の居場所がここに書かれていると いう確信はなかったけどね。でもこの中──つまり私たちのまん中にそんな大切なものがあるとしたら、それが〝穴熊〟なんじゃないかって推理したの。でも、この手紙だけでは、シャーさんが共犯者だという証拠にならないわ。どうしてもシャーさんに凶器のサバイバルナイフを出させる必要があったのよ。何とかして逆上させたかった」

「なるほど、バネの祖父さんは、これを多村貢から大阪で渡されたんだな」

「おそらく光晴さんの目の前で、多村貢はこの〝組み木〟の家鴨の中に手紙を入れたのよ。だから光晴さんはずっとこれを大切に抱えていた。易々と〝穴熊〟を完成させたってわけ」

ヤナさんが、険しい顔つきになる。「シャーが、木彫りの家鴨から証拠を抜き取ってしまっていたら、どうするつもりだったんだ」

「それはないわ。自殺した多村貢の計画が台無しになってしまうじゃない。意地でも私のところまで届くはずよ」

「なるほどな……」

長年、組んできた仲間が殺人鬼だったなんて、ヤナさんの心境はここにいる誰よりも複雑だろう。

「ヤナさん、ありがとう。一人で敬を掘り出してくれて」

八重樫親子がペコリと頭を下げる。

「ああ。とんでもない重労働だったぞ」ヤナさんが大げさに肩を回した。

「あの……その絹代さんって人は、ジジイとどういう関係だったんですか」

「手紙を読めばわかるわよ。見えないところに答えがあったのね」

八重樫育子は、ヌマエリから木彫りの家鴨と手紙を受け取り、おれに手渡した。

木彫りの家鴨は、見た目よりもズシリと重たかった。

半分欠けた家鴨の顔は、醜いのか美しいのか、おれにはよくわからなかった。

(30)

東京都千代田区　午前九時

「安全地帯に着いたわよ」

栞の声がして、トランクが開けられた。

やっと着いたのかよ。

今までアヒルキラーのふりをしていた男は、カチコチに固まった首の筋肉を揉みながら、トランクから顔を出した。

「ここは、どこだ……」

「警視庁の駐車場だ」

栞の後ろから、オカマのような顔つきの優男が現れて、男の前に立ちはだかった。

「てめえは誰なんだよ?」

「俺か。俺はな、警視庁捜査一課強行犯捜査第十係係長の涌井正平という者だ」

涌井の後ろから栞が顔を出した。

「ごめんね。嘘ついちゃって。私、警察の協力者なの。ちなみに名字は桑田で、しかも一人っ子。

八重樫さんに頼まれて演技のお仕事をしただけなのよ」

ど、どういうことだ？　頭が真っ白になって、事態が飲み込めない。

「説明してやるよ」涌井が得意気に言った。「うちの八重樫育子から言われたんだよ。『アヒルキラーを私の自宅に連れて行ってもいいですか。ちゃんと警視庁に戻しますので。協力者を炙り出したいんです』ってな。お前は単に、その間を往復しただけなんだよ」

……ハメられたのか。全身の血が逆流してきた。怒りが限度を超えてゲロを吐きそうだ。

「あの注射は何だったんだよ」男は、栞に訊いた。

「ただの生理食塩水よ」

じゃあ、あのバネとかいうガキは、死ぬ演技をしてただけってことか。

やっぱりあのとき、切り刻んでおくべきだった。馬鹿馬鹿しすぎて、笑いたくなってきた。こっちが勝ってるつもりが、モジャモジャ女の手の平で踊らされてたってわけかよ。

「栞ちゃん、一度こいつに殺されかけたんだろ？　今なら一発殴ってもいいぞ」涌井が、栞に言った。

「遠慮しとく。心の底から腐ってるような人には触りたくもないの。ちなみに、私の愛車はワーゲンよ。このジャガーは誰のかわかる？」

「わかるわけねえだろ」男は、精一杯虚勢を張ったが膝が震えてきた。

「あんたが殺した私の事務所の社長の車よ」

思い出した。「前園社長」を殺した日、この車を尾行したのに……。

気づかなかったなんて、間抜けにもほどがある。

栞は男の顔に向かって中指を立てたあと、くるりと振り返り去って行った。

「ズバ抜けていい女だな、おい」涌井が、栞の後ろ姿を十分に堪能したあと、こちらに向き直った。「さて。取調室に戻ろうか。もう、アヒルキラーなんてふざけた名前では呼ばねえからな」

(31)

拝啓　赤羽光晴様

突然、みっちゃんの前から姿を消すことをほんま許してや。

ウチの本当の姿を知って欲しくて、この手紙を書くことにしました。

最初は些細なことがきっかけやった。ウチが子供の頃、父が猫を殺す姿を見たんよ。酒に酔った父は、何かに腹を立ててとってん。「何か」ってのは、たぶんウチや。びっくりするかもしれんけど、父は幼かったウチを女にした張本人やねん。その頃から、「笑え、笑え。何とかなる」ってのが、ウチの口癖になったんよ。父が覆いかぶさってくると、目つぶって、「笑え、笑え」って何度も言ってたわ。そう言ってるとな、ちゃんと次の日笑えるねん。父は「こんな年で笑って男を受け入れるなんて、どんだけ淫乱なんじゃ」って怒ってた。自分で犯しといて何を言うとるねんなあ。でも、母が気づいて守ってくれるようになってな。それから父は、ウチじゃなくて動物にあたるようになってん。

酒に酔った父が、家の庭先で、日向ぼっこをしていた野良猫に火鉢の箸を突き刺したのを見たんよ。よく家の周りに猫や犬の死体が落ちてたんは、父の仕業やったんやって、そのとき気づいた。

そんときの猫の叫び声が、ずっと耳から離れんかったわ。なんでか、胸が高まって眠れぬ夜が続いた。

ある日、家族の留守を見計らって、ウチも父の真似をして猫を煮干しでおびき寄せて、同じ行為をしてん。

そのとき、えも言われぬ快感が、ウチの体を貫いたんよ。

それから十年あまり、ウチは自分の中にある恐ろしい衝動と付き合ってきた。

みっちゃんと出会い、恋人になれたときはその衝動も収まったかと思うとったわ。

でも、みっちゃんから、血なまぐさい事件の話や見つかった死体の話を聞くたびに、ウチの心の奥にいた魔物が日に日に大きく育ってきてん。

ウチはとうとうその魔物に飲み込まれ、長年夢に描いていた行動をとってしまったんよ。

最初は、父とおんなじ、動物だけで我慢できた。でも、それだけじゃ飽き足らず、物乞いを殺すようになってしまってん。物乞いやったら、大きな事件として扱われへんし、誰も気にせえへんやろ。

ところがある日、物乞いを殺してるとこを目撃されたんよ。娼婦やった。ほんでその娼婦を殺してん。そしたら、なにやらウチの中に、また違った魔物があらわれた。「女」を商売にしてる娼婦を殺すのは、快感だけじゃない充実感があった。「女」の象徴を殺すのは、父に犯されとったときのウチを殺すような気分やった。「女」の顔を見るのが嫌で、顔に何度も刃物を立てたわ。それからや、娼婦を殺すようになったんは。一人殺すたびに猛烈な渇きが全身を襲い、また獲物を探して街をうろつき、殺したくなった。

伝説の刑事の妻となる女やったら、ごく普通の殺し方ではあかんやろうと思うようになって、木彫りの家鴨を仏様の横に置くことを思いついてん。ウチに殺された方々の魂が家鴨に入り、三途の川を渡れるように。ウチって優しいやろ。

なんで木彫りの家鴨にしたかって言うとな。ある日、定食屋のお客さんが木彫りの家鴨を持っててん。かわいいなあって言ったら、李って木彫り職人のところに行けばもらえるって教えてもらった。そんとき店に多村善吉がおって、ウチ、こっそり頼んだんよ。ウチに惚れてるの知っとったから、利用した。「たくさん欲しいな」って。多村善吉は、何度か李のところに通って、全部で六つもらってきてくれた。

さすがに、多村善吉はウチと事件の関係に気づいた。そりゃ気づくやろな。ウチに家鴨を渡した直後に、家鴨魔人の事件が起こり始めたんやから。六つ目の家鴨を持ってきてくれたときに、絹代ちゃんが犯人なんかって聞かれて、すぐに白状した。

自分の中のどこかで、ウチが人殺しやって誰かに気づいてほしかったんやと思う。その「誰か」が、みっちゃんの親友で、ウチに惚れてる男ってのは、理想的や。きっと内緒にしてくれる。ほんで、決めたんや。みっちゃんの横に死体を置いて、一連の娼婦殺しは終わりにしようって。

多村善吉はウチを必死に止めた。「みっちゃんには話さないから、すぐにやめろ」って。

みっちゃんが留守の間に、娼婦を呼びつけて殺して、その死体と一緒に押し入れに隠れていたのは知っとった？

お仕事に疲れたみっちゃんが熟睡するのを確認して、死体をみっちゃんの横に寝かせたんよ。ウチの精魂込めた作品を、どうしてもみっちゃんに見て欲しかってん。ウチの最後の「作品」やからな。ウチの女としての人生と、魔物としての人生が、形になった「作品」やねん。

最近、急に眠くなるときがあったやろ？　おはぎにな、睡眠薬砕いて入れておいてん。

ごめんやで。人殺しで。でも、これは父譲りやからしょうがないねん。みっちゃんは、子供のときに父に傷つけられたことが原因やって言ってくれるかもしれんけど、ウチはそう思わへん。生き物を殺すのがやめられなくなるってのは、本能みたいなもんで逆らうことができへんと思うねん。きっと、ウチが産んだ子供か、その孫にも同じような人間が現れる。人の命を奪うことでしか生きる喜びを見い出せへん人間が。そういう「血」ってのがあんねん。きっと、みっちゃんはこれからそういう犯人にたくさん会ってくんやろな。

それにしても、人付き合いの苦手な多村善吉が、木彫り職人の李と仲良しになったんは意外やったわ。「目の見えない相手に将棋教えてどうするの」ってウチが訊いたら、多村善吉は何て答えたと思う？

「俺の心をちゃんと見てくれるんや。見えないところに答えはある」やって。天才の言うことは意味わからんわ。

この手紙を読む頃には、多村善吉から聞いて知ってると思うけど、お腹の子はみっちゃんの子やないねん。善吉の子や。でも、善吉から誘ってきたのとちがうよ。善吉はみっちゃんを誰より大事に思ってたから、ウチに惚れてることだって必死に隠してた。でも、惚れた女が殺人鬼だと知って混乱してるところに、その女が泣きながら「これで忘れて。そしたらもうこんなこと止めるから」って体を差し出してきたら、仕方ないやろ。許したってや。

多村善吉は地獄を見たよ。親友の婚約者に惚れて、その女を身ごもらせて、しかもその女は殺人鬼や。多村善吉は、せめてもの罪滅ぼしに、自分が家鴨魔人になるって言うたわ。ウチには、逃げのびて元気な赤ん坊を産んで欲しいって。多村善吉は、こんなふうにしか、人を愛せへんかったんやな。

ほんまはな、六つ目の家鴨は、多村善吉を殺して、そこで使おうと思ってたんよ。それで本当の終わりにしようって。けど、自分が家鴨魔人になるって言ってくれたから、最後の家鴨はみっちゃんへの恩返しに使わせてもらってん。

ウチな、ほんまにみっちゃんのこと、好きやったんよ。ウチをふつうの女にしてくれる人がいるとしたら、みっちゃんしかおらんと思ってた。みっちゃんと、ふつうの女みたいな話してるときは、ほんまに嬉しかったんやで。でも、ウチの中にある魔物は、みっちゃんの正義と、仲良くすることがどうしてもできへんかった。

みっちゃんの心に一生残る特別な女になりたい。もっとウチをわかってほしい。ほんまのウチを知っても愛してほしい。それでウチのしたことは、「作品」をみっちゃんに見せることやった。それがみっちゃんを追い込むだけやってことくらい、わかってるのにな。でも思えば思うほど苦しめたくなるねん。好きやからこそいけずになる。それでも愛が残ったら、それはほんまもんやろって思ってん。ウチは、ほんまにアホな女やわ。でも、もう止めなあかん。ウチみたいな女が最後にできる恩返しが、六つ目の百田殺しや。あの病院には、看護服を着て行ったら簡単に入れたわ。

愛の力は偉大やね。いろんなものをあっという間に狂わしてしまうんよ。

この先、大阪一の将棋指しの多村善吉が家鴨魔人だ、って噂が広がることになるかもしれんけど、あの人は一人も殺してへんよ。そやから、みっちゃんも一緒になって責めたらあかんで。ほな、ウチも頑張って生きていくから、もうこんなことは絶対せえへんと誓うから、みっちゃんも頑張って伝説の刑事になってや。みっちゃんやったら、絶対になれる。

昭和二十七年八月三十一日

西　絹代

エピローグ1　◇　二〇〇七年　八月九日

多村貢は、東京の駒沢にある総合病院の廊下を歩いていた。

わざわざ、新幹線に乗って大阪からやって来たのには理由がある。まだ、会ったことのない祖母に会うためだ。

祖母の名前は、西絹代。一生、会うことはないと思っていた。


四十九年前——。絹代が、五歳になる美しい少女を連れて、大阪の多村家に現れたそうだ。

「善吉さんの子供です。私には育てる資格がありませんので引き取ってください」と、強引に少女を押しつけるようにして去っていった。善吉に似た美しい少女。それが、多村貢の母親である。

「私はお母ちゃんに捨てられたんよ」が、酒に酔ったときの母親の口癖だった。

母親は、愛に裏切られるのを恐れていた。大人になり、街で評判の美人だったにもかかわらず、特定の恋人を作ろうとはしなかった。やがて、多村家を出て一人で暮らすようになり、八尾市にあるスナックで働きはじめる。

そのスナックで出会った妻子持ちの男性と関係を持ち、身ごもったのが多村貢だ。母親は妊娠を誰にも告げず、そのスナックを辞めた。さらに西成へと引っ越し、女手一つで多村貢を育てることになる。

「あんたのお祖父ちゃんは伝説の棋士やったんよ」が、酒に酔っていないときの母親の口癖だ。

多村貢が初めて買ってもらった玩具はマグネットの将棋盤だった。五歳の頃から、母親がスナックで働いている間は一人で将棋を指して過ごしていた。将棋があれば、不思議と寂しくなかった。

やがて、天才棋士の血を受け継いだ多村貢は、神童と呼ばれるようになった。小学校の低学年から、新世界の『将棋クラブ三銀』で大人たちを相手に指し、誰にも負けなかった。

ある日、多村貢に立て続けに三連敗した男が、怒りに任せて、こう漏らした。「殺人鬼の孫のくせに生意気や」と。

最初は、何を言っているのか理解できなかった。その日の夜、スナックから帰ってきた母親に「お祖父ちゃんって人殺しなん？　伝説の棋士とちゃうんか」と問い詰めた。

しこたま酒に酔っていた母親は泣きながら、多村善吉が〝家鴨魔人〟という連続殺人鬼として疑われ、自殺したと教えてくれた。

そのときから、多村貢の人生の歯車が狂い出した。全国各地で開かれる将棋の大会では何度も優勝し、十一歳という年齢で奨励会にも入り、中学二年生でプロにまでなったのに、心の奥には闇が広がる一方だった。将棋が強くなればなるほど、自分が怪物に近づいていく錯覚を覚え、やがて、勝ちたいのに、勝てなくなった。

鳴り物入りでプロになったものの、気づけば負け越すようになっており、天才とも呼ばれなくなった。二十歳のときに引退した。それでも、心の闇は消えなかった。苦しかった。死にたかった。将棋を失って、生きる意味もなくなった。

本当に、祖父は殺人鬼だったのか？

多村貢は、その疑問に終止符を打つため、一度も会ったことのない祖母の絹代を捜し続けた。母親に聞いても何も知らないというので、図書館やネットで過去の事件を調べ、地道な聞き込みで絹代の消息を追った。絹代は東京に移り住み、飲食店の調理場を転々としていたことがわかった。自分の母親を産んだ後に、誰の子かわからない子供を身ごもり、女手一つで育てたことも。その子供は男だった。多村貢は、自分と同じ怪物の血を引いた男に興味が湧き、運命的な何かを感じた。

そして、とうとう、絹代がこの病院に入院していることを突き止めたのである。末期の癌で、余命わずかだということも知った。

絹代の病室は、個室だった。

ノックをしようと右手を上げた瞬間、全身が金縛りにあったように動かなくなった。呼吸までが止まりそうだった。

このドアの向こうに、真実がある。だが、それを知ってしまえば、きっと引き返すことはできない。暗い闇の底に落ちてしまう……。

でも、多村貢は、気力で金縛りを解き、ドアをノックした。どうなってもかまへんやろ。もう、俺は死んだも同然やねんから。

「誰だ？」長身で痩せた男がドアを開けた。目つきが鋭く、独特のオーラを身に纏《まと》っている。

すぐにわかった。この男も、心に闇を抱えている。

「多村貢と言います。大阪から来ました」

「だから何者なんだって訊いてんだよ」

「絹代さんの孫です」

「……何だと？」無表情だった男の顔色が変わった。

「そちらは？」

「西利明。絹代の息子だ」


ベッドには、ミイラのような老婆が寝かされていた。

母親から聞いていたイメージと大きく違う。母親が語ってくれた絹代は、恐ろしい女だった。外見は健康的で笑顔の絶えない人物だったらしいが、夜になると酒に酔ってもいないのに意味不明な言葉を呟いては暴れ出し、ときには自分の娘に馬乗りになって殴ったり首を絞めた。ある晩、絹代は娘の枕元に出刃包丁を持って立っていた。「それ以上、綺麗になったらあかん」と、出刃包丁を振りかざしたところで我に返り、泣きながら娘を抱きしめた。娘を多村家に預けたのは、その次の日のことだったという。

老婆は、多村貢を見るなり、目を見開いて震えはじめた。

「何だ？　会ったことがあるのか？」西利明が絹代に訊いた。

絹代が首を振って否定した。だが、怯えた目で多村貢を見つめたままだ。

「本当に孫なのかよ」西利明が、今度は多村貢に訊いた。「証拠は？　言っておくが、俺の仕事は刑事だぞ。嘘をつくなよ」

西利明の高圧的な態度に腹が立った。

「嘘をつく必要があります？　初対面やのに失礼とちゃいます？」

西利明が、大げさにため息をつき、かぶりを振った。

「すまない。ちょうど、今日、お前と同じ歳ぐらいの生意気な若造が俺の課に転属してきたんだよ。そいつがハッタリばかり抜かすんで苛ついてんだ。いずれ、伝説の刑事になるんだとよ。よく知らねえが、そいつの祖父が大阪では伝説の刑事だったらしい」

「大阪の人ですか？」

「赤羽光晴って知ってるか」

「聞いたことがありません」

そのとき、ベッドの老婆が、叫び声を上げた。それが、笑い声だとわかるのに、しばらく時間がかかった。老婆は笑いながら涙を流し、涎を垂らした。

「これは傑作やな」老婆が虚ろな目で言った。「みっちゃんの孫があんたの前に現れて、善吉の孫がウチのところに現れた。因縁は、まだ続いとったんか」

「何だよ、因縁って」西利明が、戸惑いながら訊いた。

老婆がむくりと上半身を起こし、多村貢と西利明の顔を交互に見た。

「ウチがおもろい話をしたろ」

エピローグ２ ◇ 二〇〇九年　九月一日

おれは一人で病院の屋上に座り、すでにもう何度も読んだ手紙に、また目を通していた。絹代が、若き日の赤羽光晴に宛てた手紙だ。

ジジイは、これを五十年以上も持ち続けていたのかよ……。

西絹代。家鴨魔人は、意外な人物だった。

伝説とまで言われた刑事が、こんな大きな真実を隠していたなんて、おれは、自分の仕事がわからなくなってきた。

真実を知りながら、なぜすべてを闇の中に沈めたままだったのか。ジジイは絹代の罪を明らかにしなかった。あくまでも想像だが、それは絹代を守るというより、親友の多村善吉のためだったのではないか。絹代の身代わりに家鴨魔人の罪をかぶると決意し、子供が元気に生まれてくることを心の底で願い、目の前で自らの命を捨てた多村善吉の心を、ジジイは何とか守りたいと思ったのではないだろうか。おれはずっと逡巡していた。

八重樫育子が、シャーさんの取り調べを行った。手紙の存在が明らかになった今、シャーさんは、観念してすべてを吐いた。

シャーさんは、絹代の二人目の子供だった。手紙にあるように、殺人の衝動っていうのが本当に子孫まで伝わるのかわからないが、シャーさんはアヒルキラーとなって、数多くの女の命を奪った。

多村貢は、絹代と多村善吉の孫だった。多村善吉が死んだとき、絹代のお腹に宿っていた女の子がのちに産んだのが、多村貢である。

痩せすぎのシャーさんに肉がついていて、あと二十歳若かったら、多村貢に少し似ていることに気づけたのかもしれない。

シャーさんは、幼い頃から自分の中にある狂気に悩んでいた。高校生のときに、初めて殺人を犯す。ハッテン場で知り合ったゲイを深夜の公園に誘いこみ、ナイフで肛門を突き刺した。シャーさんが刑事になった理由は、自分が人を殺したときに、警察に捕まらないようにするためだ、と八重樫育子に話したらしい。殺人の衝動に逆らわず、共に生きていくと決めて、刑事になってからも、年に一人か二人のペースでゲイを狙っては殺していた。

シャーさんは性的不能な上、男にしか興味を持てなかった。「汚らわしい母親のせいでな」と告白している。絹代はまだ幼かったシャーさんが寝ている横で、数多くの男に体を売っていたらしい。女一人で子供を育てるために。

そんな多村貢とシャーさんが、二年前の夏に、絹代が入院していた病院で初めて出会う。

絹代は病床で、三つのことを伝えた。かつての娼婦連続殺人事件で、多村善吉は誰も殺していないこと。犯人は自分だったということ。当時の婚約者だった赤羽光晴に、すべてを知らせた手紙を渡したということ。

その二日後、絹代は急ぐように亡くなった。

多村貢が抱いたのは、真実を隠していた絹代への恐怖でも怒りでもなく、真実を知りながら多村善吉にかかっていた殺人犯の噂を放っておいた赤羽光晴と、まともな捜査をしてくれなかった警察への怒りだった。二人は、多村善吉の自殺は赤羽光晴のせいであり、赤羽光晴が殺したも同然だ、ということを確認し合い、それはやがて、多村善吉が死んだのは自殺ではなく、赤羽光晴が殺したに違いないという妄信へと発展した。

大阪に住む多村貢は、復讐のために赤羽光晴の居場所を探し出して、愕然とする。赤羽光晴は、認知症になっていて、何も覚えていなかったのだ。何でもいいから知りたいと思った多村貢は、介護士に接近し、金を使って、赤羽光晴が大切にしている手紙を手に入れた。そこに書かれている真実は、想像を絶していた。多村貢は復讐の決意を強く固めた。一方、それを読んだシャーさんは、ついに自分の狂気の理由に出合い、ブレーキが利かなくなった。

光晴が、多村善吉の人生を狂わせ、多村貢の人生を苦しめてきたのだ。そして、光晴が正義面で絹代の秘められた狂気を引きずり出したのは、シャーさん自身を愚弄したのも同然だった。

呆けてしまった赤羽光晴を殺すだけでは気が済まない。ターゲットは、やはり警察だ。警察を徹底的に愚弄して、その権威を地に落としてやる。

そこから二人は何度も連絡を取り合い、警察への恐るべき復讐計画を立てた。この恨みの深さは、二つの方法で知らしめる。未解決事件となっている家鴨魔人の事件をなぞること。そして、木彫りならぬ、プラスチックのアヒルのおもちゃで嘲弄《ちょうろう》すること。警視庁が、ＦＢＩに倣って、頭脳を誇る「行動分析課」を立ち上げたのも、タイミングがよかった。多村貢にとって、敵に不足はない。

八重樫育子が、赤羽健吾を行動分析課へ異動させたいと希望していたのを知り、裏で進言したのは、シャーさんだった。

ちなみに、絞殺魔の火傷の男を見つけ出せたのも、シャーさんが刑事だったからである。どこかに、自分たちのカモフラージュになる殺人鬼がいないか、執念で単独調査を続けていたのだという。

着々と計画が進む中で、多村貢は、自分の中にあった残酷な狂気を知ることになる。これまで、ずっと溜め込んでいた心の闇が破裂したのだ。

シャーさんと多村貢。二人の狂気が重なり、アヒルキラーという怪物を生んだ。

多村貢は、アヒルキラーの〝身代わり〟として命を落とした。自分の祖父である多村善吉の生きざまに共感したのかもしれない。名もなき将棋指しとして世を去るより、一世一代の大勝負のためにこの世を去る、それも仲間の〝身代わり〟として去るということこそ、多村善吉の血なのだろう。多村貢なりの美学だったのだろうか。

おれは、警視庁の喫煙スペースでシャーさんが語った言葉を思い出した。

『連続殺人を犯すような奴は、生まれもって、その才能があるんだよ。親の虐待だのトラウマだのとかは、単なる言い訳にしか過ぎない。奴らは、たとえどんな環境で育とうとも立派な殺人鬼になるんだよ。奴らには、人を殺すのが本能の一つとして組み込まれてるんだ。その衝動を抑えることは絶対にできない』

シャーさんは、取調室で八重樫育子に語っていたという。

「多村貢は、男しか殺せなかった俺を成長させてくれた。感謝している。女の顔を切り刻むのは、最初、家鴨魔人の模倣に過ぎなかった。でも、そのうち、信じられないような快感を得られるようになったんだ。まるで、自分がすべてを支配している万能の存在なんじゃないかとさえ思えた。男たちを殺していたときは、快感は持続しなかった。すぐに嫌悪感でいっぱいなり、頭がおかしくなりそうだった。自分がなぜこんな化け物になったのかわからず、いつも運命を呪っていたよ。『誰か、俺を殺してくれ』ってな。だが、アヒルキラーになれて、心の底からよかったと思えるようになった。女の顔を切り刻むたびに、昔の醜い俺が死んでくれたんだ」

「あんたがアヒルキラーになった理由は単純よ」八重樫育子が静かに言った。「絹代の病室で自分に殺人鬼の血が入っていると知ったとき、きっと安心したのよ。自分の中の抑えられない衝動は母親から受け継いだものなんだって」

「確かにそのとおりだ」シャーさんは、嬉しそうに答えた。「何も羞《は》じることなく人を殺してもいいんだって大喜びしたよ。もちろん、多村貢の頭脳のおかげで、虫だらけの夜の公園や、小汚い公衆便所で、コソコソ隠れて殺さなくてもよくなったしな。でも本当は俺には、復讐も多村貢もカモフラージュの男も必要なかったんだ。もっと早くに自分を解放していれば、もっとたくさん、思う存分殺せたのに……惜しいことをしたよ」

理解できないし、したくもない。たとえどんな理由があろうとも、おれは許さない。そんな奴が他にもいるんだとしたら、地の果てまでも追いつめて、必ず逮捕してみせる。

ジジイの過去にこんなことがあったなんて、ジジイの娘であるおれの母親も、ジジイの連れ合いである祖母も、知らないだろう。

昔の婚約者が家鴨魔人という殺人鬼だった……。そのことを親友のために、そして愛した人のために、ずっと隠し、ジジイは伝説の刑事になった。

このことは、おれの胸の中にしまっておいたほうがいいのかもしれない。木彫りの家鴨の中に、手紙を隠すように。

あれからジジイは、何とか意識は回復したものの、まったく言葉を失った。壊れた木彫りの家鴨にさえも反応せず、おれが見舞いに行っても、何も話しかけてくれない。

だけど、おれの目は見てくれる。皺だらけの顔に笑みを浮かべながら。

——笑え、笑え。何とかなる。


「やっぱり、ここにいたんだ」

非常階段から、栞が顔を覗かせた。

「何？　たそがれちゃってんの？」

栞は、よくジジイの見舞いに顔を出してくれる。最初は、もしかしておれに気があるのではと、ほのかに期待したが、どうやら本命は別のようだ。

「ねえ、育子さんは今日来ないの？　ねえ、次いつ来るの？」

栞は女優を休業していた。表向きの理由は、全国を震撼させた殺人鬼に襲われた精神的ショックで立ち直れないということになっている。

「うるせえな。もう少しで来るってば」

「ねえ、どう思う？　私、行動分析課に入れるかな？　今日こそ、育子さんにオッケーをもらいたいんだけど。とりあえずは、アシスタントのバイトからでいいからさ。それとも警察学校に入るのが先かな」

「知らねえよ。でも、そのときはおれの後輩になるんだぜ。それでもいいわけ？」

「げっ、バネが先輩か……。それは、リアルに嫌だね」

「お前、女優業に未練はないのかよ」

「女優を辞めたつもりはないし。でも、行動分析課に入ったら、女優の経験をフルに生かして捜査に挑むわ」

「もったいないような気がするけどな……」

〝日本一うつくしい男〟エザケンが、警察からの異例の依頼に積極的に協力したことは、マスコミが大きく取り上げた。『エザケンの協力のおかげでアヒルキラーが捕まった』と騒がれ（おかげで、このときの警察――八重樫育子の極めて個人的な行動だったが――の強引なやり口への批判は最小限に抑えられていた）、エザケンの人気はさらに上がった。名前を貸しただけのエザケンが騒がれる一方で、実際に捜査で活躍した栞の記事ははるかに少なかったが、栞本人は、そういうことには興味がなさそうだった。

栞がどこまで本気なのかは知らないが、そんなことよりも自分の演技力が事件の解決に役立ったことに、とてつもなく感動したらしい。栞曰く、「映画なんかよりも百倍スリリングだよね」だそうだ。

当たり前だ。こっちは命を賭けて犯人を追う仕事だ。伝説の刑事になるまで、おれはぶっ倒れてもすぐに立ち上がり、走り続けてやる。それが、おれの受け継いだ遺伝子で、逆らえない宿命だ。

「今、心の中で熱いナレーション入れたでしょ」栞が、おれの顔を覗きこんでニタリと笑った。ヤバい。どう考えても、こいつのほうが、おれよりも行動分析の才能がありそうだ。

「ん？　来たんじゃない？」栞が耳を澄ます。

遠くから爆走する車のエンジン音が聞こえてきたと思ったら、急ブレーキで駐車場に停まった。屋上から覗きこむと、パトカーからモジャモジャ頭が降りてくるのが見えた。相変わらずセクシーなスーツ姿だが、どこか愛嬌がある。

八重樫育子。凄い女だ。まず、彼女を超えない限り、おれは伝説の刑事にはなれない。

ヤナさんとヌマエリの姿も見えた。ヤナさんは、眠そうにシャリシャリと無精髭をかいている。

「やっぱ、そうだ。よくあれで事故らないわよね。さあ、バネも行こう。光晴さんが待ってるよ」

栞が、夏の終わりの日差しを受けながら、非常階段へと走りだした。

「ちょっと待て、早くもタメ口かよ」

「あっ。ごめん」栞が、わざとらしく可愛らしい声を作り言った。「行きましょう、バネ先輩」

［初出］
パピルス vol26（Oct.2009 号）より vol38（Oct.2011 号）まで
連載したものを、大幅に加筆修正しました。

〈著者紹介〉
木下半太(きのした はんた) 1974年大阪府出身。映画専門学校中退後、脚本家・俳優として活動を始める。「劇団ニコルソンズ」主宰。全公演の脚本・演出を手掛ける。小説『悪夢のエレベーター』『悪夢の観覧車』『悪夢のクローゼット』(すべて幻冬舎文庫)など、悪夢シリーズが人気。その他の作品に『純喫茶探偵は死体がお好き』『ギザギザ家族』『オーシティ』『六本木ヒルズの天使』など。

アヒルキラー
新米刑事赤羽健吾の絶体絶命
2012年2月10日 第1刷発行

著 者 木下半太
発行者 見城 徹

発行所 株式会社 幻冬舎
〒151-0051 東京都渋谷区千駄ヶ谷4-9-7

電話:03(5411)6211(編集)
03(5411)6222(営業)
振替:00120-8-767643
印刷・製本所:中央精版印刷株式会社

検印廃止

ISBN978-4-344-02128-0 C0093
幻冬舎ホームページアドレス http://www.gentosha.co.jp/

この本に関するご意見・ご感想をメールでお寄せいただく場合は、comment@gentosha.co.jpまで。